Uwe Schimunek

Rebellen

Ein Kappe-Krimi

Jaron Verlag

Uwe Schimunek, Jahrgang 1969, lebt als Journalist und Buchautor in Leipzig. Im Jaron Verlag veröffentlichte er bereits mehrere historische Krimis, seinen ersten Band für die Reihe «Es geschah in Berlin» schrieb er gemeinsam mit Horst Bosetzky: «Rotlicht» (2018).

Originalausgabe
1. Auflage 2021

www.jaron-verlag.de
Umschlaggestaltung: Bauer+Möhring, Berlin
Satz: Prill Partners | producing, Barcelona
Druck und Bindung: CPI books GmbH, Leck

ISBN 978-3-89773-880-5

Es geschah in
Berlin
1978

PROLOG

FÜR DIESEN KLANG lohnt es sich zu sterben. Reinhard «Buddy» Buddewitz schiebt den Lautstärkeregler des Mischpults bis zur Zehn. Unter den Kopfhörern drückt der Bass auf seine Trommelfelle. Auch bei voller Lautstärke bleibt der Ton klar wie ein Sternenhimmel im August. Selbst die Bleche des Schlagzeugs klingen wie frisch poliert. Der Trommler treibt den Viervierteltakt voran.

Buddy merkt, wie sein Kopf im Rhythmus wippt. Er schließt die Augen und sieht die Musiker von Marmalade Sky beim Konzert vor sich. Die Haare fliegen dem Schlagzeuger um die Ohren. Der Bassist lockt einen immer gleichen Lauf wie ein Mantra aus den Saiten. Am Synthesizer dreht der lange Kerl mit den Locken an den Oszillatoren, die Finger der anderen Hand lässt er über die Tastatur fliegen. Die Melodie scheint aus einer Höhle am Ende der Welt zu kommen. Die Scheinwerfer strahlen die Kabelage der Klanggeneratoren an und tauchen die Haarpracht des Keyboarders in Glitzerlicht. Die Töne knarzen und blubbern um den Rhythmus herum, als würden sie tanzen.

Buddy dreht sich eine Zigarette. Ein Joint wäre ihm lieber. Doch solange er an der Aufnahme arbeitet, braucht er einen klaren Kopf und ein waches Gehör. In wenigen Momenten wird der kritische Part folgen. Buddy beschäftigt sich schon den ganzen Nachmittag mit dem Band. Stück für Stück bearbeitet er den Ton, regelt den Klang nach, eliminiert störende Schallspitzen mit dem Kompressor, schneidet Umbaupausen aus der Aufnahme und nimmt das Ergebnis auf ein Masterband auf.

Jetzt – Buddy hält die Luft an. Es ist, als würde er das Konzert in diesem Moment noch einmal erleben: Der Bassist dreht sich herum, das Kabel seines Instruments schwingt über die Bühne. Buddys Finger liegt auf dem Regler – startbereit. Das Kabel schlägt eine Welle, nähert sich dem Mikrofonständer und trifft auf das Metall. Buddy reagiert blitzschnell, er zieht den Bass-Regler mit einem Ruck nach unten, um ihn flugs wieder nach oben zu reißen.

Buddy atmet aus – Maßarbeit, der Aufprall auf den Mikroständer ist nicht mehr zu hören, der Sound unter den Kopfhörern klar wie ein Gebirgsbach.

Nach einem tiefen Zug an der Zigarette setzt Buddy die Kopfhörer ab. Der Song dauert noch über drei Minuten und weist keine weiteren technischen Mängel auf. Es reicht, wenn Buddy sich den Rest über die Boxen anhört.

Er steht auf und geht zur Kaffeemaschine. Das elektrische Teil hat er sich erst vor ein paar Monaten für das eigene Studio zugelegt. Es gibt eine Menge Musiker, die bei der Studioauswahl auf die Verfügbarkeit von Filterkaffee achten. Das weiß Buddy von seinen Tontechniker-Jobs in den Spreeblick-Studios. Bislang macht sich der feine Kaffee noch nicht bezahlt, die Aufträge nehmen nur langsam zu. Doch Buddy hat Geduld.

Er nimmt die Kanne von der Heizplatte und füllt eine Tasse. Der Kaffee muss erst etwas abkühlen. Es ist schon spät am Abend. Buddy trägt nur eine Turnhose und ein Unterhemd, dennoch schwitzt er in seinem Kreuzberger Hinterhofstudio.

Die Band arbeitet sich derweil zum Finale ihres Songs vor. Der Schlagzeuger spielt den Takt nun auf dem Becken, auch der Refrain setzt ein: *«Alone. On the journey. Alone among the stars.»* Die drei Musiker singen immer wieder dieselben Worte. Buddy bleiben noch knapp zwei Minuten. Er schlendert zurück zum Mischpult.

Das Gerät ist schon ein paar Jahre alt, doch selbst gebraucht hat es noch ein kleines Vermögen gekostet. Alle paar Tage muss er zum Lötkolben greifen und Kontakte erneuern, Potenziometer wechseln oder Ähnliches. Dafür würde das Pult von seiner Ausstattung her auch den hohen Ansprüchen einer Topadresse wie den Spreeblick-Studios genügen.

Allein von dem Geld, das Buddy durch seine Jobs in den Studios und bei den Konzerten verdient, könnte er sich niemals eine solche Technik leisten, nicht einmal gebraucht. Es sind Bands wie Marmalade Sky, die ihm das eigene Studio ermöglichen – freilich ohne es zu wissen. Denn die Musiker haben keinen blassen Schimmer von der Bandmaschine unter dem Techniktisch im Konzertsaal.

Inzwischen hat Buddy den Dreh heraus, er kann die Livemusik so abmischen, dass die Aufnahmen mit ein wenig Nachbearbeitung auch auf dem Tonband kraftvoll klingen. Musiker wie die drei von Marmalade Sky machen es ihm einfach. Sie spielen präzise wie Uhrwerke und hören aufeinander. Wenn einer der Instrumentalisten bei einer Improvisation etwas wagt, halten die anderen sich zurück, wird einer lauter oder leiser, ziehen die anderen mit.

Buddy hört den Trommelwirbel, der das Ende des Lieds ankündigt. Jetzt holen die Musiker alles aus ihren Instrumenten heraus und verlieren dennoch nicht die Kontrolle. Buddy setzt den Kopfhörer wieder auf und blickt auf die Pegelanzeige am Mischpult. Die Zeiger zappeln im roten Bereich, doch nichts zerrt, der Klang wird lediglich satter.

Der Schlussakkord sitzt auf dem Beckenschlag. Der Song klingt aus, und der Applaus setzt ein. Der Saal tobt. Das Berliner Publikum feiert kunstvolle Rockmusik. Zumindest im Fall von Marmalade Sky. Die drei Männer sind so etwas wie Lokalmatadoren. Buddy ist ihnen schon öfters begegnet, hat mindestens ein halbes Dutzend ihrer Konzerte gesehen. Nun hatte er sie endlich selbst abmischen dürfen und die Gelegenheit gehabt, seine Bandmaschine unterm Mischpult zu verstecken.

Der Mitschnitt bringt ihm einen dicken Bonus von seinen

Auftraggebern ein. Doch es ist nicht nur das Geld, das Buddy reizt. Er möchte auch, dass die Momente der Perfektion auf dem Band eingefangen werden.

Buddy konzentriert sich wieder auf die Musik. Er weiß, dass die Band noch während des Applauses mit dem nächsten Stück beginnt. Das Intro zieht sich über Minuten hin und ist so leise, dass es beim Konzert trotz der bald einsetzenden Stille kaum zu hören war. Unbearbeitet würde die Musik an dieser Stelle später auf einem einfachen Plattenspieler vom Knacken der Nadel übertönt.

Zunächst hatte Buddy versucht, einfach die Lautstärke anzuheben, aber dadurch wurden die Saalgeräusche zu penetrant. Daher kommt sein neuestes Gerät zum Einsatz. Den Multiband-Kompressor hat Buddy nach einem Schaltplan selbst zusammengelötet und damit Hunderte von Mark gespart. Das Gehäuse passt noch nicht richtig, und die Potenziometer sind bislang nicht abgedeckt. Doch auch als offener Rohbau leistet der Zauberkasten schon Wunderdienste.

Der Applaus ebbt ab. Buddy führt schnell seine Hand zum Regler und spürt das kalte Metall. Der Hieb kommt aus dem Nichts. Der Schmerz fährt durch seinen Arm in den Körper. Es fühlt sich an, als würde seine Brust eingeschnürt, immer fester.

Buddy zuckt. Er will die Hand zurückziehen, doch er verharrt wie gelähmt. Er bekommt keine Luft mehr. Gleißend weißes Licht brennt in seinen Augen. Unerträglich weiß …

EINS

Dienstag, 1. August 1978

GERY betrat das Geschäft in der Goltzstraße. Aus den Boxen im «33er» donnerten an diesem Vormittag The Vibrators. Irgendwann würde ein Song von Gerys eigener Band in diesem Plattenladen zu hören sein. Doch heute brüllte der Sänger der Vibrators: «*She's the kinda thing / I was warned of by my mother / Automatic lover ...*»

Gery entdeckte keine Kunden im Raum. Hinter dem Verkaufstresen zündete sich Siggi eine Zigarette an und rief: «Tachchen.» Sein süddeutscher Akzent war deutlich zu hören.

Gery grüßte zurück und trat an den Tresen.

«Käffchen?», fragte Siggi.

Gery zögerte. Wenn Siggi von sich aus Kaffee anbot, führte er meist etwas im Schilde. Doch auch ohne Kaffee würde Siggi mit seinem Anliegen herausrücken. Also konnte Gery das Angebot getrost annehmen. Schließlich schmeckte der Kaffee hier ziemlich gut. «Klar!», sagte Gery deshalb.

Siggi drehte sich zu der Kaffeemaschine hinter dem Tresen um, füllte eine Tasse und stellte sie vor Gery ab.

«Is heiß», warnte Siggi. Er nippte an seinem eigenen Kaffee, der anscheinend schon eine Weile in der Tasse abkühlte. «Schon den neuesten heißen Scheiß aus Amerika gehört?»

«Keine Ahnung», antwortete Gery.

In Siggis Laden trafen in den kürzesten Abständen die obskursten Schallplatten aus aller Welt ein.

Siggi zog eine Single unter dem Tresen hervor. Das Cover zeigte John F. Kennedy auf der Rückbank eines Cabrios. Auto und Mann waren in Schwarz-Weiß gezeichnet, doch aus Kennedys Hinterkopf spritzte eine blutrote Fontäne.

«Witzig», sagte Gery.

«Misfits», erklärte Siggi, obwohl es auch auf dem Cover stand. Er stoppte die Platte der Vibrators und legte die Misfits-Single auf.

Die A-Seite hielt sich nicht mit Vorspielen auf. Einer der Musiker brüllte im Hintergrund: *«One, two, three, four.»* Und gleich darauf rief der Sänger zu hektischem Gitarrengebolze etwas wie: *«President's bullet-ridden body in the street ...»*

«Der klingt ja wie Jim Morrison von den Doors bei einem Wutanfall», stellte Gery fest.

«Heißer Scheiß, sag ich doch.»

Abrupt endete der Song. Das Stück konnte kaum anderthalb Minuten lang sein. Der wütende Jim Morrison sang indes gleich weiter: *«We are 138 ...»*

Nein, die Stimme war nicht Gerys Fall. Der Kerl von den Misfits verfügte zweifellos über Talent. Dennoch erinnerte dieses Jim-Morrison-Getue Gery an seine Vergangenheit, an das, was er nach der Lehre hinter sich gelassen hatte: die Auftritte mit der Dorfband an den Wochenenden. An die Tanzabende in der norddeutschen Einöde, an seine Musikerkollegen mit dem Sendungsbewusstsein von Elvis Presley und der Begabung eines Schimpansen aus dem Hamburger Zoo. «Is ganz okay», sagte Gery deshalb.

«Ganz okay?» Siggis Stimme überschlug sich beinahe. «Das fetzt, Alter!»

Gery nahm einen Schluck von seinem Kaffee. Sicher wollte Siggi ihn nicht ausschließlich von den Qualitäten einer neuen Band aus Amerika überzeugen. Der gab doch keinen Kaffee aus, wenn er im besten Fall eine Single verkaufen konnte.

Während Gery noch darüber nachdachte, klirrte der Schlussakkord des zweiten Songs aus den Boxen. Siggi drehte die Scheibe um. Auf der B-Seite schrammelte die Band immerhin an die fünf Sekunden, bevor der Sänger brüllte: *«Attitude / You got some fucking attitude!»*

«Sag mal ...» Siggi hielt das Plattencover in der Hand und schaute darauf. Der Song von den Misfits war schon wieder zu Ende. Sofort begann ein zu schnell gespieltes Bluesriff. Siggis Worte klangen über dem Geschrammel ein wenig unheimlich, als er fragte: «Hast du was von Buddy gehört?»

«Von Buddy? Dem Tonmeister?»

«Von welchem Buddy denn sonst?»

«Nee.»

Siggi schien mit der Antwort nicht zufrieden. Doch statt etwas zu sagen, trank er mit verbissener Miene einen Schluck Kaffee.

«Ich kann ihm aber etwas ausrichten.» Gery versuchte einen versöhnlichen Ton anzuschlagen, was gar nicht so leicht war, da er den Lärm der Misfits übertönen musste. «Ich sehe ihn heute Abend. Da arbeite ich als Kabelträger in den Spreeblick-Studios.»

«Das wäre klasse. Buddy schuldet mir nämlich etwas.»

«Tatsächlich? Was denn?»

«Sag ihm einfach, dass ich warte. Er weiß dann schon Bescheid.» Siggi wandte sich dem Plattenspieler zu. Schon war auch der vierte Misfits-Song zu Ende.

Als Siggi den Kopf wieder hob, schaute er an Gery vorbei Richtung Tür. Anscheinend spielte sich dort etwas Interessantes ab. Siggi schnappte sich eine Single, zog die Platte aus dem Cover und legte sie auf. Dabei blieb sein Blick auf die Tür gerichtet.

Der erste Akkord ertönte, und Gery wusste, warum Siggi an ihm vorbeistierte. Die aktuelle Blondie-Single legte Siggi nur auf, wenn eine ganz bestimmte Person den Laden betrat: Debbie.

Gery gab dem Reflex nach und drehte sich um. Debbie trug ein graues T-Shirt mit abgeschnittenen Ärmeln, der weite Ausschnitt ließ schwarze BH-Träger erkennen.

«Hey!», grüßte Debbie. Als sie an den Tresen trat, schien der ganze Laden heller zu werden.

«Mit Milch?», fragte Siggi. Seine Stimme klang so tief, als drücke er die Stimmbänder bis in den Bauch.

«Danke», flötete Debbie. Während sich Siggi um den Kaffee kümmerte, wandte sie sich Gery zu. «Herr Granulat, dich sieht man ja auch überall.»

Gery zuckte stets zusammen, wenn Debbie ihn mit diesem seltsamen Namen ansprach. Es war ein Spiel zwischen den Mitgliedern ihrer Band. Genauer gesagt, war es eine Marotte ihres Gitarristen, der sich selbst Franz Freibier nannte. Ständig gab er allen und jedem groteske Fantasienamen. Franz vertrat die These, dass jeder sich selbst stets neu erfinden und dafür auch einen entsprechenden Namen verwenden sollte. Gery war froh, dass er zumindest seinen Vornamen hatte behalten dürfen. Obwohl «Gery» nur sein Spitzname war. Eigentlich hieß er Gerald, Gerald Gebhardt, aber das wusste hier keiner. Denn die Zeiten, in denen er mit «Gerald» angesprochen worden war, hatte er hinter sich gelassen.

Wie Debbie ihn nannte, spielte für Gery ohnehin keine Rolle. Hauptsache, sie redete überhaupt mit ihm. Denn sie hatte nicht nur ihren Spitznamen und die Haarfärbetechnik von der Blondie-Sängerin Debbie Harry übernommen, sondern auch deren unverschämt gutes Aussehen.

Der Blondie-Song war beim Refrain angekommen: «*I am always touched by your presence, dear.*» Siggi reichte Debbie die Tasse. Der Kaffee war derart mit Milch verdünnt, dass er beinahe so blond wie Debbie aussah.

Sie bedankte sich kurz und fragte Gery: «Weißt du, ob Franz heute in der ‹Gefahrbar› ist?»

«Ich glaube, erst morgen wieder.» Wieso erkundigten sich alle bei ihm nach irgendwelchen Leuten? Sah er aus wie die Auskunft? «Warum fragst du?»

«Ich wollte mit ihm noch kurz über einen Text sprechen.»

Das könnte sie genauso gut mit mir, dachte sich Gery, schwieg aber.

Debbie trank einen Schluck von ihrem Kaffee und schenkte Gery einem filmreifen Augenaufschlag. «Vielleicht hast *du* ja Zeit.»

Nicht erste Wahl, aber was soll's, dachte Gery. «Ja, natürlich. Gerne», antwortete er.

Kriminalkommissar Peter Kappe betrat den Hinterhof in der Kreuzberger Adalbertstraße. Hier sah es aus, als habe jemand einen illegalen Schrottplatz eingerichtet oder eine Autowerkstatt unter freiem Himmel. Zwischen ein paar Autowracks stand ein alter Mercedes mit platten Reifen und geöffneter Motorhaube. Neben dem Wagen schien eine Werkzeugkiste auf den Mechaniker zu warten. Doch der Hof war, abgesehen von Kappe und seinem Kollegen Kriminalmeister Wolf Landsberger, menschenleer.

Hinter den Autos bot ein einstöckiges Gebäude ein Bild des Jammers. Der Putz bröckelte von der Hauswand, die winzigen Fenster standen offen. Ihre Rahmen waren derart verzogen, dass fingerdicke Spalten zwischen Holz und Mauerwerk klafften.

«Sieht so aus wie eine alte Werkstatt», stellte Landsberger fest.

«Möglich», brummte Kappe. Er betrat das Haus. Im Innern baumelte eine nackte Glühlampe an einem Kabel und tauchte einen Raum in Zwielicht. Es stank nach einer Mischung aus Pissoir, Komposthaufen und Eckkneipe.

Kappe hielt sich die Nase zu und blickte sich um. An den Wänden hingen vergilbte Poster von Rockbands, und in der Mitte des Raums standen ein Musikmischpult von der Größe einer Rittertafel sowie zwei riesige Lautsprecherboxen auf einem Tisch. Das Pult wirkte in dieser Muchtbude fremd, denn es glänzte wie ein Lackschuh. Auf einem Beistelltisch thronten mehrere Bandmaschinen, Drähte und Kabel quollen aus Kästen mit Leuchtdioden und Reglern. Daneben häuften sich Zigarettenkippen in einem Aschenbecher. An der hinteren Wand gammelte ein Spiegel vor sich hin, über und über mit Schmutzschlieren bedeckt.

Mehrere Beamte von der Kriminaltechnik drängten sich in dem kleinen Raum.

«Hallo, Kappe! Da biste ja endlich», rief ihm Dr. Doreen Niedergesäß zu. Die Gerichtsmedizinerin kniete vor einem weißen Laken, unter dem offenbar der Grund ihrer aller Anwesenheit lag.

«Tag auch», murmelte Kappe, als er neben sie trat.

«Willst sicha wissen, wen wa hier ham?»

«Wäre schön», erwiderte Kappe.

«Een Nachbar hat den Mann als Reinhard Buddewitz identifiziert. 'n Tontechnika. Is vielleicht besser für dein Magen, wenn du dir später die Fotos ankiekst. Oda willste die Maden bei da Arbeit sehen?»

Kappe verdrehte die Augen. «Lass mal. Ich warte gern.»

«Der junge Mann hat die Hütte jemietet und hier wohl 'n Tonstudio betrieben. Det hier sollte wahrscheinlich de Regie sein», fuhr Doreen Niedergesäß fort. Sie zeigte mit der Hand im Raum herum. Dann wies sie auf die hintere Wand mit dem Spiegel. «Da hinten sind noch 'n Uffnahmeraum und so wat wie 'n Wohnzimma.»

Nun erkannte Kappe, dass es sich bei dem dreckigen Spiegel am anderen Ende des Raums tatsächlich um eine Glasscheibe handelte. Die Schmutzschlieren verhinderten die Sicht in das dahinter liegende Zimmer.

«Stinkt's dahinten genauso wie hier?», erkundigte sich Kappe.

«Na ja. Ick vermute, da wurde jenauso ville Bier jetrunken und vaschüttet und alle möglichen Rauchwaren konsumiert. Aba 'ne Leiche liegt nur hier.» Doreen Niedergesäß zögerte einen Moment, bevor sie ergänzte: «Und zwar seit unjefähr drei, vier Tagen, würde ick schätzn.»

«Hast du schon eine Vermutung zur Todesursache? Gibt es Hinweise auf Fremdeinwirkung?»

«Uffn erstn Blick würd ick sagen, Herzstillstand inner Folge von 'nem Stromschlag. Det kann zum Beispiel durch 'n defektet technischet Jerät passiert sein.» Dr. Niedergesäß zeigte auf den Tisch mit den Bandmaschinen, Kästen und Drähten. «Näheret wie imma im Bericht.»

Kappe wusste, dass er von der Gerichtsmedizinerin im Moment nicht mehr erfahren würde. Daher fragte er in den Raum: «Wer hat den armen Kerl denn gefunden?»

Ein Beamter der Spurensicherung zeigte auf die verdreckte Scheibe. «Der erwähnte Nachbar. Er sitzt dahinten und wartet auf Sie.»

«Na dann.» Kappe gab Landsberger ein Zeichen und bahnte sich seinen Weg vorbei an den Beamten.

Im Raum hinter der Scheibe standen Berge von Kisten, die Wände hingen voller Eierpappen. Eine offene Tür führte in eine Art Schlafzimmer, das an eine Studentenbude erinnerte. Eine Matratze lag auf dem Boden, daneben stand auf den nackten Dielen ein Fernseher, der seine beste Zeit in den Sechzigerjahren gehabt hatte. In der Ecke fand sich ein Tisch mit zwei Holzstühlen. Auf dem einen saß ein Schlacks mit langen Haaren und Koteletten, sein Leinenhemd war mit Ölflecken beschmiert und so weit aufgeknöpft, dass seine Brustbehaarung zu sehen war.

Neben dem Kerl stand ein Beamter in Uniform. Der Polizist zog einen Schemel unter dem Tisch hervor. «Das ist Herr Schneider. Er hat uns gerufen.»

«Danke», sagte Kappe. Er setzte sich auf den Stuhl neben Schneider. Der Beamte nickte kurz und verließ das Zimmer. Landsberger schob den Schemel zurecht und nahm Platz. Mit seinem Maßanzug wirkte Kappes Kollege, als wäre er mit Tricktechnik in diese Hinterhofbuden-Szenerie montiert worden.

«Guten Tag, Herr Schneider. Ich bin Kriminalkommissar Kappe, und mein Kollege heißt Landsberger», sagte Kappe. Er sah, wie Landsberger ein Notizbuch aus dem Jackett zog, und ließ sein eigenes deshalb stecken. «Wann haben Sie die Leiche entdeckt?»

«Na ja, eigentlich hab ick nur bei da Polizei anjerufen, weil et so jestunken hat.»

«Heute Morgen?»

«Ja.» Schneider schaute auf seine zerkratzte Armbanduhr. «Ach du meine Güte, ick sitze schon seit üba andathalb Stunden hier!»

«Nun, wenn Sie einfach auf unsere Fragen antworten, dauert es vielleicht nicht mehr allzu lange», sagte Landsberger. Er warf einen Blick auf seine eigene Uhr, die allerdings ungefähr doppelt so teuer wie Schneiders gesamte Garderobe aussah. «Sie haben den Geruch demnach gegen zehn Uhr festgestellt.»

«Ja», antwortete Schneider. Er klang, als wüsste er nicht, ob er eingeschnappt oder eingeschüchtert sein sollte.

«Wo?», fragte Kappe.

«Uffm Hof.»

«Was haben Sie dort gemacht?»

«Ick hab det Auto repariert.»

«Den Mercedes?»

«Ja.»

Landsberger sah von seinem Notizbuch auf. «Der Wagen macht nicht den Eindruck, als würden Sie erst seit heute Morgen an ihm herumwerkeln.»

«Die Karre jehört 'nem Kumpel. Die is nich jestohlen. Wirklich nich.» Nach den bisherigen knappen Antworten sprudelten die Worte nun geradezu aus dem Mann heraus. «Ick bastle imma mal an da Kiste rum. Wenn ick nich uff Montage oda zu müde bin. Und das is een Freundschaftsdienst. Ohne Bezahlung. Det is doch nich verboten.»

«Das ist im Augenblick nicht die Frage», sagte Kappe. «Mich interessiert, ob es nicht auch schon gestern schlecht gerochen hat. Oder vorgestern.»

«Ick hatte letzte Woche mal so 'n seltsamet Jefühl. Aber da is der Motor wieder in Jang gekommen. Wenn der tuckert, riechts im Hof nicht jerade nach 4711.»

«Wo wohnen Sie denn, Herr Schneider?», erkundigte sich Landsberger.

«Inne Vorderhaus. Parterre.»

«Und dort haben Sie in den vergangenen Tagen auch nichts gerochen?», fragte Landsberger.

«Nee. Ick war übat Wochenende in Bochum un hab tageweise uffm Bau jeholfen.»

«Was können Sie uns über Herrn Buddewitz berichten?»

«Nich ville. Der ist ja meistens erst mitten inne Nacht heimjekommen. Hat uff Konzerten jearbeitet. Und manchmal hatta tachsüba inne Hütte hinten Krach jemacht. Aba nur manchmal. Da hab ick ooch nix zu jesagt.»

«Gut, danke. Das war's fürs Erste, Herr Schneider.» Landsberger klappte sein Notizbuch zu.

Kappe stand auf. «Sie halten sich in den nächsten Tagen bitte für Nachfragen bereit und melden sich ab, wenn Sie die Stadt verlassen.» Er wartete, bis Herr Schneider nickte, und schloss: «Wir begleiten Sie nach draußen.»

Josef Bolp schlenderte den Flur des *Berliner-Blitz*-Gebäudes entlang. Er freute sich. Zwar wiesen auch die Gesichter der Kollegen eine gewisse Sommerbräune auf, doch mit seiner gerade auf Ibiza aufgefrischten Hautfarbe hielt keiner mit.

In seinem Vorzimmer erblickte er eine ältere Sekretärin aus einer anderen Abteilung. Bolp erinnerte sich daran, dass seine Vorzimmerdame ausgerechnet zum Zeitpunkt seiner Rückkehr selbst in den Urlaub fahren wollte. Nun durfte er die nächsten zwei Wochen mit dieser alten Schachtel im Rüschenhemd vorliebnehmen.

«Herr Bolp!» Die Schreckschraube sprang vom Stuhl auf und grinste ihn an. «War der Urlaub angenehm? Sind Sie gut erholt? Kann ich schon irgendetwas für Sie tun?»

So viele Fragen auf einmal! Bolp lehnte sich an den Schreibtisch, hinter dem die Alte mit erwartungsvollem Blick stand, und sagte: «Ja. Ja. Und ja. Geben Sie mir bitte die eingegangene Korrespondenz der vergangenen Tage.»

Die Sekretärin griff in die Ablage und zog einen kleinen

Stapel Papier hervor. «Damit werden Sie sicher eine Weile beschäftigt sein. Darf ich Ihnen einen Kaffee bringen?»

Offensichtlich gab sich die Schreckschraube Mühe. Bolp verspürte dennoch keine Lust auf Leutseligkeit. Kurz überlegte er, die Frau nach ihrem Namen zu fragen. Doch er entschied, dass sich das für die paar Tage nicht lohnte. Also sagte er knapp: «Schwarz.»

«Ich weiß.» Die alte Schachtel ging los, um den Kaffee zu holen.

Bolp sah ihr hinterher. Sie eilte den Gang hinunter, als wäre der Kaffee in der Redaktion knapp. Bolp betrachtete den Packen Papier in seiner Hand. Gab es in zwei Wochen immer derart spärlichen Posteingang? Er griff nach den aktuellen Ausgaben der *Berliner-Blitz*-Zeitung und eines Konkurrenzblatts und schlurfte in sein Büro. Dort knallte er die Papiere auf den Schreibtisch und ließ sich auf den Bürosessel fallen.

Keiner der Briefe weckte Bolps Interesse, nicht die Eröffnung eines Cafés in Charlottenburg, nicht der Set-Termin zur neuen Sendung des Dritten Fernsehprogramms, nicht das Barbecue am John-F.-Kennedy-Institut für Nordamerikastudien der Freien Universität. Hier fehlte nur noch die Einladung zu einer Sitzung eines Kleingartenvereins. Sortierte niemand mehr die Post vor? War in der Stadt nichts los? Oder hatten sich in den letzten zwei Wochen die jungen Streber der Redaktion alle guten Themen unter den Nagel gerissen? Vielleicht war das die Strafe seines Chefs dafür, dass er einen Tag mehr Urlaub als üblich genommen hatte, um die wöchentliche große Redaktionsrunde zu schwänzen.

Es klopfte an der Tür.

«Ja», brummte Bolp.

Die Sekretärin schlurfte ins Zimmer und brachte den Kaffee. Wenigstens das klappte noch.

Sie stellte die Tasse vor Bolp auf den Tisch und fragte: «Kann ich noch etwas für Sie tun?»

«Bitte rufen Sie oben an. Fragen Sie, ob es noch andere Termine gibt, von dem Mist hier abgesehen.»

«Sofort, Herr Bolp.» Die alte Schachtel eilte zurück ins Vorzimmer.

Bolp schob den Poststapel beiseite und widmete sich den Zeitungen. Auf der Titelseite der letzten *Berliner-Blitz*-Ausgabe prangte ein Foto des baden-württembergischen Ministerpräsidenten Hans Filbinger. In ganz Deutschland versuchten die Linken den Mann abzuschießen, weil er im Zweiten Weltkrieg als Jurist an mehreren Todesurteilen beteiligt gewesen war. Doch Politik war nicht Bolps Gebiet. Neben dem Filbinger-Artikel stand die Schlagzeile: *So geht es dem Kaiser in New York!* Eine Geschichte über Fußballer Franz Beckenbauer, der seine Millionen jetzt in der US-Operettenliga verdiente – so etwas verkaufte sich offenbar auch noch nach dem peinlichen WM-Versagen der deutschen Fußballnationalmannschaft im Juni in Argentinien.

Die Konkurrenz titelte: *Die neue Mode für abenteuerlustige Mädchen! Oben ohne auf Ibiza immer beliebter!* Unter der Überschrift lächelte eine langbeinige Blondine mit üppigen Brüsten in die Kamera. Das machte für Bolp nicht den Eindruck, als würden die Kollegen gerade in einer Flut brennender Themen ertrinken.

Es klopfte erneut an der Tür. «Ja doch!», rief Bolp genervt.

Die Schreckschraube erschien im Türrahmen. «Der Herr Chefredakteur lässt mitteilen, dass Sie sich in Ruhe in die Themenlage einarbeiten sollen. Wenn Sie im Zuge dessen auf eine Geschichte stoßen, mögen Sie vorstellig werden.»

«Vorstellig werden?»

«Das waren seine Worte, Herr Bolp.» Die alte Schachtel sprach, als wäre sie die Mutter eines Schülers, der schlechte Noten nach Hause gebracht hatte.

«Danke.»

Die Sekretärin blieb in der Tür stehen und guckte Löcher in die Luft.

«Sie dürfen gehen!», ergänzte Bolp.

Widerwillig wandte sich die Sekretärin ab und schloss die Tür hinter sich.

Bolp überlegte, ob er seine Quelle bei der Polizei anzapfen sollte. Dann fiel ihm ein, dass seine Zuträger im Urlaub weilten. Also ging er noch einmal den Stapel mit der Post durch. Er würde eine Geschichte finden!

Er stieß auf eine Postkarte. Das Bild auf der Vorderseite zeigte eine Sängerin mit einem Mikrofon und einer Brille in Form eines Schmetterlings, die Bolp irgendwoher kannte. Erst beim zweiten Hinsehen bemerkte er, dass es sich bei dem Bild nicht um ein Foto, sondern um eine Zeichnung handelte. Der Blick der Frau wirkte aufreizend. Zugleich schien sie seltsam abwesend, als würde sie unter Drogen stehen. Bolp drehte die Karte herum. Es handelte sich um eine Einladung zu einer Ausstellung, die am nächsten Tag eröffnet werden sollte. Ein gewisser John Pistol verantwortete die Schau namens *Stars and Art*.

Da würde er hingehen. Bekiffte Sternchen könnten ein paar Zeilen wert sein, dachte Bolp.

Das Blatt Papier in der Schreibmaschine hing schief. Peter Kappe versuchte es durch Drehen an den Führungsrädern gerade zu ruckeln. Doch es wurde immer schlimmer. Kappe seufzte, zog das Papier aus der Maschine, rückte die Führungen enger zusammen und schob das Blatt erneut unter die Andruckräder. Nun saß das Papier zwar korrekt, aber was er schreiben sollte, wusste Kappe immer noch nicht.

Wolf Landsberger erlöste ihn, als er mit einer dünnen Mappe unterm Arm ins Büro trat.

«Über diesen Reinhard Buddewitz gibt es eine Polizeiakte wegen einer Drogensache.» Landsberger legte die Mappe auf seinem Schreibtisch ab und setzte sich auf den Bürostuhl. Seine Frisur saß auch am frühen Nachmittag immer noch, als käme er frisch vom Friseur.

«Leg los. Was wissen wir über den Mann?», fragte Kappe.

Landsberger öffnete die Mappe und sagte: «Jahrgang '47. Geboren in Berlin, drüben in Treptow. Die Eltern sind aber gleich nach seiner Geburt in den Westen gezogen. Gutbürgerliche Familie, der Vater Architekt, die Mutter Hausfrau. Buddewitz selbst hat einen IHK-Abschluss als Radio- und Fernsehtechniker im Jahr 1969 gemacht, Prüfung zum Tonmeister 1975, beides hat er mit sehr guten Leistungen abgeschlossen.» Landsberger blätterte und fuhr fort: «Reinhard Buddewitz war ein Nachzögling. Die Eltern haben inzwischen das Zeitliche gesegnet. Der Vater ist vor vier Jahren an einem Herzinfarkt gestorben. Die Mutter kurz darauf auch. Reinhard Buddewitz war nicht verheiratet, außer dem Bruder hatte er keine Familie mehr.»

«Was ist mit den Drogen?»

Landsberger blätterte weiter. «Ich habe hier eine Ermittlung wegen Missbrauchs von Betäubungsmitteln. Die wurde mit einer Verwarnung per Strafbefehl beendet. Nächstes Jahr wäre die Sache verjährt und gelöscht worden.»

«Drogen», stellte Kappe fest und mutmaßte: «Vielleicht hat sein Tod etwas damit zu tun. Überdosis, Ärger mit dem Dealer.»

«Na ja, in der Akte steht etwas von Cannabiskonsum, davon stirbt ja keiner.» Landsberger blickte von den Unterlagen auf. «Außerdem hat die Niedergesäß gesagt, der Mann sei vermutlich einem Stromschlag erlegen. Das sieht mir eigentlich nicht nach einem Drogentod aus.»

Kappe setzte zu einer Antwort an, hielt aber inne. Er könnte die Binsenweisheit äußern, dass Klarheit erst nach dem Obduktionsbericht herrsche. Andererseits hatte die Rechtsmedizinerin sicher genug Junkies mit Überdosis auf dem Tisch liegen gehabt, um einen Hinweis darauf zu erkennen. Auch Schläge mit Eisenstangen von einem wütenden Dealer wären ihr kaum entgangen. Also seufzte Kappe lediglich.

Landsberger wartete noch einen Moment und wandte sich dann wieder der Akte zu. «Diese Hütte war tatsächlich sein erster Wohnsitz», murmelte er.

«Vielleicht gab es eine Freundin mit 'nem Doppelbett», warf Kappe ein.

«In den Akten steht nichts davon, aber möglich wär's», sagte Landsberger, ohne von den Papieren aufzublicken. «Dem sollten wir nachgehen.» Er zückte einen Stift und notierte etwas. Dann blätterte er weiter. Plötzlich hob er eine Seite etwas an und schaute ungläubig.

«Was ist denn?», fragte Kappe.

«Es gab offenbar eine polizeiliche Sonderüberprüfung.» Landsberger reichte Kappe das Papier über den Schreibtisch hinweg.

Kappe nahm es entgegen. Es handelte sich um einen Verweis auf ein Dossier des Polizeilichen Staatsschutzes. «Das müssen wir beschaffen», stellte Kappe fest.

«Ich frage das über Engländer ab», sagte Landsberger.

Kappe gab Landsberger das Papier zurück und dachte an den Chef. Wenn der Kriminalhauptkommissar davon erfuhr, hing der Fall an der großen Glocke. «Vielleicht haben wir es mit einem einfachen Arbeitsunfall zu tun. Der Mann war Rundfunktechniker und hat einen Stromschlag bekommen. Ich weiß nicht, ob wir dieser Akte noch etwas hinzufügen müssen.»

Landsberger legte das Blatt Papier wieder in die Mappe zurück. Dabei murmelte er: «Einser-Abschluss und über zehn Jahre Berufserfahrung und dann so ein dummer Unfall.»

«Im Leben passieren die seltsamsten Dinge», erwiderte Kappe, auch wenn er sich dabei wie ein Phrasendrescher vorkam.

«Ich weiß nicht ...», sagte Landsberger skeptisch.

Kappe rieb sich die Stirn. «Eigentlich ist es auch egal. Wir haben die Sache nun erst mal auf dem Tisch. Ob wir wollen oder nicht. Und bis zu den Berichten der Kriminaltechnik und der Rechtsmedizin wird sich das auch nicht ändern.»

«Es scheint, als hätten wir eine unangenehme Aufgabe zu erledigen», sagte Landsberger. Er schloss die Akte.

Kappe richtete sich auf. «Also gut, fahren wir zu Buddewitz' Bruder.»

Gery legte die Kassette in das Abspielgerät und drückte auf den Startknopf.

«Mach ein bisschen lauter!», forderte Bert ihn auf.

«Okay», brummte Gery, bevor er den Lautstärkeregler bis kurz vor den Anschlag drehte.

Die Gitarre schrammelte auf einen ewig langen Trommelwirbel ein Intro, zu dem eine gepresste Stimmte im Takt immer wieder *«Tick tock / Tick tock»* aufsagte. Die erste Strophe folgte. *«I'm not disconnected / I'm not unaware / I'm in one place at one time / I'm neither here nor there»*, sang der Frontmann mit exaltierter Stimme.

«Das fetzt!», rief Gery.

«Sag ich doch!», rief Bert zurück. Er sammelte Wein- und Schnapsflaschen zusammen und gab sich Mühe, das Glas im Takt in den Pappkarton zu werfen. Typisch Schlagzeuger. Manchmal lag er einen Moment daneben. Typisch Bert.

Gery schlurfte zur Tür. Die Garage im Garten hinter dem Haus von Bert und dessen Mutter in der Tempelhofer Fliegersiedlung diente ihnen als Proberaum, und hier wollte Gery mit Bert ein Studio einrichten. Ein paar Songs hatten sie sogar schon aufgenommen. Doch derzeit versank der Raum im Müll. Nach den Proben hatte niemand Lust, noch aufzuräumen. Also schnappte sich Gery nun den Mülleimer und ging zum Gitarrenverstärker. Dort türmte sich ein Mount Everest aus erkalteten Zigarettenstummeln in einem Aschenbecher. Vorsichtig hob Gery das Gefäß an und entleerte es in den Eimer. Ein bisschen Asche rieselte neben den Kübel. Gery stellte den Aschenbecher zurück auf den Verstärker und schaute sich um. In einer Ecke standen Unmengen an Bierflaschen, über den Flaschenhälsen lagen mehrere Stoffbeutel. Gery ging darauf zu.

Das Lied war inzwischen beim Refrain angekommen: *«Now my mind keeps time like clockwork / And I think in sync like clockwork.»* Dem Sänger gelang es, die Worte im Stakkato zu rufen und dabei trotzdem eine Melodie auf den hektischen Rhythmus zu zaubern. Gery ertappe sich dabei, wie er leise mitsang. Er bückte sich und tastete die Beutel ab. Einer fühlte sich klamm an, doch der nächste schien Gery trocken genug, um ihn als Staubtuch zu benutzen.

«Gibste mir mal 'n Bier?», rief Bert ihm zu.

Gery schaute über die Flaschensammlung und entdeckte tatsächlich ein paar verschlossene. Er schnappte sich zwei. Mit dem Bier und dem trockenen Beutel tappte er zu Bert.

Der zückte einen Drumstick aus der Hosentasche und öffnete damit die erste Flasche. Der Schaum spritzte über Berts T-Shirt. In besseren Zeiten musste der gesamte Stoff einmal so schwarz gewesen sein wie die Stellen, die nun nass wurden. Das Bier sprudelte bis auf den Teppich.

«Mist!», sagte Gery.

«Ist gut fürs Raumklima!» Bert grinste. Er stellte die Flasche ab und öffnete die zweite. Das gelang ihm ohne Spritzen.

Gery nahm die Flasche entgegen. «Welche Band ist das denn?» Er zeigte mit dem Bier in der Hand auf das Kassettendeck.

«The Boomtown Rats. Eine neue Platte, die gerade erst rausgekommen ist.» Bert klang wie ein Verkäufer auf dem Wochenmarkt.

«Cool!»

Bert grinste und begann, die auf dem Boden herumliegenden Kabel aufzuwickeln.

Der Song endete mit dem Klingeln eines Weckers, und sogleich donnerte das nächste Stück los. Zu wildem Getrommel und einer Schrammelgitarre klimperte ein Klavier. Gery gefiel dieser fiebrige Glamrock. Er wandte sich seinem Bassverstärker zu und wischte die Armatur mit dem Stoffbeutel sauber. Dann nahm er einen Schluck vom Bier und machte beim Mischpult für die Gesangsboxen weiter. Das Teil hatten sie aus mehreren defekten Geräten selbst zusammengebaut. Der Lappen blieb an einem Kanal hängen. Die Abdeckung aus Aluminium löste sich. Gery hob den Metallstreifen an. Die Bauteile steckten in den dafür vorgesehenen Löchern, doch sie waren noch nicht mit der Elektronik im Innern verbunden. Eine gute Gelegenheit für eine Reparatur, fand Gery.

Er holte Lötzinn, Lötfett und einige Drähte aus der Schublade im Tisch unter dem Pult. Doch das Wichtigste fand er nicht.

«Wo ist denn der Lötkolben?», fragte er Bert.

«In der Schublade», antwortete Bert, ohne von seinem Kabelsalat aufzublicken.

«Nein, ist er nicht.»

«Wieso nicht?»

«Woher soll ich das wissen?», fragte Gery genervt. Er legte den Lötkolben immer in diese Schublade. Wann hatte er ihn zuletzt verwendet? Vielleicht vor einer Woche? «Mensch, pass auf das Zeug besser auf!», rief er Bert zu und knallte die Schublade zu. «Wann hast du das Teil zuletzt benutzt?»

«Was weiß ich!» Bert guckte ihn grimmig an. «Das ist ein Proberaum und soll mal ein Studio für Punk werden! Oder möchte der Herr hier lieber eine Sparkassen-Filiale einrichten?»

Gery antwortete nicht. Er schaute auf seine Armbanduhr. Wenn er vor seiner Schicht in den Spreeblick-Studios noch mit Debbie über ihre Texte reden wollte, musste er los. «Mach nicht so 'nen Aufstand, Bert», sagte er in versöhnlichem Ton. «Es wäre einfach dufte, wenn der Technikkram seinen festen Platz hätte.»

Peter Kappe stieg aus seinem Dienstwagen. Der Ford war ihm vor ein paar Monaten zugeteilt worden und nicht gerade klein. Doch zwischen den Mercedes-Limousinen und Porsche-Cabrios am Rand der Ballenstedter Straße in Wilmersdorf wirkte er beinahe schäbig. Kappe trat auf den Fußweg. Weit und breit war kein Mensch zu sehen. Weilten die Bewohner alle bei der Arbeit, oder lebten in diesen riesigen Villen nur so wenige Menschen?

Wolf Landsberger schlug die Beifahrertür zu und sagte: «Kaum zu glauben, dass der Tote aus dieser Bruchbude einen Bruder in diesem schnieken Viertel hat.»

«Ist halt der *große* Bruder», murmelte Kappe, doch auch ihm erschien der Kontrast zwischen dem Kreuzberger Hinterhofstudio und der Wilmersdorfer Villa gewaltig.

Ein schmiedeeisernes Tor führte zum Vorgarten der Villa. Das Namensschild daneben wies den Hausbewohner als *Dr. Buddewitz* aus. Kappe betätigte den Klingelknopf. Die Glocke war bis auf die Straße zu hören, allerdings so leise, als käme sie aus einem anderen Universum.

«Das kann dauern, bei der Hütte», stellte Landsberger fest.

Kappe merkte, wie er schon nach wenigen Augenblicken ungeduldig wurde. Doch als er an den Anlass ihres Besuches dachte, verzichtete er auf ein Sturmklingeln.

Kurz darauf summte es, und das Tor sprang auf. Einen Moment später erschien ein Mann in einer Sommerhose und einem kurzärmligen ockerfarbenen Hemd in der Haustür. Er trug eine dieser selbsttönenden Heliomatic-Brillen. Sein Haar wellte sich um mächtige Geheimratsecken.

Kappe ging den Kiesweg zwischen Blumenrabatten entlang. Er versuchte sich Worte zurechtzulegen. Doch in seinen Gedanken kam er nicht weiter als bis zur Vorstellung.

Kappe erreichte die vierstufige Freitreppe. «Guten Tag», sagte er. «Ich bin Kriminalkommissar Kappe, und das ist mein Kollege Polizeimeister Landsberger. Sind Sie Herr Doktor Buddewitz?»

«Der bin ich. Was führt Sie zu mir, Herr Kommissar?»

«Es betrifft Ihren Bruder.»

«Reinhard? Hat er etwas angestellt?»

«Dürfen wir hereinkommen?», fragte Kappe.

Buddewitz schien einen Augenblick zu überlegen, wies dann aber ins Innere. «Bitte sehr.»

Im Foyer der Villa leuchteten die Wände und Möbel weiß. Selbst der Sommermantel an der Garderobe strahlte. Lediglich das Parkett und ein mannshoher Gummibaum brachten Farbe in den Raum. Am anderen Ende des Flurs knarzte eine Flügeltür. Im Rahmen erschien eine Frau in einem kurzen geblümten Kleid, das ihre Beine endlos wirken ließ. Ihr Haar hatte sie zu zwei Zöpfen gebunden, weshalb sie an eine brünette Ausgabe von Pippi Langstrumpf erinnerte.

«Inge, das ist die Polizei. Sie möchte mit uns über meinen Bruder sprechen», erklärte Heinar Buddewitz.

«Oh!» Die Frau schaute von Buddewitz zu Kappe, dann zu Landsberger und wieder zu Kappe. «Kommen Sie doch in die Stube. Ich kann Ihnen einen Kaffee anbieten.»

«Vielen Dank», erwiderte Kappe und ging in Richtung Wohnzimmer. Vor der Dame blieb er stehen. Es kam ihm vor, als hätte er Bleigewichte in den Schuhen. «Frau Buddewitz, darf ich annehmen?», fragte er.

«Entschuldigen Sie bitte!», antwortete der Hausherr an ihrer Stelle. «Darf ich vorstellen? Meine Ehefrau Inge. Wir haben die Polizei nicht oft zu Gast.»

Kappe nickte nur und trat an Inge Buddewitz vorbei ins Wohnzimmer. Landsberger folgte ihm.

Die Einrichtung zeugte vom Geschmack der Bewohner. Das Abendlicht drängte durch eine große Fensterfront und fiel auf eine Sitzgruppe in der Mitte des Raums. Imposante Bücherregale mit Prachtausgaben der Klassiker zierten eine Wand. Kappe entdeckte aber auch einige Kriminalromane, ganz am Rand der Bücherreihe stand der Titel *Einer will's gewesen sein* vom Berliner Autor -ky. An der Wand gegenüber hing ein übermannshoher impressionistischer Kunstdruck – Monet oder Renoir, vermutete Kappe. Darunter stand auf einer Holzanrichte eine ganze Sammlung erlesener Nordmende-Technik: ein Fernsehgerät, ein Plattenspieler, ein Kassettenrekorder.

«Setzen Sie sich doch bitte.» Buddewitz wies auf das Sofa.

Kappe und Landsberger nahmen Platz. Kappe wartete, bis auch Buddewitz und seine Frau auf den Sesseln am Couchtisch saßen. Dann atmete er tief durch. «Frau Buddewitz, Herr Buddewitz, wir sind hier, weil wir Ihnen eine traurige Nachricht überbringen müssen. Herr Reinhard Buddewitz ist verstorben.» Kappes Mund fühlte sich so trocken an wie am Morgen nach einer durchzechten Nacht. Er schaute in die Gesichter des Ehepaares. Frau Buddewitz hatte eine Hand vor den Mund geschlagen und starrte mit aufgerissenen Augen an ihm vorbei. Der Herr des Hauses verharrte regungslos auf dem Sessel. Die Abendsonne spiegelte sich in Buddwitz' Brille, deshalb sah Kappe seine Augen nicht.

«Ihr Bruder ist vermutlich an einem Stromschlag verstorben, Herr Buddewitz», erklärte Landsberger. «Den genauen Hergang ermitteln wir gerade. Daher haben wir einige Fragen an Sie. Wenn Sie sich jetzt nicht in der Lage für ein Gespräch fühlen, können wir aber auch später reden.»

«Nein, nein.» Buddewitz sprach so leise, dass Kappe ihn kaum verstand. «Fragen Sie nur.»

«Also gut.» Landsberger zückte sein Notizbuch. «Können Sie uns zunächst bitte sagen, wie Ihr Verhältnis zu Ihrem Bruder war?»

«Natürlich. Wir waren die Letzten der Familie. Deswegen haben wir versucht, den Kontakt nicht abreißen zu lassen. Alle vierzehn Tage kam mein Bruder am Sonntag zu uns, und wir haben gemeinsam zu Mittag gegessen.» Buddewitz blickte zu seiner Frau. Diese nickte zur Bestätigung, sagte aber nichts.

«Gibt es jemanden, den wir noch informieren sollten, eine Partnerin oder Ähnliches?», fragte Kappe.

«Nicht, dass ich wüsste.»

«Könnten Sie uns näher erläutern, was Ihr Bruder in letzter Zeit beruflich getan hat?», fuhr Kappe fort.

«Er war selbstständig und hat als Tontechniker gearbeitet.»

«War er erfolgreich damit?»

«Ich glaube, er genoss einen guten Ruf in seinen Kreisen. Er hatte regelmäßig Aufträge im Konzerthaus ‹B-Rock›. Das ist wahrlich nicht meine Musik, aber sie hat ihr Publikum. Manchmal hat er uns Freikarten angeboten, und gelegentlich haben wir davon sogar Gebrauch gemacht.»

«Es ist nur ...» Kappe suchte nach den passenden Worten. Er wies auf die Einrichtung im Wohnzimmer. «Seine Bleibe wirkt im Verhältnis zu Ihrem Haus etwas ... schlicht.»

«Ach, wissen Sie ...», Buddewitz klang so, als ob er über

dieses Thema schon Hunderte Male gesprochen hätte, «... mein Bruder hatte andere Prioritäten. Er wollte unbedingt ein eigenes Studio haben. Deswegen hat er diese Hinterhofbaracke in Kreuzberg gemietet. Und das ganze Zeug darin hat er gekauft. Sie glauben ja nicht, was alleine sein Mischpult gekostet hat! Nein, nein, soweit ich das einschätzen kann, war Reinhard nicht arm im eigentlichen Sinne.»

«In welchem dann?», fragte Landsberger.

«Nun, seine im Grunde nicht allzu knappen Einnahmen reichten nicht für die enorm teure Musiktechnik, auf die er Wert legte. Dafür hätte wohl kein Geld der Welt genügt.»

Kappe dachte an die vielen Gerätschaften, die in der Behausung des Toten zum Teil offen neben dem Mischpult herumstanden. «Letztlich ist ihm diese Technik wohl zum Verhängnis geworden. Möglicherweise hat ihn der Stromschlag bei der Arbeit mit einem defekten Apparat getroffen.»

«Niemals!», rief Frau Buddewitz. Kurz schien sie selbst erschrocken über ihren plötzlichen Ausbruch zu sein. Dann fuhr sie mit einem Zittern in der Stimme fort: «Reinhard war stets äußerst genau bei seiner Arbeit. Ich kann mir nicht vorstellen, dass er mit defekter Technik gearbeitet hat.»

Gery verlegte die Kabel für die Schlagzeug-Mikrofone im Aufnahmeraum der Spreeblick-Studios. Die Band wünschte sich die Aufnahmen auf die amerikanische Art. Dabei wurden die Mikros möglichst nah an den Trommeln und Becken platziert. So entstand ein wuchtiger, harter, aber weniger natürlicher Klang. Gery wusste, dass Buddy diese Variante im Studio bevorzugte, während viele andere Tontechniker Wert auf den Klang des Raumes legten. Inzwischen hatte Gery den Assistentenjob oft genug gemacht, um sicher zu sein, wo Buddy die Mikros platziert haben wollte.

Alle paar Meter fixierte Gery die Kabel mit Panzerklebeband an der Fußleiste. Dabei ließ er sich aus zwei Gründen Zeit. Erstens saßen die Musiker mit riesigen Joints und jeder Menge Bier im

Regieraum. Und je länger die sich da drüben abschossen, desto größer wurde die Gefahr, dass sie später über die Kabel stolperten. Zweitens ließ Buddy auf sich warten. Dabei war der Tonmeister eigentlich die Zuverlässigkeit in Person.

Stück für Stück arbeitete sich Gery mit den Kabeln bis zum Schlagzeug vor. Währenddessen dachte er an Debbie. Im Vergleich zu ihrem Gespräch soeben im Café verfügte selbst ein Termin bei einem Finanzberater über eine persönliche Note. Wie eine Geschäftsfrau hatte sie darauf gedrungen, ausschließlich über ihren Text zu reden. Der handelte vom Ende der Welt. Und die Zeit bis dahin blieb ohne Sinn – das sagten zumindest ihre Verse. Gery teilte diese Ansicht nicht. Doch an Versmaß und Rhythmus ihres Textes gab es nicht viel auszusetzen.

Gery erreichte das Schlagzeug. Die Trommeln waren mit goldenem Glitzer überzeugen. Auf der Basstrommel prangte der Schriftzug *The Golden Youth*. Vermutlich trug die Band den Namen schon seit Jahrzehnten. Gery richtete das Mikro an der Schlagtrommel auf das Fell aus und schaute anschließend durch die Glasscheibe in den Regieraum. Die Kerle da draußen sahen nicht so aus, als wären sie das erste Mal in einem Tonstudio. Mit ihren langen Haaren und den hellen Hemden über den ausgewaschenen Jeans gingen sie glatt als Berufsjugendliche durch. Dabei waren die fünf Männer sicher schon über dreißig.

Die Tür öffnete sich, und der Studioleiter betrat den Aufnahmeraum. Wie heißt der gleich wieder?, fragte sich Gery. Buddy hatte den Namen mal erwähnt, aber anschließend immer nur vom «Boss» gesprochen.

«Komm mal her, Junge!», forderte ihn der Boss auf und schloss die Tür hinter sich. Er trug eine Anzughose und hatte sein Hemd so weit geöffnet, dass die Goldkette auf seiner Brust zu sehen war.

Gery stand auf und überlegte, ob er den Boss auch duzen sollte, entschied sich aber dagegen.

«Wir müssen den Jungs da draußen was für ihr Geld bieten.

Traust du dir zu, den Drumsound einzurichten?» Der Mann flüsterte, als wäre der Raum nicht schalldicht.

Gery hatte keine Ahnung, wie die Band klingen wollte.

«Du musst ja noch nichts aufnehmen. Die wollen sowieso erst morgen anfangen. Das ist nur der Soundcheck», sagte der Studioleiter.

«Das müsste schon gehen.» Gery erledigte hier im Studio vornehmlich Laufburschenarbeiten. Doch er war ausgebildeter Rundfunktechniker. Außerdem ließ ihn Buddy des Öfteren mit am Mischpult sitzen, wenn es nicht galt, Mikrofone aufzustellen oder Kaffee zu holen. Im Übrigen nahm er die Stücke seiner eigenen Band selbst in Berts Garage auf. Also Augen zu und durch!

«Gut.» Der Studioboss sprach wieder lauter. «Warte noch einen Moment. Ich stelle dich als Techniker vor. Dann schicke ich den Drummer herein, damit ihr schauen könnt, ob alles richtig steht. Ich versuche derweil herauszufinden, wo Buddy bleibt.»

Der Boss flitzte nach nebenan in den Regieraum. Er ließ die Tür offen. Deswegen hörte Gery, wie der Studioleiter ihn anpries. Die Band habe großes Glück, dass der Tonmeister erst morgen zu den Aufnahmen komme. Nur deswegen gebe es am heutigen Abend keinerlei Zeitbegrenzung beim Einrichten aller Instrumente. Die zusätzlichen Stunden würden nicht einmal in Rechnung gestellt.

Gery tat so, als würde er die Mikrofone über den Becken ausrichten, und schaute dabei durch die Glasscheibe in den Regieraum. In den Gesichtern der Musiker konnte er lesen, dass sich ihre Begeisterung in Grenzen hielt. Immerhin stand einer der Kerle auf. Er kramte in einer Tasche herum. Nach einer Weile zog er ein Paar Drumsticks hervor und schlurfte zu Gery in den Aufnahmeraum. Er ging so gebeugt, als wäre er sein eigener Großvater.

«Du bist also der Zaubertechniker», sagte der Kerl sarkastisch, als er neben ihm stand. «Ich bin Wolfgang, kannst mich aber einfach Wolle nennen.» Er streckte Gery die Hand entgegen.

«Gery», sagte Gery und schlug ein. Wolles Händedruck war

so fest wie der von einem Bauarbeiter. «Schau mal, ob das so okay ist und ob dich die Mikros nicht stören.» Gery zeigte auf das Schlagzeug.

Wolle trottete zu den Trommeln, beäugte jede einzelne und murmelte: «Könnte klappen.» Er zwängte sich an den Becken vorbei hinter sein Instrument. Aus dem Handgelenk spielte er einen Wirbel auf der Schlagtrommel. Seine geschmeidigen Bewegungen passten weder zu seinem Gang noch zu seinem Händedruck. Beim nächsten Wirbel sausten die Sticks über das gesamte Instrument. Ins ausklingende Scheppern der Bleche brummte Wolle: «Passt.»

«Spielt ihr zusammen oder nacheinander?», fragte Gery.

«Am liebsten würde ich zusammen mit dem Bass spielen», antwortete Wolle. «Aber zur Not kriege ich das auch alleine hin.»

«Nein, nein. Wir machen das so, wie es für euch am besten ist.» Gery ging zum Kabelschrank. «Wir stellen den Bassverstärker in die Kammer.» Er deutete auf eine Tür neben dem Schlagzeug. «Ihr beide bekommt das Signal auf die Kopfhörer. Dann könnt ihr hier spielen, ohne dass der Bass die Schlagzeug-Mikros überspricht.» Gery nahm ein Acht-Meter-Kabel aus dem Schrank und tappte zur Kammer.

«Warte mal, Junge! Ich helfe dir.» Wolle kam wieder hinter dem Schlagzeug hervor. «Es ist zwar schön, dass wir uns hier die Nacht um die Ohren schlagen dürften. Aber ich fände es besser, schnell fertig zu werden und morgen ganz früh anzufangen. Wenn Buddy dann da ist.»

ZWEI

Mittwoch, 2. August 1978

ES PASSIERTE NICHT OFT, aber an diesem Morgen traf Kriminalkommissar Peter Kappe als Erster im Büro in der Keithstraße ein. Unter seinem Arm trug er den *Tagesspiegel.* Im Präsidium war es um sieben Uhr ähnlich ruhig wie zu Hause, doch hier lockte kein Bett. Damit bestand keine Gefahr, dass er wieder einschlafen und Albträume haben würde.

Gestern Abend war Kappe das Bier in seiner Wohnstube noch wie ein Trost vorgekommen, doch nachts hatte ihn die viele Flüssigkeit immer wieder auf die Toilette getrieben. Nach jedem Einschlafen war stets aufs Neue Frau Buddewitz in seinen Träumen aufgetaucht, um ihn zu beschwören: «Sie werden mich nicht los, bevor sie nicht den Mörder meines Schwagers gefangen haben!» Dabei war noch nicht einmal klar, ob überhaupt ein Mord vorlag. Doch das interessierte Gestalten in Albträumen natürlich nicht.

Kappe knallte den *Tagesspiegel* mit Schwung auf den Tisch. Das verursachte einen Windstoß, und ein gelber Zettel flatterte in hohem Bogen zu Boden. Kappe bückte sich, hob das Papier auf und las: *Vermerk 6.30 Uhr: Frau Dr. Niedergesäß bittet um Rückruf.*

Die Gerichtsmedizinerin kam also auch nicht zum Schlafen. Kappe ahnte Schlimmes. Wenn die Ärztin ihn persönlich sprechen wollte, war der Tonmeister wohl kaum eines natürlichen Todes gestorben. Kurz überlegte Kappe, ob er noch ein paar Minuten der Hoffnung nutzen sollte, um in Ruhe Zeitung zu lesen. Der *Tagesspiegel* titelte: *Oberstes Gericht weist Berufung Bahros gegen sein Urteil zurück.*

Der Dissident aus dem Osten sollte für acht Jahre ins Gefängnis, weil er im Westen eine Analyse des DDR-Systems veröffentlicht hatte. Hochverrat, hieß es nun. Kappe hoffte, dass Rudolf Bahro in nicht so ferner Zukunft als politischer Gefangener freigekauft und in den Westen gelangen würde. Für weitere Lektüre fehlte ihm die Ruhe. Also nahm er den Telefonhörer zur Hand und wählte die Nummer der Gerichtsmedizin.

Es tutete. Kappe stellte sich vor, wie Doreen Niedergesäß zunächst ihre vor Blut triefenden Hände aus einer Leiche ziehen und anschließend waschen musste, bevor sie den Hörer abheben konnte.

«Hallo, hier Niederjesäß!» Die Gerichtsmedizinerin klang so barsch, dass Kappe zusammenzuckte.

«Kappe hier. Guten Morgen. Du wolltest mich sprechen. Was gibt es denn?»

«Um die Uhrzeit schon?» Die Stimme von Dr. Niedergesäß kippte ins Kumpelhafte. «Da war wohl zu Hause nich mehr ville inne Kühlschrank, wa?»

Frühstück – das hatte Kappe völlig vergessen. «Nur der übliche Sommerblues. Alle sind im Urlaub, sogar meine Eltern.»

«Deswegen kamste mir jestern schon so mürrisch vor. Wo issn die Familie?»

«In Amerika. Meine Eltern besuchen gerade meine Tochter.»

«Det klingt, als wärste der letzte Kappe in Berlin!», rief die Gerichtsmedizinerin lachend.

Kappe versuchte das Gespräch zurück zum Dienstlichen zu lenken. «Jedenfalls bin ich der letzte Kappe weit und breit, der arbeiten muss.»

«So früh am morjen und schon in Eile?», höhnte Dr. Niedergesäß noch, sie fügte jedoch gleich an: «Also jut, anne Arbeit.» Im Hörer raschelte es. Anscheinend blätterte die Gerichtsmedizinerin in einer Akte. «Hier. Det wollte ick dir sagen. Ick erspar dir det medizinische Kaudawelsch. Det war, wie ick es vamutet hatte, een Stromschlag. Aba hier is wat seltsam. Da sind Vabrennungen, als hätte der arme Buddewitz minutenlang unta Strom jestanden.»

Die Bürotür öffnete sich, und Kriminalmeister Wolf Landsberger polterte ins Zimmer.

Hastig hob Kappe die Hand, wies auf den Telefonhörer und führte anschließend den Zeigefinger vor den Mund.

Landsberger schien zu verstehen, denn er flüsterte ein «Guten Morgen» und schlich zu seinem Platz am Schreibtisch vis-à-vis.

«Hörst du mir, Kappe? Minutenlang!», wiederholte die Gerichtsmedizinerin.

«Ja und?», fragte Kappe und konzentrierte sich wieder auf das Telefonat.

«Det kann keena übaleben.»

Der Mann ist ja auch tot, dachte Kappe. Er sagte aber nichts.

«Det, wat hier vor mir liegt, war een junga Kerl um de dreißig. Bei 'nem normalen Stromschlag hätta jute Chancen jehabt», ergänzte die Gerichtsmedizinerin.

«Du meinst, jemand hat absichtlich für einen ausgiebigen Stromschlag gesorgt?»

«Det is eene Möglichkeit.»

«Und die andere?» Kappe spürte, wie Hoffnung in ihm aufkeimte.

«Det kann ick nich sagen. Da musste die Technika fragen. Ick seh ja nur, wat mit da Leiche is.»

Kappe stöhnte. «Also, was du sagen willst, ist Folgendes: Es kann ein Unfall gewesen sein oder auch ein Mord. Und das ist so dringend, dass ich zu Dienstbeginn eine Nachricht auf meinem Schreibtisch finde?»

Für einen Moment herrschte Stille in der Leitung. Dann lachte die Gerichtsmedizinerin, «Wenn du det so sagst, klingt det 'n bisschen banal. Aba ick hab noch 'ne weitere schlichte Wahrheit für dir, lieber Kappe. *Du* musst herausfinden, wat passiert is.»

Kappe hätte jetzt gern das Gesicht von Doreen Niedergesäß gesehen. War sie verärgert? Oder frotzelte sie nur herum? Aus dem Klang der Stimme hörte Kappe das nicht heraus. Also ging er auf Nummer sicher. «Danke für die Information. Zum Glück ist Kollege Landsberger gerade eingetroffen. Wir können uns also ans Werk machen und ermitteln, was passiert ist.»

Gery konnte seine Augen kaum noch offen halten. An Schlafen war allerdings nicht zu denken. Denn der Gitarrist spielte schon seit Stunden in ohrenbetäubender Lautstärke Tonleitern rauf und runter. Dabei gab es seit einer ganzen Weile nichts mehr auszupegeln. Die Mikrofone standen längst an den richtigen Stellen. Wahrscheinlich war der Mann froh, dass er einmal von seiner Band ungestört übers Griffbrett fegen konnte.

Die anderen Musiker schliefen sicher längst. Sie hatten ihre Instrumente und ihre Technik für die Aufnahme vorbereitet und waren gegangen. Der Schlagzeuger und der Bassist als Erste, schließlich wollten die beiden gleich morgens mit der Arbeit beginnen.

Gery drehte die Studioboxen in der Regie leiser und schaute durch das Glasfenster in den Aufnahmeraum. Ob der Kerl schon komplett taub war?

Gery setzte sich auf den Regiesessel, lehnte sich zurück und gähnte. Beim Blick auf die Uhr an der Wand erstarrte er. Es war schon zehn vor neun. Er hatte tatsächlich die Nacht durchgemacht. Bald würden die ersten Musiker eintreffen, um mit den Aufnahmen zu beginnen. Doch von Buddy fehlte nach wie vor jede Spur.

Gery überlegte, ob er sich heimlich aus dem Staub machen sollte. Wenn nur der Irre im Aufnahmeraum nicht wäre. Den konnte er schlecht allein in den Spreeblick-Studios lassen.

Die Tür ging auf, und der Studioleiter betrat den Raum. Gery sprang vom Regiestuhl auf.

«Guten Morgen», sagte der Boss. Seine Stimme klang, als hätte er die Stimmbänder mit einer Raspel aufgeraut. Er trug dasselbe Hemd wie am Vorabend und darüber ein zerknittertes Jackett.

«Morgen.» Gery drehte den Ton von den Studioboxen auf null. Nun dröhnte das Gitarrenspiel nur noch dumpf aus dem Aufnahmeraum herüber.

Der Studioboss zog eine Packung Zigaretten aus der Jacketttasche. Seine Hand zitterte. «Willst du eine?» Er klopfte gegen den Boden der Schachtel, bis zwei Filter aus der Packung herausragten.

«Danke.» Gery nahm eine Zigarette, zückte sein Feuerzeug und hielt es dem Studioleiter hin. Dann entzündete er die eigene Kippe.

«Das ist eine Scheiße!», maulte der Boss in den Rauch seiner Zigarette hinein.

«Was ist denn passiert?»

«Buddy», sagte der Studioleiter nur. Er ließ sich in den Regiestuhl plumpsen. «Setz dich, Junge.»

Gery schnappte sich einen Stuhl aus einer Ecke. Durch den Regieraum waberte der Zigarettenrauch, es schien, als tanze er zum Dröhnen der Gitarre von nebenan.

«Er ist tot», sagte der Studioleiter.

«Buddy?»

Der Boss nickte.

«Was ist denn passiert?»

«Keine Ahnung. Ich war eben noch einmal bei seinem Studio. Ein Nachbar hat mir erzählt, dass erst die Polizei und dann der Leichenwagen kam. Buddys Bude ist versiegelt.» Der Studioleiter nahm einen tiefen Zug von der Zigarette und wiederholte: «Versiegelt!»

Der Gitarrist spielte nicht mehr. Gery schaute durch die Scheibe in den Aufnahmeraum. Dort kniete der Musiker vor dem Verstärker. Er drehte an einem Regler und begann wieder zu spielen.

«Gut, dass der noch beschäftigt ist.» Der Boss deutete auf den Gitarristen im Nebenraum. «Wie bist du mit den Jungs klargekommen?»

Gery nahm die Frage kaum wahr. Er dachte an Buddy. Er hatte sich auf die Arbeit mit ihm gefreut – und jetzt? Er schaute zum Boss und murmelte: «Ich glaube, das war ganz in Ordnung.»

«Das ist echt klasse, dass du die ganze Nacht eingesprungen bist. Das wird für dich nicht von Nachteil sein, das verspreche ich dir!» Der Studioboss schaute den Rauchkringeln seiner Zigarette hinterher. Er war nachdenklich. «Ich muss den Jungs irgendetwas bieten. Das Management hat das Studio für sage und schreibe vier Wochen gebucht. Dann muss ein Sensationsalbum fertig sein.»

Vier Wochen! Gery staunte. Das war üppig.

«Du bist doch sowieso im Dienst, wenn die produzieren.» Der Boss lehnte sich zurück und zog an seiner Zigarette, bevor er fortfuhr. «Vielleicht ist es an der Zeit, dass du größere Aufgaben übernimmst.»

«Das geht ja schnell», rutschte es Gery heraus. Am liebsten hätte er die Worte wieder eingefangen. Da wurde ihm ein Job angeboten – und was tat er?

«Keine Bange. Du bist der Techniker, und es ist immer noch ein Produzent da.» Der Boss klang väterlich und sah prompt zehn Jahre älter aus.

«Klar», sagte Gery. Er hatte das Gefühl, dass er noch etwas hinzufügen sollte. Doch er fand keine passenden Worte. «Es ist nur wegen … Buddy …»

«Ach, Junge! Du darfst nicht glauben, dass mich so etwas kaltlässt.» Der Studioleiter schien in Sekundenschnelle zu vergreisen. Tiefe Falten zogen sich über seine Stirn. «Ich habe in den letzten Jahren so viele Kerle viel zu früh gehen sehen. Es hilft alles nichts. Wir müssen trotzdem weitermachen. Oder meinst du, Buddy hätte gewollt, dass die Band ihre Platte nicht aufnimmt?»

Gery nahm einen Zug von seiner Zigarette. Er hatte nicht die geringste Vorstellung davon, was ein Toter wollte.

«Los, Junge!», sagte der Boss. «Die Schlagzeugaufnahmen produziere ich selbst. Das dauert mindestens eine Woche, vielleicht zehn Tage. Dann hole ich dich ins Boot.» Er drückte seine Zigarette aus. «Aber jetzt legst du dich erst mal hin und schläfst dich aus.»

Peter Kappe sortierte seine Notizen. Seit Stunden arbeiteten er und Wolf Landsberger sich durch das sichergestellte Telefonbuch von Reinhard Buddewitz. Sie telefonierten jede Nummer ab, die sie darin fanden. Inzwischen brummte Kappes Schädel. Der Tote hatte einen sehr unsteten Lebenswandel geführt, er hatte weder Chef noch Kollegen im eigentlichen Sinne, dafür jede Menge Kontakte und Geschäftspartner.

Kappe wusste nun, dass Tonmeister bei Konzerten manchmal von den Betreibern der Konzerthalle gebucht wurden, des Öfteren auch von den auftretenden Künstlern oder von Veranstaltern, die ein Konzerthaus mieteten. Es schien ihm, als würden Menschen wie Buddewitz tagsüber vornehmlich dafür sorgen, dass all die potenziellen Auftraggeber im entscheidenden Moment an sie dachten, damit sie abends etwas verdienen konnten. Zudem war der Erfolg in dieser Branche nicht von langem Bestand. Eine Band, die heute noch Heerscharen von Fans begeisterte und Dutzenden von Menschen wie Buddewitz Arbeit verschaffte, konnte morgen schon vor leeren Hallen und dem finanziellen Ruin stehen. Dafür wurden andere Gruppen, die bislang nur vor einer Handvoll Menschen in einer kleinen Kneipe gespielt hatten, über Nacht berühmt.

Es klopfte an der Bürotür.

Kappe schaute Landsberger fragend an. Doch der zuckte nur mit den Schultern.

«Herein!», rief Kappe.

Lund von der Kriminaltechnik trat ins Büro. Sein Haar war streng gescheitelt und seine Uniform ausgeblichen. In seiner Hand hielt er eine dünne Mappe. Er grüßte freundlich und bat, eintreten zu dürfen.

«Aber gerne doch», sagte Kappe, und er merkte, wie müde er klang. «Was bringen Sie uns denn?»

«Wir haben uns diese Tontechnik des verstorbenen Reinhard Buddewitz einmal genauer angesehen», erklärte Lund, während er mit der Mappe herumwedelte. «Vielleicht ist es am besten, wenn ich Ihnen kurz erkläre, was wir herausgefunden haben, bevor Sie es zu den Akten nehmen.»

«Gute Idee», erwiderte Kappe. Er wies auf den Besucherstuhl, der für solche Fälle bereitstand.

Lund nahm Platz, legte die Mappe auf Kappes Schreibtisch und öffnete sie. Sie enthielt einige Bleistiftskizzen.

Landsberger stand auf, kam herbei und rief: «Das sind Schaltpläne!»

Kappe betrachtete die Zeichnungen näher, sie erinnerten ihn an abstrakte Kunst. Wieso kannte Landsberger sich mit so etwas aus?

«Meine erste Stereoanlage war ein Bausatz», erklärte Landsberger an Lund gewandt.

Der Kriminaltechniker legte den Zeigefinger der rechten Hand auf eine der Zeichnungen. «Sehen Sie das hier?»

Landsberger beugte sich über das Papier und murmelte: «Das soll vermutlich eine Überbrückung darstellen.»

Lund fuhr mit dem Finger eine Linie entlang.

«Das ist ja ein Ding!», sagte Landsberger.

«Hallo!», mischte sich Kappe ein. «Ich bin auch noch da. Und ich bin kein Elektriker und kaufe meine Radios bei Horten.»

«Entschuldigen Sie bitte, Herr Kommissar», sagte Lund.

«Nicht so förmlich. Erklären Sie mir einfach, was ich wissen muss!»

«Allem Anschein nach hat ein sogenannter Kompressor den tödlichen Stromschlag ausgelöst. Das ist ein Effektgerät, und das Teil war augenscheinlich ein Eigenbau. Es wurden zwar verschiedene Sicherungen installiert, aber dann wieder überbrückt.» Lund fuhr mit dem Finger über weitere Linien, auf denen einzelne Schaltzeichen elektronischer Bauteile mit Bleistiftkreuzen markiert waren. «Deswegen sind all diese Bauteile durchgebrannt, bevor der

Stromfluss unterbrochen wurde. Herr Buddewitz war dem Stromschlag dadurch erhebliche Zeit ausgesetzt.»

«Sie meinen also, dass der Mann ohne diese Bastelei überlebt hätte?», fragte Kappe.

«Gut möglich.»

«Das würde Doktor Niedergesäß' Einschätzung bestätigen.»

«Aber …», Landsberger blickte auf, «… müsste nicht die Sicherung in seinem Studio rausgeflogen sein?»

«Eigentlich schon», antwortete Lund. «Anscheinend ist die aber viel zu oft rausgesprungen, wenn Herr Buddewitz seine Technik benutzt hat. Denn die war ganz klassisch in Silberpapier eingewickelt und so ebenfalls überbrückt worden. Ich würde sagen, in Hinterhäusern in dieser Gegend ist das nichts Ungewöhnliches.»

«Stimmt. Das machen viele», bestätigte Landsberger in fachmännischem Ton.

Kappe lag die Frage auf der Zunge, ob auch Landsberger derartigen Leichtsinn betrieb und ob das legal war. Doch hier ging es um Reinhard Buddewitz. Irgendetwas kam Kappe an den Ausführungen seltsam vor. Nur was? Moment … «Herr Lund, wissen Sie, ob Herr Buddewitz diese Sicherung in seinem Gerät *selbst* überbrückt hat?»

«Nicht zu einhundert Prozent. Doch die Arbeiten an der Überbrückung weisen keinen erkennbaren Unterschied zu der anderen Elektronik in seinem Studio auf, an der er augenscheinlich auch selbst Hand angelegt hat.» Lund nahm den Finger vom Plan und fügte hinzu: «Wir haben auch keine fremden Fingerabdrücke gefunden.»

«Aber jemand mit Ahnung und Handschuhen könnte durchaus …», sinnierte Kappe.

«Das wäre möglich», räumte Lund ein. Er zögerte einen Moment und sagte dann: «Wir sind mit dem Studio durch und würden die Schlüssel jetzt dem Bruder des Toten übergeben, der wohl der rechtmäßige Erbe ist. Ist das in Ordnung?»

«Machen Sie das», murmelte Kappe.

Die Sonne brannte auf Gerys nackte Arme. An diesen tropischen Sommertagen war ein Shirt mit abgeschnittenen Ärmeln nicht nur optisch ein Gewinn. Die Hitze hatte die Stadt fest im Griff. Der Berufsverkehr ebbte bereits ab. Noch zogen die Abgasschwaden von der Yorckstraße auf den Gehweg, doch der laue Wind roch schon ein wenig nach Sommerabend.

Gery hatte den ganzen Tag verschlafen. Um genau zu sein, hatte er sich unruhig auf seiner Matratze hin und her gewälzt. Bis zum Morgen war der Tod für ihn noch etwas unendlich Entferntes gewesen, etwas, das alte Menschen traf oder verrückte Stars wie Elvis Presley. An die Hysterie um dessen Tod im vergangenen Jahr konnte Gery sich noch gut erinnern. Er wusste nicht mehr, wie oft er *Jailhouse Rock* in seinem Kinderzimmer oder später mit seiner Provinzband im Übungsraum oder auf einer Dorfbühne gespielt hatte. Kurz vor dem Tod des King of Rock 'n' Roll war Gery mit seiner Lehre fertig geworden und vor dem Einberufungsbefehl zur Bundeswehr nach West-Berlin geflüchtet. Hier verkehrte er mit Leuten, für die Elvis nichts anderes als ein alternder Hausfrauenheld war. Der tote Sänger verblich mit der Zeit zu einem fernen Abstraktum. Ganz im Gegensatz zu Buddy.

Obwohl er den ganzen Tag noch keinen Bissen gegessen hatte, verspürte Gery keinen Hunger. Er bekam jedoch Lust auf ein Bier in der «Gefahrbar». Hoffentlich hatte die schon geöffnet.

Er erreichte die Kneipe hinter den Yorckbrücken. Die Konzertplakate am Fenster verbargen das Innere der Bar. Gery drückte die Klinke hinunter, und die Tür öffnete sich. Zum Glück! Franz Freibier stand hinter dem Tresen. Das versprach weiteres Glück. Denn Gery spielte mit Franz in einer Band, und wie dessen selbstgewählter Nachname besagte, gab er gerne einen aus.

«Hey, Gery Granulat!», rief ihm Franz gut gelaunt entgegen. Er trug ein schwarzes Hemd, das bis zum Kragen zugeknöpft und bestimmt zwei Nummern zu groß war. Vermutlich gab es kaum Hemden in seiner Größe, denn Franz war dürr wie ein Gitarrenhals. Er strich sich den Scheitel gerade und fuhr fort:

«Dufte, dass du kommst! Dann hänge ich hier nicht mehr alleine rum.»

«Moin. Grade erst aufgemacht?» Gery schlurfte in den Laden und stellte fest, dass tatsächlich kein weiterer Gast anwesend war.

«Vor ein paar Minuten, Herr Granulat.»

«Kannste mal mit dem bescheuerten Namen aufhören?»

«Wieso? Der passt zu dir.»

«Warum?»

«Na, Granulat! Schwer fassbar, glitzert manchmal im Dunkeln, im Grunde ziemlich hart ...»

Gery hatte keine Lust, über diesen Unsinn nachzudenken. «Gib mir mal 'n Bier!»

«Schlechte Laune?», fragte Franz, während er eine Flasche unter dem Tresen hervorzauberte.

Gery nahm auf dem nächsten Barhocker Platz und trank einen Schluck. «Wenn du's genau wissen willst: Ich hab andere Sorgen als meinen Spitznamen. Buddy ist tot.»

«Der alte Knacker, der immer die halb toten Rockbands abgemischt hat?»

«Der war noch nicht so alt.»

«Tatsächlich nicht? Aber über dreißig war der schon, oder?»

«Keine Ahnung. Ich war nicht zu seinem Geburtstag eingeladen.» Gery rieb sich die Stirn. «Und außerdem, mit dreißig stirbt man noch nicht!»

«Hast recht! Ist immer Mist, wenn einer stirbt», bestätigte Franz. «Was ist denn passiert?»

«Ich weiß es nicht. Aber die Bullen haben sein Studio versiegelt», antwortete Gery. «Buddy war echt in Ordnung. Viele Techniker bei diesen großen Konzerten meinen, sie seien sonst wer. Aber Buddy war da anders. Manchmal hat er mich sogar auf ein Feierabendbier in den Backstage eingeladen.»

«Dieses alberne Rockstar-Gehabe ist ja auch von gestern!», sagte Franz, «Was ist nun mit deinem Job?»

«Der Studioboss hat mich gleich befördert. Das ist meine kleinste Sorge.»

«Ich frag ja nur.» Franz klang etwas eingeschnappt. Dann schien er sich wieder zu fangen. «Ich habe sowieso nicht verstanden, was du so toll daran findest, für andere die Verstärker und Kabel durch die Gegend zu schleppen.»

«Es hat nun mal etwas mit Musik zu tun. Das ist doch das Wichtigste.»

Franz machte ein Gesicht, als wollte er über den Tresen klettern und Gery kräftig durchschütteln. «Ist das dein Ernst – was mit Musik? Und wenn einer Heino vorm Einmarsch ins Riesengebirge den Arsch abwischt – macht der dann auch was mit Musik?»

«Das ist ein Scheißvergleich.» Gery lachte kurz und trank einen Schluck Bier.

«Kann sein.» Auch Franz grinste übers ganze Gesicht. «Kann aber auch sein, dass du auf dem Weg bist, dich für die Arschlöcher abzurackern, die sich für was Besseres halten, weil sie *was mit Musik* machen.» Franz rollte mit den Augen. Dabei fiel ihm eine Haarsträhne in die Stirn. «Wenn du was mit Musik machen willst, dann mach verdammt noch mal selbst Musik!»

Gery war nicht in der Stimmung, über ihre gemeinsame Band zu sprechen. Da verfiel Franz schnell in epische Vorträge. Gery lenkte das Gespräch lieber in eine andere Richtung. «Apropos Musik – wieso ist es hier eigentlich so still?»

«Mensch, da sagst du was!», stieß Franz hervor. «Dabei hab ich einen ganz heißen Scheiß aus England!»

Schon wieder einer mit heißem Scheiß! Gery trank lieber Bier.

Franz schob eine Kassette ins Abspielgerät, das hinter dem Tresen stand, und erklärte: «Das ist 'ne ganz neue Band. Die hat noch nicht mal 'ne Platte, war aber schon bei einer Peel Session.»

Gery hatte von dem legendären englischen Radiomoderator und DJ gehört. John Peel lud schon seit Jahren Bands ins Studio des BBC-Senders ein. In den letzten Monaten hatte er eine ganze Reihe von Punkbands protegiert.

Aus den Lautsprechern erklang eine Art Glockenspiel, dann setzten Bass, Gitarre und Schlagzeug ein. Eine Frau sang: «*Harmful elements in the air / Symbols clashing everywhere ...*»

«Siouxsie and the Banshees», erklärte Franz. «So was sollten wir auch mal machen. Findest du nicht?»

Die Sängerin rief: «*Hong Kong Garden / Oh oh, oh oh ...*»

Das klang fetzig, musste Gery zugeben. «Das müssen wir Debbie vorspielen», sagte er. «Kommt die heute noch?»

«Die ist im ‹Punkhouse›.»

«Ach ja, heute ist Mittwoch. Da ist das Konzert von PVC.» Gery überlegte kurz und fragte dann: «Und da bist du hier hinterm Tresen?»

«Ich habe die Band schon so oft gesehen. Da kann ich auch mal fehlen und ein bisschen Taschengeld verdienen.» Franz wischte sich die Haarsträhne aus der Stirn. «Aber du kannst ruhig gehen. Wird schon noch jemand kommen.»

«Ist ja noch Zeit. Ich trink erst noch ein Bier.»

An den unverputzten Wänden des ehemaligen Bootshauses, das John Pistol zu seinem Atelier umgebaut hatte, hingen jede Menge Bilder im Comicstil. Josef Bolp schlenderte mit einem Glas Sekt in der Hand an ihnen vorbei. Die Reihe mit den Porträts von männlichen Rockstars hatte er bereits hinter sich gelassen. Für die beinahe lebensechten Abbildungen hatten Mick Jagger, Iggy Pop, Elton John und Udo Lindenberg dem Zeichner offenkundig Modell gestanden. Mehr als die Porträts der Männer begeisterten Bolp allerdings die Bilder von Schauspielerinnen und Sängerinnen. Einige der Damen kannte Bolp von Interviews, über andere standen hin und wieder Artikel im *Berliner Blitz,* die er nicht selbst geschrieben hatte. Dieser John Pistol musste in den letzten Jahren ganz schön auf Achse gewesen sein. Denn neben deutschen Sternchen hatte er auch eine Menge amerikanischer und englischer Schönheiten gezeichnet. Bolp entdeckte Porträts von Tina Turner und Stevie Nicks von Fleetwood Mac.

Er blieb vor einem Bild von Donna Summer stehen. Die Sängerin lachte, zwischen ihren vollen Lippen strahlten die geraden Zähne hervor. Die Zeichnung hatte einen leichten Sepia-Stich. Dadurch bekam das Bild etwas Verruchtes, so als wäre es aus den Zwanzigerjahren. Der Zeichner hatte einen Moment eingefangen, in dem die Discoqueen einen Hauch Persönlichkeit ausstrahlte und nicht ihren Plattencover-Schlafzimmerblick zeigte, mit dem sie immer ein bisschen wie ein debiles Luder wirkte.

Bolp trank einen Schluck Sekt und schaute sich im Raum um. John Pistol stand in der Nähe der Tür. Er plauderte mit einer Frau. Ihre Frisur sah beinahe so aus, als wäre nachts ein Nagetier zu ihr ans Kopfkissen geschlichen und hätte wahllos an ihrem Schopf herumgeknabbert. Bolp wollte ebenfalls ein paar Worte mit dem Gastgeber wechseln und schlenderte in dessen Richtung.

Pistol trug eine schwarze Hose, ein kurzärmliges schwarzes Hemd und einen schmalen schwarzen Schlips, sogar sein Hut war pechschwarz. Ein paar Meter vor Pistol und der Stoppelhaarigen lagen Ausstellungskataloge auf einem Tisch. Bolp trat an die Auslage heran und nahm eine der Broschüren zur Hand.

«Möchten Sie einen Katalog mitnehmen?», fragte eine Servicedame. «Kostet nur zehn Mark.»

«Ich schaue erst mal», blaffte Bolp.

Der Ton wirkte. Die Kleine zuckte zusammen und wandte sich ab. Bolp blätterte durch den Katalog. Erwartungsgemäß zeigte der Pistols Bilder mit kurzen Erklärtexten. Bolp trat einen Schritt näher an den Zeichner und die Stoppelhaarige heran. Nun konnte er ihren Small Talk verfolgen.

«... da komme ich einfach dieser Tage mal vorbei, und dann können wir ja schauen», sagte der Künstler gerade zu der Frau.

«Das klingt toll.» Die Stoppelhaarige hörte sich an, als hätte sie ein paar Gläschen zu viel getrunken. Sie wandte sich zum Gehen.

«Bis dahin, Else!» Pistol warf der Frau einen Luftkuss hinterher.

Bolp legte den Katalog zurück auf den Tisch und trat zum Zeichner. «Haben Sie eine Minute für mich?»

Pistol runzelte die Stirn. Offenbar suchte er nach dem Namen zu Bolps Gesicht. «Kennen wir uns?»

«Noch nicht. Bolp, *Berliner Blitz*.»

«*Berliner Blitz*? Ich glaube, ich muss gerade ...»

«Nur zwei Fragen», unterbrach ihn Bolp, bevor sich Pistol aus dem Staub machen konnte.

«Ich weiß wirklich nicht, ob das gerade so gut passt», wich Pistol aus und schaute sich im Raum um. Er schien jemanden entdeckt zu haben und winkte.

Ein dicker Mann tapste herbei. Trotz des lauen Augustabends trug er einen Mantel. Von dem Haarkranz um seine Halbglatze fielen dünne Strähnen bis auf seine Schultern. Bolp grinste, er kannte den Mann: Gernot von Traunstein – hauptberuflich Sohn einer reichen Adelsfamilie, stadtbekannter Betreiber des Konzerthauses B-Rock und Kunstmäzen. Bolp hatte im Laufe der Jahre schon eine Menge Schnäpse mit ihm gekippt. Der Mann soff wie ein Loch, vermied jedoch eisern Bier oder Wein. Von Traunstein bevorzugte Whisky, vormittags trank er Cognac und im Notfall auch einen schnöden Branntwein, stets braunen, nie weißen Schnaps.

«John Pistol, der Pinselhexer, und Bolp mit der flinken Feder – da haben sich ja zwei gefunden!», rief von Traunstein redselig. Er wandte sich Pistol zu. «Eine ganz hervorragende Schau haben Sie hier zusammengestellt. Ich habe bereits zwei Bilder vorgemerkt. Wenn die Damen noch ein bisschen knapper bekleidet wären, würde ich noch viel mehr kaufen!» Von Traunstein warf Bolp einen verschwörerischen Blick zu.

«Eine treffliche Kritik», scherzte Bolp.

Von Traunstein stieß ein Lachen aus, das wie ein Wiehern klang. Das Lächeln auf Pistols Gesicht sah allerdings so aus, als hätte er in eine Zitrone gebissen.

«Woher kennt ihr zwei euch eigentlich?», fragte von Traunstein.

«Wir kennen uns gar nicht», sagte Pistol flugs.

«Das ist ja eine Schande!», rief von Traunstein aus. Er klang wie ein Conférencier in einem Schmierentheater. «Dabei ist unser Künstler immer für eine Story gut, mein lieber Bolp. Was glauben Sie, was unser Freund hier über all die Sternchen berichten könnte!»

«Das wollen wir jetzt nicht weiter vertiefen», wehrte Pistol ab.

«So bescheiden, der junge Mann – was, mein lieber Bolp?» Der Sammler beugte sich zu Bolp und raunte ihm in einem Flüsterton, den aber auch Pistol verstehen musste, zu: «Er kennt viele Künstler von Seiten, die vielen anderen verborgen bleiben. Er hat allerdings auch selbst ein paar spannende junge Musiker als Manager unter Vertrag. Ich habe da ein paar bemerkenswerte Liveaufnahmen gehört.»

«Ach, so etwas ist doch nichts für den Leser des *Berliner Blitz*», wiegelte Pistol ab.

Das würde ich gern selbst entscheiden, dachte Bolp. Er sagte aber nur: «Mein verehrter Herr von Traunstein, heute geht es um die hehre Kunst. Nur deshalb bin ich hier. Herr Pistol zeigt bewundernswerte Bilder.»

Peter Kappe bestellte ein zweites Bier zu seiner Currywurst mit Pommes. Er saß in einer ranzigen Kneipe in der Kurfürstenstraße, nur einen Steinwurf vom Dienstgebäude in der Keithstraße entfernt. Wolf Landsberger hatte ihn zum gemeinsamen Abendbrot überredet.

Vor dem Kollegen standen ein großer Teller mit einem Omelett und ein Glas Cola auf dem Tisch. Kappe wusste, dass Landsberger bodenständig speiste, täglich sogar Stullen im Büro mithatte.

Kappe spießte ein Stück Wurst auf seine Gabel. «Es ist wohl nicht auszuschließen, dass beim Tod von diesem Buddewitz jemand nachgeholfen hat.»

«Entweder der Täter war clever und hat keine Spuren hinterlassen, oder es war doch ein Unfall. Wir kennen jetzt ein paar Details mehr, sind aber im Grunde so schlau wie zuvor», fasste Landsberger zusammen. Es sagte es leichthin, als ginge ihn die Sache nichts an.

«Warum bekommen wir nicht einmal einen eindeutigen Fall? So einen, bei dem einer mit dem Bügeleisen erschlagen wird und die Ehefrau es noch in der Hand hält, wenn wir kommen», brummte Kappe.

Landsberger lachte. «Für so etwas braucht aber niemand einen hochqualifizierten Fachmann wie dich.»

«Nein, im Ernst. Da liegt einer seit Tagen tot in seiner Bude, und es merkt keiner, zudem gibt es keine Spuren, und die paar dürftigen Hinweise, die wir haben, zeigen in alle Himmelsrichtungen. Da braucht es keine Fachleute, sondern eine Glaskugel.»

«Immer die Abkürzung nehmen, der Herr Kriminalkommissar.» Landsberger aß ein Stück von seinem Omelett, und nach kurzem Kauen fuhr er fort: «Die Situation hat auch ihre Vorteile.» Er legte die Gabel auf dem Tellerrand ab, hob die rechte Hand und zählte auf: «Wir haben erst einmal Feierabend. Und wenn wir in den nächsten Tagen keine Hinweise finden, erklären wir einen Unfall für wahrscheinlich, legen den Fall zu den Akten, und niemand wird uns Vorhaltungen machen.» Zwei Finger wiesen in die Höhe, als er ergänzte: «So einen Fall haben wir eigentlich viel zu selten. Findest du nicht auch?»

Kappe kaute auf seiner Wurst herum. Landsberger hatte recht, er sollte Feierabend machen und nicht mehr an den Fall denken. Das Problem war nur, sein Privatleben schrie geradezu nach Ablenkung. Also fragte er: «Was machst du heute Abend, Landsberger?»

«Ich bin nachher zu einem kleinen Krafttraining verabredet.» Landsberger verfiel in verschüchtertes Stammeln. «Mit … einem … Bekannten.»

Kappe merkte, wie er grinste. Landsberger redete mit den

anderen Kollegen nicht darüber, dass er schwul war. Und Kappe wusste es zu schätzen, dass der Kriminalmeister ihm gegenüber offen mit diesem Thema umging. Inzwischen hatte der Kollege offenbar auch seine Schwärmerei für ihn überwunden. Kappes Leben gestaltete sich nach der gescheiterten Ehe kompliziert genug. Vor fast zwei Jahren hatte Sarah sich von ihm getrennt. Bald darauf war sie mit seiner Tochter und diesem Scheringianer Dr. Heiner Hengelbrock nach Amerika ausgewandert.

«Und selbst?», fragte Landsberger. «Wartet deine Kindergärtnerin zu Hause auf dich?»

Ach, Angelika!, dachte Kappe. Während seiner Trennung hatte er das Techtelmechtel mit der Kindergärtnerin Angelika Stern begonnen. Inzwischen war er ein paarmal mit ihr und Landsberger Essen gewesen, und auch der Kollege schien die Frau zu mögen. «Wir sind uns derzeit nicht so recht im Klaren darüber, was das mit uns werden soll», sagte Kappe.

«Das tut mir leid, ich hatte den Eindruck, sie mag dich sehr.»

«Kann sein», sagte Kappe. Er aß schnell ein weiteres Stück Wurst, um nicht mehr über Angelika reden zu müssen.

Landsberger sah ihn erwartungsvoll an. Zum Glück brachte genau in jenem Moment der Kellner das bestellte Bier. Er ließ es mit einem Rums auf den Tisch knallen, nahm das leere Glas und verschwand ohne ein Wort wieder.

Landsbergers Blick ruhte immer noch auf Kappes Gesicht. «Wo ist dann das Problem, Kappe?», fragte er.

«Ich habe eine andere Frau kennengelernt», murmelte Kappe.

«Was?», rief Landsberger.

«Eine andere ...»

«Jaja, das habe ich schon verstanden», unterbrach ihn der Kollege. «Also, ich habe zumindest die Wörter gehört.»

«Es war ein Versehen.» Kappe merkte, wie seltsam die Formulierung klang. «Zumindest war es ein Zufall.»

«Das glaube ich dir gern. Ich meine, du warst in letzter Zeit nicht gerade ein Partylöwe. Also, was hast du angestellt?»

Kappe bekam einen trockenen Hals. Schnell trank er einen Schluck vom frischen Bier. Das verschaffte ihm ein paar Augenblicke, um nach Worten zu suchen. «Das ist eine verrückte Geschichte. Ironischerweise hat ausgerechnet Angelika mich zu dieser Theateraufführung mitgenommen. In der Laiengruppe spielen ein paar ihrer langjährigen Freunde. Und Else.»

«Else?» Landsberger wippte aufgeregt auf seinem Stuhl herum.

«Wir kannten sie vorher nicht.»

«Und du hast dich an diese Else herangemacht, als du mit Angelika unterwegs warst?», fragte Landsberger ungläubig. «Das sieht dir überhaupt nicht ähnlich.»

«So war es ja auch nicht.» Kappe musste schon wieder trinken, um sich zu sammeln. Lange würde das Bier nicht mehr reichen. «Angelika war nach der Vorstellung müde und musste am nächsten Morgen zeitig raus. Ich hingegen wollte noch nicht ins Bett. Also ist sie allein gegangen. Wir haben ja beide nicht geahnt, wie das ausgeht.»

«Aha.» Landsberger zog die Augenbrauen in die Höhe.

«Ich wollte nur noch ein Bierchen trinken und nach Hause fahren. Aber dann sprach mich Else an und …» Tja, was? Wenn Kappe im Nachhinein über den Abend nachdachte, war Else vermutlich von Anfang an auf ein Abenteuer aus gewesen. Er hatte es nur viel zu spät gemerkt. Selbst auf dem Weg zu ihrer Wohnung war er noch davon ausgegangen, sie lediglich wie ein Gentleman nach Hause zu begleiten. «Dann ist es halt passiert.»

Landsberger guckte, als ob sich der weitere Verlauf des Abends vor seinem inneren Auge abspielte. «Und nun?»

«Keine Ahnung. Heute Abend gehe ich jedenfalls nach Hause und denke lieber über den vermaledeiten Fall nach als über Frauen.»

Die Band auf der Bühne prügelte den Song im Vierteltakt aus den Instrumenten. Ein paar dürre Kerle hüpften vor der Bühne herum. Die drei Jungs an Gitarren und Bass riefen im Chor: *«Wall City*

Rock.» Sie spielten synchron eine Vier-Akkord-Folge. Der Drummer drosch auf die Felle, als wollte er sein Instrument für dessen pure Existenz bestrafen. Der Lärm und der hektische Rhythmus setzten eine Energie wie bei einer Explosion frei.

Auch Gerys Beine zuckten. Die Band PVC trat regelmäßig hier im «Punkhouse» am Lehniner Platz auf. Mit dem Sänger hatte Gery sogar schon ein paar Worte gewechselt. Sonst tanzte er Pogo bei den Konzerten. Heute suchte er allerdings nach Debbie.

Er drehte sich zur Bar. Hier entdeckte er sie zwar nicht, aber wenigstens gab es Bier. Er hob den Finger. Der Kerl hinter dem Tresen zeigte seinen nackten Oberkörper unter einer zerrissenen Jeansjacke. In seinen Ohrläppchen steckten zahllose Sicherheitsnadeln. Er nickte, holte eine Flasche Bier unter dem Tresen hervor und öffnete sie. Dann schob er sie herüber.

Gery hob zwei Finger zum Dank. Das Bier war lauwarm, aber in diesem Treibhaus von Laden erfrischte auch das. Er trank die halbe Flasche in einem Zug aus.

«Hey!», rief ihm jemand von der Seite zu. Siggi stand neben ihm. «Dufte, dass ich dich hier treffe!», rief er gegen den Lärm der Band an.

«PVC versuche ich nie zu verpassen!», rief Gery zurück.

«Was?» Siggi hielt sich die Hand ans Ohr.

«Lass uns rausgehen!», brüllte Gery.

Siggi nickte und ging los. Gery folgte ihm durchs Gedränge.

Draußen herrschte Nacht, dennoch schien es Gery hier heller zu sein als in der Konzerthöhle. Vielleicht lag das an den Laternen oder an den Scheinwerfern der Autos, die am «Punkhouse» vorbeirauschten.

Siggi zog eine Schachtel Zigaretten aus seiner Hosentasche, nahm eine Fluppe heraus und hielt die Packung Gery hin. Der bediente sich ebenfalls und zündete die Zigarette wortlos an.

Siggi inhalierte und blies den Rauch aus. «Hast du Buddy von mir gegrüßt?»

«Du weißt es noch gar nicht?»

«Was meinst du?»

«Buddy ist tot!», antwortete Gery.

Siggi öffnete den Mund, blieb aber stumm.

«Eigentlich wollte ich heute Abend nur trinken und nicht daran denken», erklärte Gery.

«Mensch!» Siggi schien um Fassung zu ringen. «Was ist passiert?»

Gery zuckte mit den Schultern. «Die Bullen waren bei ihm zu Hause und haben seine Bude versiegelt. Mehr weiß ich auch nicht.» Gery nahm einen Zug von seiner Zigarette und trank gleich danach einen Schluck Bier. «Buddy sollte momentan eigentlich die neue Golden-Youth-Platte aufnehmen. Die haben das Studio für vier Wochen gebucht!»

«Golden Youth – vier Wochen! Pillepalle!»

«Aber da geht es um eine Menge Scheine!»

Die Tür zum «Punkhouse» öffnete sich. Zwei Betrunkene traten heraus und torkelten die Straße hinunter. Ein Schwall Musik wummerte nach draußen. Dann schlug die Tür wieder zu, und es war nur noch das dumpfe Dröhnen der Bässe zu hören.

Siggi warf seinen Zigarettenstummel auf die Erde und zog sofort die nächste Kippe aus der Schachtel. Er kam näher und raunte: «Buddy hat zu Hause viel wichtigere Produktionen auf dem Bandteller gehabt.»

«Wichtiger als Golden Youth?»

«Das sage ich dir!» Siggi klang verschwörerisch. «Du kannst dir nicht vorstellen, was für Schätze dort ruhen. Das kannst du dir nicht vorstellen», wiederholte er und hob dabei die Hände wie ein Rockstar bei einer Hymne.

«Übertreibst du nicht ein bisschen?», fragte Gery.

«Kein bisschen!», entgegnete Siggi mit erhobener Stimme. Dann senkte er den Tonfall wieder. «Jemand muss diese Bänder sichern.»

Gery nahm den letzten Zug von seiner Kippe. Ihm wurde das Gespräch langsam unheimlich.

«Damit lässt sich wirklich was verdienen!», fügte Siggi beschwörend hinzu.

«Was sind denn das für Bänder?» Gery bekam das ungute Gefühl, diese Frage noch zu bereuen.

«Du meinst, du könntest da was machen?», fragte Siggi.

«Ich?»

«Du hast doch mit Buddy zusammen in den Spreeblick-Studios und bei Konzerten gearbeitet.»

«Na ja …» Für Gery gab es keinen Zweifel mehr, das Gespräch lief in eine völlig falsche Richtung. «Ich war doch nur sein Assistent.»

«Komm, stell dein Licht nicht unter den Scheffel!»

«Hey, Gery!», rief Debbie. Sie stand plötzlich neben ihm. «Ich dachte, du bist schon drin. Klasse, dass ich dich gleich hier treffe. Schauen wir uns den Rest des Konzerts an?»

Gery brauchte einen Moment, bis er ihre Frage begriff. Dann begann sein Herz zu hüpfen. Debbie wollte mit *ihm* auf das Konzert gehen!

«Wir waren sowieso gerade fertig», brummte Siggi. «Den Rest besprechen wir so bald wie möglich in meinem Landen. Nicht wahr, Gery?»

DREI

Donnerstag, 3. August 1978

KRIMINALKOMMISSAR PETER KAPPE betrat die Spreeblick-Studios im Niemandsland am Ende der freien Welt. Die mondäne Pracht erschlug ihn beinahe. Das Foyer hätte einem Opernhaus zur Ehre gereicht. Schilder wiesen zu einzelnen Studios oder Sälen. Eine übermannsgroße Tafel zeigte an, welches Büro in welcher Etage zu finden war. Die Studioleitung befand sich im vierten Stock.

Kappe überlegte, ob er sich nach einem Aufzug umschauen sollte, entschied sich dann aber für die Treppe. So blieben ihm ein paar Momente, um sich auf das Gespräch mit dem Geschäftsführer der Spreeblick-Studios einzustimmen.

Kappe nahm mit jedem Schritt zwei Treppenstufen auf einmal und begann bereits im ersten Stock zu japsen. Dabei hatte er einen ruhigen Abend mit Bier vorm Fernseher und eine halbwegs erholsame Nacht hinter sich. Vielleicht hätte er auf ein paar Zigaretten verzichten sollen.

Die Wände des Treppenhauses zierten Fotos und Schallplattenhüllen von Rockmusikern und Schlagersternchen. Ein paar der Scheiben standen auch in Kappes Wohnung, darunter die von Udo Lindenberg und Peter Maffay. Die Alben von Mireille Mathieu, Drafi Deutscher und Marianne Rosenberg liefen eher auf dem Plattenspieler seiner Eltern. Die Bilder der Berühmtheiten strahlten etwas Glamouröses aus, etwas, das überhaupt nicht zur Muchtbude des verstorbenen Tontechnikers passte.

Im dritten Stock hörte Kappe ein Klavier durch eine schwere Eichentür klingen. Es war so leise, dass Kappe nicht zu sagen vermochte, ob da jemand ein klassisches Stück oder eine Popballade spielte. Die Musik endete abrupt und setzte nur Augenblicke später erneut ein.

Kappe erklomm die Stufen zur vierten Etage. Dort hielt er inne und atmete tief durch.

Die Tür zu den Räumen der Geschäftsleitung stand offen. Kappe schlurfte in das Vorzimmer, in dem eine Blondine Mitte zwanzig hinter einem Schreibtisch saß und in einer Illustrierten las. Sie blickte auf. «Sind Sie der Polizist?»

«In der Tat. Kriminalkommissar Kappe mein Name. Guten Morgen.»

«Gehen Sie gleich durch. Der Boss, also Herr Feiler, erwartet Sie bereits.» Sie wies auf eine Flügeltür und fragte: «Darf ich Ihnen einen Kaffee bringen?»

«Danke. Schwarz mit einem Stück Zucker, wenn es möglich ist.»

«Gern.» Die Blondine stand auf, schritt zu einer gigantischen Kaffeemaschine und wiederholte: «Treten Sie nur ein. Ich bringe den Kaffee gleich.»

Kappe öffnete die Flügeltür. Das Büro dahinter erschien ihm so groß wie ein Kammerkonzertsaal. Unzählige goldene Schallplatten hingen an den Wänden, und am Schreibtisch vor dem Fenster hätte auch eine Tafelrunde Platz gefunden.

Dort saß allerdings nur ein Mann mit schulterlangen Haaren, die über der Stirn ziemlich dünn und an den Schläfen grau waren. Er stand auf. Nun sah Kappe, dass sein Hawaiihemd über der weißen Sommerhose in der Bauchgegend ein wenig spannte. Eine Goldkette glitzerte auf seiner Brust. Der Mann umkurvte den Schreibtisch und eilte an einem schwarzen Flügel vorbei auf Kappe zu. «Gut, dass Sie jetzt kommen, Herr Polizist! Wenn die Band auftaucht, muss ich in die Aufnahme.»

Das werden wir dann sehen, dachte Kappe, sagte aber: «Guten Morgen. Ich bin Kriminalkommissar Kappe. Und Sie sind Herr Willibald Feiler?»

«Ja, der bin ich. Entschuldigen Sie bitte. Ich wünsche Ihnen auch einen guten Tag.» Feiler redete so flott, als würde er für einen Schnellsprech-Wettkampf trainieren. «Kommen Sie, wir setzen uns kurz.» Er deutete auf eine Sitzecke neben dem Flügel.

Die Vorzimmerdame kam ins Büro, überholte Kappe auf dem Weg zur Sitzgruppe und stellte zwei Kaffeetassen auf den kniehohen Tisch.

Feiler nahm Platz, blickte zum Getränk und dann zur Vorzimmerdame. «Viel Milch. Du bist ein Schatz!»

Kappe setzte sich auf den Sessel ihm gegenüber und zog sein Notizbuch aus der Tasche. «Da Sie wenig Zeit haben, möchte ich gleich zur Sache kommen. Bitte erzählen Sie mir, was Sie über Reinhard Buddewitz wissen.»

«Wo soll ich da anfangen?» Vielleicht wusste Feiler es wirklich nicht genau, jedenfalls trank er erst einmal einen Schluck Kaffee. Das schien ihn zu beruhigen, denn nun sprach er langsamer. «Es klingt vielleicht wie eine Plattitüde, aber Buddy, also Herr Buddewitz, hat für die Musik gelebt. Wenn eine Band bis in die Nacht aufnehmen wollte, gab es nie eine Beschwerde von ihm. Und wenn die Musiker morgens ausschliefen, ist er schon wieder im Studio gewesen, um irgendwelche Effekte auszuprobieren. Ich weiß gar nicht, wann der Mann überhaupt jemals geschlafen hat, der saß ja auch noch bei Konzerten am Pult.»

«Damit hatten Sie kein Problem?», erkundigte sich Kappe. «Ich meine damit, dass er noch anderweitig sein Geld verdient hat?»

«Unsinn.» Feiler winkte ab. «Wir sind doch keine Behörde. Hier sitzt keiner seine Zeit ab, und hier gilt nichts für immer und ewig. Buddy hat ein sensationelles Ohr für Rock mit einem Drall ins Avantgardistische. Für das, was die Fans Artrock nennen. Wenn uns so eine Band anfragt, empfehlen wir Buddy. Manchmal wollen die Gruppen oder ihr Management ihn unbedingt an den Reglern haben und buchen das Studio erst, wenn er zusagt. Wir profitieren also voneinander. Aber wenn, sagen wir, Vicky Leandros bei uns ihren neuen Schlager aufnehmen wollte, würde vermutlich keiner bei Buddy anrufen.» Feiler zögerte einen Moment und fügte dann hinzu: «Entschuldigen Sie bitte. Ich spreche von Buddy in der Gegenwartsform. So als würde er noch leben. Ich kann noch nicht fassen, dass er tot ist.»

Kappe ließ dem Mann ein paar Momente Zeit und nahm einen Schluck vom Kaffee. Das Getränk hätte einen Mann aus dem Koma wecken können, war aber kein bisschen zu bitter. Kappe genoss die Gaumenfreude. «Es störte Sie also nicht, dass er sich sein eigenes Studio aufgebaut hat?»

«Nein, überhaupt nicht. Um genau zu sein, will ich gar nicht wissen, was er dort im Einzelnen getrieben hat.» Feiler bekam einen seltsamen Gesichtsausdruck. Anscheinend hatte er sich verplappert.

«Was könnte er denn dort gemacht haben?», hakte Kappe nach.

«Ach, nichts», wehrte der Studioleiter ab.

«Herr Feiler, das ist eine Ermittlung und kein Small Talk», belehrte ihn Kappe.

«Ich weiß doch gar nichts Genaues», druckste Feiler herum. «Es gab da so Gerüchte. Ich möchte aber keine falschen Behauptungen aufstellen.»

«Das verstehe ich, Herr Feiler. Ein bisschen mehr als derart vage Andeutungen brauche ich aber.»

Feiler trank seinen Kaffee aus. Seine Wangenmuskeln spannten sich an, als müsste er das Getränk kauen. Schließlich sagte er: «Ich betone, es sind nur Gerüchte. Man munkelt, dass Buddy heimlich Konzerte mitgeschnitten hat. Die Aufnahmen sollen bei Sammlern heiß begehrt sein.» Feiler hob die Hände, als wolle er sich für seine Worte entschuldigen, dann fuhr er fort: «Angeblich geht es um die Konzerte, die er gemischt hat, zum Beispiel im B-Rock. Mit denen haben wir von den Spreeblick-Studios nichts zu tun.»

Im alten Bootshaus von John Pistol roch es nach Moos. Draußen hatte die Sommersonne Kreuzberg fest im Griff, hier drinnen fröstelte es Gery. Die vielen Bilder an den Wänden nahm er nur im Augenwinkel wahr. Vielleicht war die Nacht einfach zu kurz gewesen. Für einen Moment überlegte Gery, ob er umkehren und am Nachmittag wiederkommen sollte. Aber nun war er schon einmal den ganzen Weg von Schöneberg hierher gelaufen. Außerdem ging es um sein Einkommen in den nächsten Monaten. Die Jobs als Kabelträger für Buddy hatte er fest eingeplant. Ohne die würde es sicher auch mit der Arbeit in den Spreeblick-Studios auf Dauer knapp werden.

Gery trat durch die offene Stahltür mit der Aufschrift *Büro*. Das Zimmer war strahlend weiß getüncht. Hinter einem Schreibtisch mit Bergen von Papier saß eine Frau. Ihre schwarzen Haare waren im Nacken etwas länger als über der Stirn. Ihr kurzes Lederjäckchen glänzte pechschwarz.

«Hi! Willst du zu John?», begrüßte sie ihn.

«Moin. Wenn's möglich ist», antwortete Gery.

«Worum geht's denn?»

«Um Buddy.»

«Buddy?», rief ein Mann, der in der offenen Tür zum angrenzenden Raum erschien.

Gery erkannte ihn als John Pistol, den Musikmanager und Zeichner, über den Buddy viele Jobs bekommen hatte. Pistol trug Polo-Shirt und eine ausgewaschene Jeans. Sein Haar fiel in Locken bis auf die Schultern. Er eilte auf Gery zu. «Warte mal, dich kenne ich doch!» Er streckte Gery die Hand entgegen. «Wir wurden einander aber noch nicht vorgestellt, oder? Ich bin John.»

Gery schlug ein. «Ich weiß. Sie haben ein paar von den Konzerten veranstaltet, die Buddy gemischt hat. Ich bin Gery und habe ihm bei der Technik geholfen.»

«Gery, natürlich! Buddy hat mir erzählt, dass du wirklich was auf dem Kasten hast.» John Pistol ließ Gerys Hand los. «Komm rein. Und wir duzen uns hier. Okay?»

«Alles klar», sagte Gery und folgte dem Musikmanager in den hinteren Raum.

Auch hier hingen die Wände voller comicartiger Bilder – Porträts von Musikern oder Bands. Es mussten Dutzende von Zeichnungen sein. Mitten im Raum reihten sich vier Barhocker um eine brusthohe Konstruktion aus Brettern. Auf der provisorischen Bar stand eine Kanne, aus der es dampfte.

«Willst du einen Tee?», fragte der Musikmanager und Künstler. Er deutete auf die Kanne.

«Gern, Herr Pistol.»

«Für dich John, Junge!» Die Worte klangen bestimmt, allerdings nicht tadelnd. Eher schien der Musikmanager belustigt zu sein. Er trat hinter die Bar und holte zwei Tassen hervor. Während er den Tee in die Tassen goss, sagte er: «Schlimme Sache, das mit Buddy. Er wird uns fehlen.»

Gery erwiderte nichts und nickte nur.

«Er hat mir erzählt, dass er dich manchmal ans Pult gelassen hat. Wenn es um Kleinigkeiten bei der Vorband ging und er etwas anderes zu tun hatte.»

«Das hat er erzählt?» Gery erinnerte sich an das Bohei, das Buddy um den Mixer gemacht hatte. Klar, die Technik war meist gemietet und kostete ein Vermögen. Doch bei Buddy hatte bloße Vorsicht nicht ausgereicht. Es war einem Ritterschlag gleichgekommen, das Mischpult auch nur berühren zu dürfen.

«Ja, er hat dich über den grünen Klee gelobt.» Pistol schaute Gery an, als wollte er hinter seine Stirn sehen. «Wart ihr Freunde?»

Gery wusste nicht, was er darauf antworten sollte. Sie hatten zwar zusammengearbeitet, manchmal sogar gemeinsam was getrunken und geraucht. Doch Buddy war mehr als ein Jahrzehnt älter als Gery und bis zuletzt unnahbar gewesen. «Ich fand seinen Sound fetzig», sagte Gery schließlich. «Und es kam mir oft so vor, als behandle er mich wie einen kleinen Cousin. Manchmal nahm er mich besonders hart ran. Dann schien er mich aber auch hin und wieder beschützen zu wollen. Ich weiß nur nicht genau, wovor.»

«Weißt du über seine Bandmaschine Bescheid?», fragte John Pistol.

«Die Maschine, die er immer unter dem Mischpult aufgebaut hat?»

«Genau die.»

«Die, von der er die Pausenmusik eingespielt hat?»

«Pausenmusik ...» Der Musikmanager klang, als hätte er sich verhört. «Du meinst, dafür stand die Kiste da herum? Warum sollte er das Gedudel nicht von einem Kassettendeck einspielen?»

«Ähm ... wegen des Klanges?» Gery kam sich ein bisschen blöd vor. Doch ihm fiel keine andere Antwort ein.

«Buddy war eine Wucht. Nicht mal du weißt etwas!» Pistol grinste und trank einen Schluck von seinem Tee. Dann verschwand das Lächeln aus seinem Gesicht. «Buddy hat mit der Bandmaschine Aufnahmen gemacht. Bei meinen Konzerten gibt es für solche Mitschnitte klare Absprachen. Von einigen meiner Künstler wird kein Ton aufgezeichnet. Viele andere Musiker wissen die Aufnahmen zu schätzen. Sie können hören, was sie spielen, und ich benutze die Mitschnitte für die Promotion. Aber Buddy war auch für andere Veranstalter tätig. Ich habe Gerüchte gehört, dass manche wohl nicht so genau auf Bandmaschinen unter dem Mischpult achten ...»

Gery dachte an Siggis Worte. Die Bänder – daher wehte der Wind.

«Jedenfalls können wir gern mal ausprobieren, wie ein Konzert klingt, wenn du es mischst. Am besten zunächst in einem kleinen Laden.» Pistol trank seinen Tee aus und fügte dann hinzu: «Bevor du für mich Regler schiebst, musst du einen Vertrag über die Bänder unterschreiben. Von meinen Konzerten gelangt nichts ohne mein Wissen nach draußen.»

Josef Bolp roch an der Zigarre. Es war keine für besondere Gelegenheiten, eher eine für den ruhigen Moment zwischendurch. Er musste durchatmen. In seiner Schreibmaschine steckte nach wie vor ein weißes Blatt Papier, und auf seinem Schreibtisch lag keine Story, sondern nur ein Block mit unbrauchbaren Notizen.

Er nippte an seinem Kaffee. Zum Glück hatten seine Kollegen auch keine besseren Geschichten. Er blickte auf die neueste *Berliner-Blitz*-Ausgabe auf seinem Tisch. Die Titelseite zeigte eine Schauspielerin, die sich für ein Herrenmagazin ausgezogen hatte. *Für ihre Karriere arbeitet sie mit vollem Körpereinsatz!* Eine Headline von der Stange.

Bolp knipste die Spitze der Zigarre ab und roch noch einmal am Tabak. Die Qualität reichte allemal, damit er in Stimmung kam, einen Snob wie Gernot von Traunstein anzurufen. Dieser Kerl war der Einzige, der ihm im Moment eventuell eine Story bieten konnte. Bolp zündete die Zigarre an und paffte. Vor seinen Augen breitete sich der Qualm aus und in seinem Kopf der Tabakrausch. Nun fühlte er sich bereit.

Er nahm den Telefonhörer zur Hand, führte den Finger zur Wählscheibe und drehte dieselbe, bis ein Tuten in der Leitung erklang.

«Von Traunstein, Sie wünschen?» Durch das Rauschen in der Leitung klang die Stimme so undeutlich, als komme sie vom anderen Ende der Erde oder gar aus einer Raumstation.

«Bolp hier. Ich wünsche einen schönen Tag, mein lieber Herr von Traunstein. Sie haben angedeutet, dass Sie mir ein paar hübsche Sachen flüstern können. Passt es jetzt?»

«Ach, der Herr Reporter! Für Sie habe ich doch immer Zeit. Wenn Sie einen Augenblick warten können, dann lasse ich mir von meiner Sekretärin einen Cognac bringen.»

Bolp wollte gerade zustimmen, da hörte er von Traunstein schon nach dem Schnaps rufen und anschließend in die Hörmuschel raunen: «Nur noch einen Augenblick, mein lieber Herr Bolp.»

«Kein Problem», sagte Bolp. Er paffte und sah dem Rauchkringel auf seinem Weg zur Zimmerdecke nach.

Im Hörer erklang ein Schlürfen. «Ah, herrlich! Ein guter

Tropfen», schwelgte von Traunstein. «Nun schießen Sie mal los, Bolp. Ich bin ganz Ohr.»

«Sie hatten gestern Andeutungen über unseren gemeinsamen Bekannten John Pistol gemacht. Was steckt dahinter? Legt er ein paar von den Damen flach, die er zeichnet? Oder vielleicht gar ein paar von den Jungs?»

Von Traunstein wieherte vor Lachen. Als er sich wieder beruhigt hatte, antwortete er: «Das wüssten wir alle gern, mein Freund! Auf solche Fragen reagiert der gute Pistol ausgesprochen wortkarg. Bis jetzt gibt es noch nicht einmal Gerüchte darüber.»

«Tatsächlich? Und das in dieser Branche?»

«Ich weiß auch nicht, wie der Kerl das anstellt. Aber wenn da was passiert, dann halten alle dicht.»

Bolp zog an seiner Zigarre. Wieso hatte der dicke Kerl am anderen Ende der Leitung dann gestern so getan, als gäbe es etwas zu berichten?

«Andererseits wäre es doch nicht das erste Mal, dass Sie ins Blaue hinein ein Gerücht in die Welt setzen und dann schauen, wie der Betroffene reagiert.» Von Traunstein schob dem Satz ein gehässiges Lachen hinterher.

«Wenn's denn ein Gerücht gäbe …»

«Wollen wir uns eines ausdenken?»

Bolp überlegte. Einerseits herrschte in der Klatschpresse gerade Saure-Gurken-Zeit. Da würde es ein Gerücht über die Liaison eines Stars mit einem Zeichner und Musikmanager vielleicht sogar auf den Titel vom *Berliner Blitz* schaffen. Andererseits hatte er nicht den geringsten Anhaltspunkt. Würde der Chef es goutieren, wenn er nach Tagen des Nachdenkens eine derartige Räuberpistole anschleppte?

«Das lassen wir lieber», sagte Bolp. Er rekapitulierte das gestrige Gespräch noch einmal. «Sagen Sie, Herr von Traunstein, Sie haben etwas von bemerkenswerten Liveaufnahmen angedeutet, die sich in Pistols Besitz befinden könnten.»

«Tja, das ist so eine Sache. Ich weiß nicht, ob das etwas für

Ihre Leser ist. Aber ja, unser Freund Pistol hat ein paar bemerkenswerte Bands unter Vertrag.»

«Und von denen hat der Mann diese Aufnahmen?»

«Wenn die auftreten, lässt er die Konzerte mitschneiden. Mit den Aufnahmen macht er Werbung. Zum Beispiel verschickt er die Tonbänder an Plattenfirmen oder an Menschen wie mich, die ein Konzerthaus haben, oder an Redakteure von Musikblättchen. An alle, die so ein Sternchen protegieren können.»

Nach einer Titelstory klang das wahrlich nicht. Bolp paffte gegen den Frust.

«Solche Aufnahmen können von immensem Wert sein, wenn die Künstler berühmt sind.»

«Reden wir da über Hunderte oder über Tausende von Mark?»

Von Traunstein trank dem Geräusch in der Ohrmuschel nach zunächst einen Schluck Cognac, bevor er antwortete: «Pistol ist bei diesen Dingen immer ganz korrekt. Aber in anderen Fällen werden von solchen Aufnahmen Schallplatten gepresst. Die nennt man Bootlegs. Da können die Umsätze gern in die Zehntausende gehen.»

«Hui!» Bolp bemerkte den Reflex in seinen Fingern, nach Stift und Block zu greifen.

«Im Augenblick gerät der Markt zumindest in unserer freien Inselstadt gehörig durcheinander. Ausgerechnet der Tonmeister, der für besonders hochwertige Aufnahmen gesorgt hat, ist auf mysteriöse Weise von uns gegangen. Nachher stattet mir deswegen sogar die Polizei einen Besuch ab.»

Ohne einen weiteren Gedanken zu verschwenden, griff Bolp nach seinen Schreibutensilien. «Na, das ist doch mal ein Hinweis, Herr von Traunstein! Sie wissen nicht zufällig, wie der Polizist hieß?»

«Kappe.»

Ach herrje!, dachte Bolp.

Gery schluckte das Bier hinunter, um den Refrain mitsingen zu können. *«Shot by both sides / On the run to the outside of everything …»* Lief der Song von der Band Magazine, weil Franz sich auf den Streifzug über den Schrottplatz einstimmen wollte? Oder sollte das Lied die Handvoll schräger Vögel in der «Gefahrbar» erfreuen?

«Soll ich noch ein Bier nehmen, oder bist du so weit?», fragte Franz. Er stand heute auf derselben Seite des Tresens wie Gery. Den Dienst in der Bar erledigte ein Mädchen in einer schwarzen Rüschenbluse, die es wahrscheinlich für die Beerdigung seiner Oma gekauft hatte. Mit den schwarz geschminkten Augen sah es aus, als wäre es einem Horrorfilm entlaufen und von der hiesigen Welt unglaublich gelangweilt. Die junge Frau hatte ein Spinnentattoo am Hals. Deswegen nannten alle sie Spider. Neben ihr wirkte der ebenfalls ganz in Schwarz gekleidete Franz beinahe wie ein Gute-Laune-Moderator aus dem Fernsehen.

«Ist praktisch schon leer», antwortete Gery. Er nahm den letzten Schluck von seinem Bier und schob dem Horrorfilm-Mädchen die Flasche über den Tresen zu.

«Na, dann los!» Franz eilte zum Ausgang. Es sah beinahe so aus, als würde er vor Aufregung hüpfen. Vor der Tür blieb er kurz stehen, drehte sich um und rief: «Tschüs, Leute!» Anschließend verschwand er auf die Straße.

Gery ließ sich Zeit. Er sollte Franz beim Tragen von irgendwelchem Plunder helfen, da musste er sich nicht schon vorher verausgaben. Gery winkte dem Barmädchen zu und klopfte auf den Tisch mit den drei Typen von irgendeiner Band, die noch nie aufgetreten war. Dann trat er ins Freie.

Franz wartete auf der anderen Straßenseite. In der Abendsonne warf sein dürrer Körper einen langen Schatten. «Komm schon!», rief er.

«Jaja.» Gery eilte Franz hinterher.

«Ich hab da hinten was gefunden, das haut dich weg!»

Gery antwortete nicht. Er kannte Franz' Vorliebe für altes Zeug, das er zum Herumlärmen im Proberaum benutzte. Der letzte Fund war ein maroder Archivschrank gewesen. Auf dem morschen Ding hatte Franz ein paar Proben lang herumgetrommelt. Dann war das Holz gebrochen. Inzwischen moderte das Teil neben ihrer Garage herum. Vielleicht würde es im Herbst noch für ein hübsches Lagerfeuer herhalten.

Sie liefen unter den Yorckbrücken hindurch und bogen in einen Weg, der an den S-Bahn-Gleisen entlangführte. Gery folgte Franz bis zu einer mannshohen Mauer. Franz nahm einen Schritt Anlauf und sprang hinauf. Oben hielt er inne. Er schaute in alle Richtungen und zischte: «Los! Die Luft ist rein!»

Gery kletterte ebenfalls auf die Mauer. Dabei kam er sich nicht annähernd so elegant vor wie Franz. Er fand kaum Tritt mit den Füßen. Die Hände schmerzten. Und als er endlich oben ankam, taten ihm die Knie weh.

Franz grinste, als hätte er zu viel gekifft, und rief ihm zu: «Runter ist es leichter!»

Gery blickte auf das Stück Brache hinunter. Das verwahrloste Grundstück zog sich nur ein paar Meter bis zu den Gleisen der S-Bahn hin. Vor der Trasse verfiel eine eingeschossige Hütte. Vielleicht war sie einmal ein Geräteschuppen oder Ähnliches gewesen. Ringsherum wucherte Gestrüpp. Immerhin, direkt unter der Mauer wuchs ein bisschen Moos. Gery sprang.

«Siehste», sagte Franz. Er hopste frohgelaunt auf einem Trampelpfad zu der Bruchbude.

Gery schlurfte hinter ihm her.

«Guck dir das an!», rief Franz von der Hütte aus. Er klang so froh, als hätte er das Paradies entdeckt.

Gery erreichte die Ruine ebenfalls und erkannte, was Franz derart begeisterte. In dem Schuppen lagen Berge von Metall. Zwischen Bergen rostiger Teile glänzten einzelne Stücke wie neu.

«Meinst du, wir dürfen von dem Zeug was mitnehmen?», fragte ihn Gery.

«Guck dir die Hütte doch an! Das ist bestimmt nicht das Lager von 'ner prosperierenden Schlosserei!»

Gery schaute sich um. Nicht nur die Tür fehlte, auch die Fenster waren aus ihren Angeln gerissen. Sogar im hinteren Teil des Daches klaffte ein Loch.

«Hör dir das mal an!» Franz drosch mit einer Eisenstange auf eine eigentümliche Stahlkonstruktion ein. «Das ist pentatonisch!»

Franz mit seiner klassischen Musikschulausbildung! Gery kam die Tonfolge auf eine diffuse Art asiatisch vor. Er dachte an einen Vortrag seines Gitarrenlehrers über die Fünftonleitern in der traditionellen chinesischen Musik. Doch woran erinnerte ihn dieses merkwürdige Gebilde? «Was ist das für ein Teil?», fragte er.

«Das ist der Unterbau von einem Startblock. So ein Ding, von dem Schwimmer ins Becken springen. Ich weiß schon, wie ich das Teil nenne, wenn ich darauf spiele.» Franz tippte auf verschiedene Stellen der Konstruktion, als wollte er sie zum Ritter schlagen. «Das ist meine Startblorgel.»

Franz und seine Wortschöpfungen! «Wie kommt das Ding bloß hierher?», fragte Gery.

«Was weiß ich! Und wen interessiert's?» Franz hob ein L-förmiges Ofenrohr in die Höhe und klopfte dagegen. Ein dumpfer Gong erklang. «Ist das nicht fetzig?»

Tatsächlich passte der Ton zu denen, die Franz dem Startblock entlockt hatte.

«Daran bastele ich einen Tonabnehmer von dieser alten Gitarre!», rief Franz. «Du weißt schon, die alte Möhre, die ich letztens angeschleppt habe. Das wird genial!»

«So etwas kannst du? Ich meine, so richtig – mit Lötkolben und so?», fragte Gery.

«Klar. Nimmst du das Rohr? Dann trage ich den Startblock.»

Peter Kappe klopfte an den Rahmen der geöffneten Bürotür.

«Kommen Sie nur herein!», rief ein Mann von drinnen.

Kappe betrat den Raum.

«Kommissar Kappe?», fragte der Mann. Er stand hinter seinem Schreibtisch auf und kam auf Kappe zu. Noch im Gehen erklärte er: «Meine Sekretärin hat heute früher Feierabend gemacht, aber das soll uns nicht stören.» Er war nicht sehr groß und hatte trotz einer Halbglatze schulterlange Haare. Unter seinem hellen Jackett trug er ein weißes Hemd, und auch seine Schuhe leuchteten weiß. Sein Gesicht war genauso rund wie sein Körper, weshalb er Kappe an einen Schneemann auf Beinen erinnerte. Sogar seine Nase leuchtete rot.

Der Schneemann stellte sich als Gernot von Traunstein vor, wies Kappe einen Platz in einer Sitzecke am Fenster zu und fragte: «Möchten Sie etwas trinken? Einen Whisky vielleicht?»

«Wasser bitte, wenn es keine Umstände macht.»

«Sind Sie sich sicher, dass sie keinen Whisky möchten? Ich habe einen 25-jährigen Chivas Regal.» Von Traunstein tapste zu einer Anrichte, auf der mehrere Schnapsflaschen und eine Sammlung von Gläsern verschiedener Formen vor sich hin funkelten. «Kommen Sie, auch ein Kommissar darf sich mal was gönnen. Und im Grunde haben Sie doch schon Dienstschluss, oder?»

«Also gut, einen kleinen», entschied Kappe. Er nahm am Tischlein in der Sitzecke Platz.

Von Traunstein schenkte daumenbreit Whisky in zwei Gläser, stellte diese und die Flasche auf ein silbernes Tablett und brachte es zum Tischchen. Er setzte sich ebenfalls, hob sein Glas zum Prost und trank es in einem Zug aus. Während er sich einen weiteren Whisky einschenkte, sagte er: «Sie bedienen sich, nicht wahr, Herr Kommissar?»

«Danke sehr», sagte Kappe. Das teure Getränk brannte sanft in seiner Kehle. «Ich würde gern sofort zur Sache kommen. Wie Sie wissen, bin ich wegen des verstorbenen Herrn Buddewitz hier.»

«Natürlich, Herr Kommissar. Wie kann ich Ihnen helfen?»

Kappe zückte sein Notizbuch und blätterte, bis er die Stichpunkte zur Recherche in der Musikszene fand. Er überflog die Einträge zu Traunstein. «Sie betreiben das Konzerthaus B-Rock, und dort war Herr Buddewitz als Tonmeister tätig. Hatten Sie häufig Kontakt zu ihm?»

«Gelegentlich. Er arbeitete ja auf eigene Rechnung und war nicht mein Angestellter. Dennoch saß er regelmäßig bei uns an den Reglern. Eine Reihe von Künstlern hat ihn und sein feines Ohr sehr geschätzt.» Traunstein trank erneut von seinem Whisky.

«Das hat mir Herr Feiler von den Spreeblick-Studios ebenfalls berichtet. Das klingt nach perfekter Harmonie. Gab es nie Konflikte?»

«O doch! Buddy, ich meine natürlich, Herr Buddewitz, hatte höchste Ansprüche. Wer die nicht erfüllte, konnte ihn durchaus als arrogant und barsch erleben.»

«Würden Sie sagen, dass er Feinde hatte?»

Von Traunstein kicherte in das Glas vor seinem Mund, sodass sein Lachen hohl klang. «Wenn jedes Arschloch mein Feind wäre, hätte ich ganz schön viele. Und wenn jeder, der mich für ein Arschloch hält, mein Feind wäre, dann hätte ich wohl noch mehr Feinde. Wie ist das bei Ihnen?»

Kappe dachte an die Kollegen in der Keithstraße. Da gab es schon ein paar spezielle Exemplare. Wenn er über diese sprach, verwendete er allerdings weder ordinäre Schimpfwörter noch die Vokabel «Feind». «Ich glaube, ich verstehe, was Sie meinen», sagte er dennoch und nippte an seinem Whisky. Er wartete darauf, dass von Traunstein noch etwas hinzufügte. Doch der dicke Mann trank. Also wechselte Kappe das Thema. «Herr Feiler hat etwas von Musikbändern angedeutet, die Herr Buddewitz in Konzerthäusern aufgenommen hat. Können Sie mir dazu Näheres erzählen?»

«Das hat der Feiler gesagt?», rief von Traunstein. Er baute sich auf seinem Stuhl auf, als wollte er mit der Faust auf den Tisch hauen. Doch stattdessen trank er sein Glas aus und schenkte sich nach.

«Was hat es mit diesen Bändern auf sich?», fragte Kappe.

«Das ist im Grunde nichts von besonderem Interesse.»

«Herr von Traunstein, bitte beantworten Sie meine Frage!», forderte Kappe ihn auf. Traunstein war schon der Zweite, der herumdruckste, wenn diese seltsamen Aufnahmen zur Sprache kamen.

«Und wenn ich das nicht tue?» Traunsteins Stimme wurde mit jedem Wort lauter. «Was passiert dann?»

«Herr von Traunstein, wenn Sie mir hier nichts sagen, müssen wir unser Gespräch auf dem Revier fortsetzen.»

«Mit meinem Anwalt», ergänzte von Traunstein.

«Es steht Ihnen natürlich frei, sich juristischen Beistand zu holen, Herr von Traunstein.» Kappe stellte sein Glas ab. «Wir haben allerdings noch andere Möglichkeiten. Bei einer Ermittlung der Mordkommission ordnen Staatsanwälte und Richter auch mal flott Durchsuchungen an. Hier im Büro oder auch im B-Rock.» Kappe wusste, dass solche Beschlüsse nur schwer durchzusetzen waren, hoffte aber, überzeugend zu klingen.

Die Drohung wirkte. Von Traunstein saß wie gelähmt auf seinem Stuhl. Nach einem Moment des Schweigens sagte er: «Nehmen wir einmal an, Buddy hätte Bänder in meinem Haus aufgenommen – was würden Sie dann unternehmen?»

«Keine Ahnung», sagte Kappe, und das stimmte aufs Wort. «Handelt es sich denn um illegale Aufnahmen?»

«Im Regelfall nicht. Viele Bands wollen selbst im Nachhinein hören, wie sie gespielt haben. Aber es lässt sich natürlich nicht zu hundert Prozent ausschließen, dass jemand die vorhandene Technik auch für Aufnahmen nutzt, die nicht von den Bands in Auftrag gegeben wurden.»

«Was geschieht mit solchen Aufnahmen?», fragte Kappe.

«Das hängt von der Qualität der Aufnahmen ab.» Von Traunstein schien sich wieder sicherer zu fühlen. «Viele verschwinden, oder die Bänder werden überspielt. Manchmal werden indes auch welche auf Schallplatten gepresst und als Bootlegs verkauft.»

«Das klingt nach einem Geschäft», bemerkte Kappe. Er musste jemanden auf die Bänder in Buddewitz' Studio ansetzen, am besten Landsberger.

«Ja, damit wird manchmal wohl eine Mark verdient, habe

ich gehört.» Von Traunstein trank seinen Whisky und versprühte die gute Laune eines Mannes beim Kartenspiel, der noch einen Trumpf in der Hand hatte. «Es ist übrigens ein seltsamer Zufall, dass mich gerade heute schon einmal jemand nach Bootlegs gefragt hat. Mein Freund von der Presse, Josef Bolp.»

«Der vom *Berliner Blitz*?»

«Sie kennen Herrn Bolp?»

Kappe nickte und dachte an den Fall Kurt Kannenhenkel vor zehn Jahren. Damals war der Sänger unter den falschen Verdacht geraten, eine Prostituierte ermordet zu haben. Dieser Schmierfink von Bolp hatte dabei eine unselige Rolle gespielt. Der Kerl hatte ihm gerade noch gefehlt.

Gery schlurfte den Kiesweg zur Garage entlang. Im Augenwinkel sah er den Schriftzug *Walkowski – Vermögensberatung und Versicherungen aller Art* am Einfamilienhaus in der Fliegersiedlung. Berts Vater hatte hier sein Versicherungsgeschäft betrieben, bis er bei einem Autounfall ums Leben gekommen war. Nun lebte Bert mit seiner Mutter allein in dem Haus. Gery öffnete die Garagentür. Er mochte die Ruhe im Proberaum, bevor die anderen Bandmitglieder eintrafen. Heute war er zwar nicht allein, doch Franz schraubte seinen Fund aus dem heruntergekommenen Schuppen an einen Sägebock. Das nahm ihn völlig in Anspruch. Gery schnappte sich den Bass, stimmte ihn und spielte ein bisschen an der Klangeinstellung seines Verstärkers herum.

Der Amp begann sofort zu quietschen. Was für ein herrliches Geräusch! In die Rückkopplung hinein schlug Gery die E-Saite an. Der Ton knarzte so tief, dass Gery ihn im Bauch spürte. Ein Dröhnen mischte sich in den Ton. Gery warf einen Blick auf den Verstärker. Die Regler standen genau so, wie er sie eingestellt hatte, doch es dröhnte erneut, zunächst scheinbar unwillkürlich. Aber dann erkannte Gery einen Rhythmus. Er drehte sich zu Franz. Der schlug mit einem Wischmopp gegen das U-förmige Rohr aus der Hütte an der S-Bahn. Gery stimmte in den Rhythmus ein und spielte Dreiklänge wie auf einer Gitarre. Er wechselte die Akkorde nach jedem halben Takt und erzeugte so ein aggressives Riff.

«Yeah! Yeah!», rief Franz ins Mikrofon, während er unentwegt mit dem Wischmopp auf das Rohr trommelte. Der Gesang hörte sich an wie eine Mischung aus einem Schrei und einer Melodie. Gery bewunderte, wie Franz stets den richtigen Ton traf und dabei die Attitüde pflegte, genau das sei ihm völlig einerlei.

Die Tür öffnete sich, und mit Bert drang ein Schwall sommerlicher Abendhitze in den Proberaum. Gery und Franz hörten beinahe gleichzeitig auf zu spielen.

«Alter, was war das denn?», fragte Bert. «Das hat total gerockt!»

«Wir haben neuen Kram beschafft», erklärte Franz außer Atem.

Bert betrachtete das Rohr und die Stahlkonstruktion. Ohne aufzublicken, sagte er: «Sieht fetzig aus. Behältst du das dieses Mal länger?»

«Ich denke schon», antwortete Franz. «Ich wollte an die Dinger 'nen Tonabnehmer bauen, aber ich konnte den Lötkolben nicht finden.»

«Ist der immer noch nicht wiederaufgetaucht?, mischte sich Gery ein.

«Doch, ist er!» Bert nahm seinen Rucksack vom Rücken und öffnete ihn. «Ich hatte ganz vergessen, dass ich das Ding mit rüber ins Haus genommen habe.» Er beförderte nicht nur den Lötkolben ans Tageslicht, sondern auch ein paar Dosen Bier und einen silbernen Gegenstand von der Größe einer Butterdose. «Das ist meine Überraschung.» Bert hielt das silberne Teil in die Höhe. Es bestand aus aneinandergeschraubten Aluplatten. Auf der obersten war ein Knopf angebracht.

«Hi, Jungs!» Debbie betrat den Proberaum. Ein süßlicher Duft wehte mit ihr herein. Vermutlich stammte der von ihrem Haarspray, denn der Scheitel ihres Blondschopfs saß wie betoniert. Sie zeigte auf das Ding in Berts Hand und fragte: «Was 'n das?»

«Das …», Bert machte eine kurze Kunstpause und schaute alle nacheinander an, bevor er fortfuhr, «… ist ein neuer Verzerrer. Ich habe ihn selbst gebaut, und er macht einen richtig dreckigen Sound!»

Franz hob die Arme wie ein Priester und sagte feierlich: «Großartig! Ich nenne dieses Gerät seinem Erbauer zu Ehren den Bertzerrer!»

Gery unterdrückte ein Kichern. Debbie dagegen ließ ihrem Lachen freien Lauf.

«Wo wir gerade dabei sind: Wir brauchen noch einen neuen Nachnamen für Gery. Granulat gefällt ihm nicht mehr. Ich hätte da schon eine Idee …», sagte Franz.

«Lass mal!», unterbrach Gery ihn hektisch.

«Ich finde auch, dass wir erst einmal Musik machen sollten», sagte Bert. «Am besten fangen wir mit dem Stück an, das ihr gerade gespielt habt.»

«Ihr habt einen neuen Song?» Debbie strahlte nacheinander Franz und Gery an.

«Ist noch ganz am Anfang. Das Stück hat noch nicht mal einen Namen», erklärte Franz.

«Willst du wieder Bass spielen, Gery?», fragte Debbie.

«Na ja …» Gery schaute zu Franz. Der verachtete das Prinzip, nach dem jeder das Instrument spielte, das er am besten beherrschte. So waren Bert am Schlagzeug und Gery am Bass gelandet, obwohl sie beide mehr als passable Gitarristen abgegeben hätten. Gery vermisste das Spiel auf seiner Fender Telecaster manchmal. Immerhin behandelte Debbie das gute Stück mit größter Vorsicht. Sie hatte bis vor wenigen Wochen noch nie ein Instrument in der Hand gehabt und lediglich Sängerin werden wollen. Doch sie lernte schnell und beherrschte die Grundgriffe sogar mit einer gewissen Routine. Franz drosch dagegen in die Saiten einer sündhaft teuren Gibson Les Paul, die ihm seine Eltern vor ein paar Monaten zum 19. Geburtstag geschenkt hatten. Noch lieber schlug er aber auf obskure Dinge wie seine Startblorgel.

«Es ist nur», sagte Debbie, «ich würde so gern auch mal den Bass ausprobieren.»

«Mit *den* kleinen Fingern?», fragte Bert. Er kassierte einen vernichtenden Blick der Sängerin.

«Gerade damit!», rief Franz. «Wenn etwas nicht der Norm entspricht, entsteht etwas Neues!» Er klopfte auf seine Startblock-Konstruktion wie ein Pfarrer auf die Kanzel und fuhr fort: «Künstlerische Perfektion ergibt sich nicht aus der Reproduktion des Bewährten. Das schafft nur gediegene Langeweile für Freunde des Kunsthandwerks. Kunst braucht den Mut, das Chaos zuzulassen und daraus zu schöpfen.»

Ein bisschen viel Anspruch für Drei-Akkorde-Musik, dachte Gery, sagte aber nichts.

«Also gut, dann machen wir es so. Ich spiele Bass und Gery seine Telecaster», entschied Debbie. Sie zwinkerte Gery zu.

«Was hast du gesagt?», fragte Peter Kappe. Er lag auf dem Sofa in der Wohnung seiner Daueraffäre Angelika Stern und war abgelenkt, denn er dachte darüber nach, ob er noch nach Hause fahren sollte. In der Charlottenburger Fuggerstraße bewohnte er seit der Trennung von Sarah eine Zweiraumwohnung. Dort wäre er indes wieder allein, vielleicht war es doch besser, über Nacht bei Angelika zu bleiben.

«Ich wollte nur wissen, was mit dir los ist. Du bist so still.» Sie trug eine weite Bluse über einer engen Jeans. Das wirkte leger und sexy zugleich.

Kappe schloss die Augen. Was sollte er antworten?

«Liegt es an Tabea? Fehlt sie dir?»

Kappe dachte an seine Tochter. Natürlich vermisste er sie. Aber sie lebte nun schon seit über anderthalb Jahren mit Sarah in Amerika. Und im Herbst würde er sie besuchen. Die paar Wochen hielt er noch aus. «Nein, eigentlich ist nichts weiter», sagte er und merkte, dass er nicht besonders glaubwürdig klang. Er öffnete die Augen wieder.

«Ach Peter!» Angelika holte eine Flasche Wein aus dem Regal.

Kappe wusste, dass der Merlot zu den besseren Sorten zählte, die Aldi zu bieten hatte. Für einen Discounter-Wein schmeckte der gar nicht so schlecht.

Angelika schenkte zwei Gläser ein, stellte eines vor Kappe auf den Tisch und behielt das andere in der Hand. «Jetzt trinken wir einen Schluck. Vielleicht kannst du mir dann erklären, was mit dir los ist. Du weißt, ich dränge dich zu nichts. Aber hier auf meinem Sofa musst du dich auch nicht verstellen.»

Kappe nahm das Glas zur Hand, stieß mit Angelika an und trank etwas vom Wein. Der schmeckte weich, allerdings hielt das Aroma nicht so lange an wie bei den Tropfen, die sein Kollege Landsberger vorrätig hielt.

«Und?», fragte Angelika, ohne drängend zu klingen.

Der Wein tat Kappe gut. Angelika auch. Also gab Kappe sich Mühe und versuchte, ehrlich zu sich selbst zu sein. Die Wahrheit traf ihn wie eine Ohrfeige: Ihn plagte das schlechte Gewissen. Sein Abenteuer mit Else lag wie ein Felsbrocken auf seinem Herzen. Auch wenn er mit Angelika keine feste Beziehung führte, kam er sich vor wie ein Ehemann mit einer heimlichen Geliebten. Zugleich war er nicht bereit, darüber mit Angelika zu sprechen.

Kappe schaute Angelika an. Sie saß im Schneidersitz auf dem Sessel ihm gegenüber und sah aus, als sei sie entschlossen, noch Stunden auf seine Antwort zu warten, wenn es denn sein musste. Lag es am Wein oder an ihrem Blick? Woran auch immer, in Kappe bereitete sich jedenfalls ein warmes, wohliges Gefühl von Geborgenheit aus.

Er wusste, dass er diesen Moment zerstörte, als er antwortete: «Es ist die Arbeit. Ich habe einen verzwickten Fall.»

«Tatsächlich?» Angelika klang zweifelnd.

Kappe ließ sich nicht beirren und berichtete von dem toten Tonmeister, dessen Kreuzberger Hinterhofbude, den mondänen Studios, dem Konzerthausbesitzer mit dem erlesenen Whisky, den seltsamen Tonbändern – und davon, dass er nicht weiterkam in dem Fall.

«Hatte dieser Tonmeister keine Affären?», fragte Angelika. «Man sagt doch immer, diese Branche lebe von Sex, Drogen und Rock 'n' Roll. Gab es in seinem Leben keine Frauen? Oder vielleicht gar Männer? Im Fernsehen sind Liebesdinge immer ein Motiv für Mörder.»

Das ist aber kein Fernsehkrimi, dachte Kappe. Er sagte jedoch nur: «Er ist nicht verheiratet, und laut seinem Bruder hat er auch keine Partnerin.»

«Peter, ich bin keine Polizistin, sondern nur eine Kindergärtnerin. Aber glaub mir, vor meinen Augen haben sich schon viele Dramen abgespielt. Eltern, die sich getrennt haben, Kinder, die sich auf einmal an neue Papas und neue Mamas gewöhnen mussten. Da hat die Liebe – oder was manche dafür halten – stets eine Rolle gespielt.»

Kappe dachte an Sarah und Tabea – und fühlte einen Stich im Herzen. Er leerte sein Glas.

«Entschuldige bitte», sagte Angelika. Ihre Stimme klang so sanft, als wollte sie eines ihrer Kindergartenkinder trösten.

Peter schwieg und schenkte Wein nach.

Angelika erhob sich vom Sessel, kam herüber und schmiegte sich an ihn. «Jetzt ist es zu spät, über die Arbeit nachzudenken. Zu spät für Probleme.»

Kappe gab ihr recht. Er wollte nicht mehr nachdenken und keine Schuldgefühle mehr empfinden.

Sie küsste ihn.

VIER

Freitag, 4. August 1978

PETER KAPPE betrat das Büro in der Keithstraße mit der Aktentasche unterm Arm. Sein Kollege Wolf Landsberger grinste über das ganze Gesicht, als er ihn erblickte.

«Morgen!», murrte Kappe.

«Guten Morgen, Kappe», erwiderte Landsberger. «Du hast ja eine Laune! Und dabei kommt der Spaß erst noch.»

Kappe knallte seine Tasche auf den Tisch und ließ sich auf den Bürostuhl fallen. Er fühlte sich so zerknittert wie sein Jackett. Landsberger dagegen sah vom blonden Haarschopf bis zu den Lackschuhen aus wie frisch gebügelt. Er schaute demonstrativ auf seine Armbanduhr und sagte: «Du bist ganz schön spät. Engländer kommt gleich.»

«Wann?», fragte Kappe. Warum kam der Chef nicht am Nachmittag? Bis dahin wäre er sicher wach.

«Jeden Moment», antwortete Landsberger. «Er hat sich vor ein paar Minuten erkundigt, wann du im Büro bist. Und ich habe ihm gesagt, dass du normalerweise um neun Uhr hier eintriffst. Und jetzt ist es fünf nach.»

Anscheinend gönnte der Leiter der Mordkommission 6 seinen Mitarbeitern ein paar Augenblicke des Ankommens, dachte Kappe.

«Ich habe gestern noch Buddewitz' Kollegen hinterhertelefoniert», informierte Landsberger ihn. «Der Tote scheint ein ziemlicher Eigenbrötler gewesen zu sein. Keine Ausschweifungen, keine Hobbys. Außer Musik halt.»

Kappe berichtete in kurzen Worten über die ominösen Bänder und das Bohei, das die beiden Chefs von den Spreeblick-Studios und vom Konzerthaus B-Rock darum gemacht hatten. «Ich frage bei den Kollegen vom Archiv nach, ob es Material zu diesen Bootlegs gibt. Und wir müssen die Bänder aus Buddewitz' Studio sicherstellen. Beschaffst du bei seinem Bruder die Schlüssel?»

«Ich rufe ihn sofort an», sagte Landsberger und schnappte sich den Telefonhörer.

Doch es blieb keine Zeit für Telefonate, denn es klopfte an der Tür, und nur einen Moment später betrat Kriminalhauptkommissar Harry Engländer mit einer Mappe in der Hand das Büro. Er trug ein Jackett mit Schulterpolstern, während er selbst eher im Bauchbereich über Polster verfügte. Das Sakko sah aus, als sei es ein paar Nummern zu groß. «Morgen, die Herren!» Engländer rückte sich den Besucherstuhl zurecht und nahm Platz. «Wie geht's im Fall Buddewitz voran?»

«Ein paar Hinweise, aber von einer heißen Spur zu sprechen wäre wohl verfrüht», antwortete Kappe.

«Ich habe da etwas für Sie.» Engländer öffnete die Mappe und blätterte darin. «Der Polizeiliche Staatsschutz hat über Buddewitz eine Akte angelegt, weil der im Januar bei einer internationalen Tagung für Terrorismusabwehr die Tontechnik betreut hat. Nach dem Theater in der letzten Zeit sind alle, die Zugang zum Kongress hatten, bis auf die Knochen durchleuchtet worden.»

Kappe dachte an die Ereignisse im vergangenen Jahr – an die Entführungen der Lufthansa-Maschine «Landshut», den Mord an Arbeitgeberpräsident Hanns Martin Schleyer, an den Selbstmord der RAF-Terroristen Andreas Baader, Gudrun Ensslin und Jan-Carl Raspe in der JVA Stuttgart in Stammheim und daran, wie panisch die staatlichen Behörden reagiert hatten. Kappe fiel ein, dass auch seine längst vergessen geglaubte Studentenzeit wieder zum Thema geworden war, zum zweiten Mal – obwohl er selbst nie einer linken Vereinigung wie dem SDS angehört, mit den Kommunarden im Jahr 1968 lediglich über Freunde Kontakt gehabt und Gewalt selbstverständlich schon seinerzeit abgelehnt hatte. Er schluckte.

Landsberger übernahm das Gespräch. «Gibt es etwas über Buddewitz zu berichten, das nicht in der Polizeiakte steht?»

«Ein paar Dinge sind interessant.» Engländer tippte auf die Akte. «Buddewitz hat früher in einer Band mit ein paar linken Vögeln gespielt. Er war Schlagzeuger bei so einer Hippietruppe. In die Band hat sich ein V-Mann eingeschmuggelt, und der schrieb in mehreren seiner Berichte, dass sich Buddewitz strikt aus allen politischen Diskussionen heraushielt.» Engländer blätterte weiter. «Anscheinend hat der V-Mann versucht, Buddewitz zu verfänglichen Äußerungen hinzureißen. Doch unser Verstorbener hat ihn abblitzen lassen.»

«Ein politisches Motiv für die mögliche Tat kommt also nicht in Betracht», stellte Kappe fest.

«Ich sehe da auch keine Anhaltspunkte. Er hat diese Band nach ein paar Monaten wieder verlassen. Nach Aussagen des V-Manns war Buddewitz in der Truppe nicht besonders beliebt, weil er sich eben nicht für politische Dinge interessierte. Auch über Freundschaften oder Beziehungen steht in dieser Akte nichts. Der hat gelegentlich seinen Bruder besucht, aber darüber hinaus sind keinerlei persönliche Kontakte verzeichnet.»

«Das ist uns auch schon aufgefallen», sagte Landsberger.

«Ich habe da so eine vage Vermutung», murmelte Engländer. Er sah Landsberger an. «Es soll ja Leute geben, die gewisse Vorlieben eher im Verborgenen ausleben.»

Landsberger wurde rot. Er vermied es tunlichst, im Dienst über seine Homosexualität zu sprechen.

«Vielleicht sollten Sie sich mal in diese Richtung umhören», sagte Engländer.

Sanftes Gitarrengeschrammel empfing Gery, als er den Plattenladen betrat. Ein Mann sang dazu beatlelesk: *«No blind spots in the leopard's eyes.»* Gery mochten den Song, *Outdoor Miner* von Wire. Von dieser Art lässig dahin geworfenem Pop bekam er stets gute Laune. Und die konnte er für das Gespräch mit Siggi gut gebrauchen.

Das «33er» hatte gerade erst geöffnet, daher war lediglich der Inhaber im Laden.

«Tachchen», sagte Gery. Er ging zum Verkaufstresen.

«Da bist du ja! Ich hatte ehrlich gesagt gestern schon gehofft, dass du vorbeikommst.» Siggi schlurfte zur Kaffeemaschine, füllte eine Tasse, stellte sie auf den Tresen und sagte: «Du hast doch hoffentlich ein paar Minuten.»

«Klar», sagte Gery. «Ich will schließlich auch etwas von dir.»

«Du? Was von mir?»

Gery zögerte. War die Gelegenheit gut? Eine bessere würde sich kaum finden. Er griff in seine Umhängetasche, beförderte zwei Kassetten ans Tageslicht und legte sie auf den Tresen. «Du weißt doch, dass ich in einer Band spiele. Mit Debbie, Franz und Bert. Hier ist unsere erste Kassette. Da sind vier Songs drauf. Verkaufst du unser Tape hier?»

Siggi schnappte sich eine der Kassetten und betrachtete das Cover. Über dem Bandfoto stand in Krakelschrift: *Band noch ohne Namen*. «Ist das euer Ernst?», fragte Siggi.

«Franz fand keinen Namen gut genug. Bei der nächsten Auflage steht bestimmt ein anderer drauf. Wir haben erst mal fünf Kopien gezogen.»

«Aha», brummte Siggi und klang nicht sehr überzeugt. «Was soll das Teil denn kosten?»

«Ich dachte so an drei Mark.»

«Und wie viel wollt ihr davon haben?»

«Na, so zwei fuffzig.»

Siggi lachte. «Okay, ich schreib fünf drauf und gebe euch drei Mark ab.»

«Wirklich? Fünf Mark für vier Songs? Von unserer Band?»

«Eine kleine Erstauflage. Wenn ihr mal berühmt seid, sind die Dinger richtig was wert.»

Das erschien Gery doch ziemlich gewagt.

«Ihr könnt bei der nächsten Auflage auch ein oder zwei Songs mehr aufnehmen. Wenn ihr dann noch einen richtigen Namen habt, sind fünf Mark bestimmt auch für dich in Ordnung, oder?» Siggi streckte Gery die Hand entgegen.

Der schlug ein. «Alles klar.» Er wunderte sich, wie schnell der Handel abgeschlossen war. Dafür brauchten andere Bands ein Management?

Siggi stellte eine der Kassetten auf den Tresen zu den anderen Demo-Tapes von Berliner Bands, die zweite ließ er in einer Schublade verschwinden. Dann zog er ein Buch hervor, schlug es auf und schrieb *2x BnoN* in eine Tabelle. Als er fertig war, klappte er das Buch wieder zu. «Und jetzt kommen wir zu einem anderen kleinen Geschäft.»

«Noch ein Geschäft?», fragte Gery, und ihm schwante nichts Gutes.

«Mensch, ich liege dir doch schon seit Tagen wegen Buddys Bändern in den Ohren.»

«Ich weiß nicht so recht, wie ich dir da helfen kann.» Gery trank einen Schluck vom Kaffee, um nichts mehr sagen zu müssen.

Siggi rollte mit den Augen. «Du sollst sie mir natürlich beschaffen.»

«Ich?»

«Du hast doch auch ein kleines Studio. Da findest du dich in Buddys Hütte bestimmt zurecht und kommst auf eine Idee, wo er die bespielten Bänder lagert.»

«Ich war noch nie bei Buddy zu Hause.» Gery stutzte. «Außerdem ist Buddys Bude doch abgesperrt.»

Siggi sagte nichts. Auch die Musik setzte für einen Moment aus, bevor der nächste Song vom Wire-Album begann.

«Wem gehört das ganze Zeug von Buddy jetzt eigentlich?», fragte Gery.

«Wenn er kein Testament gemacht hat, irgendjemandem aus seiner Familie.» Siggi seufzte. «Jemandem, der höchstwahrscheinlich keine Ahnung davon hat, was für Schätze Buddy bei seinen

Konzerten auf Band mitgeschnitten hat. Schätze, die jetzt in seiner Bude liegen.»

«Schätze?» Gery dachte an sein Treffen mit John Pistol. Der Musikmanager hatte von der Bandmaschine unter Buddys Mischpult gesprochen. Gery merkte, wie er erstarrte. «Ich kann die Dinger doch nicht einfach klauen!»

«Wer sonst?», fragte Siggi.

«Warum holst du die Bänder nicht selbst?»

«Ich habe nicht einmal ein Tonbandgerät. Wie soll ich da herausfinden, auf welchen Bändern fertige Aufnahmen sind?» Siggi beugte sich über den Tresen und sagte verschwörerisch: «Buddy hat sehr viel von dir gehalten. Das hat er allen erzählt, die es hören wollten. Und allen anderen auch. Viele seiner Geschäftspartner hätten gern einen zuverlässigen Nachfolger. Einen, der für ein gutes Geschäft auch mal ein Risiko eingeht. So wie Buddy es getan hat. Und ein Anfang wäre, wenn du Buddys Bänder beschaffst und mir die brauchbaren Aufnahmen bringst.»

Gery benötigte einen Moment, um die Worte zu verdauen. Das Wire-Album war offenbar zu Ende, denn erst jetzt merkte er, dass absolute Stille im «33er» herrschte.

«Soll das so etwas wie eine Prüfung sein? Willst du testen, ob ich mir zutraue, etwas Illegales zu tun?», fragte Gery.

Siggi nickte so langsam, als würde er eine bleischwere Last auf den Schultern tragen. Nach einem Moment sagte er: «Denk darüber nach. Aber lass dir dabei nicht zu viel Zeit. Da geht es um viel Kohle. Und du willst doch ein Tonstudio aufbauen, oder?»

Josef Bolp saß am Schreibtisch in seinem Büro und hörte Musik von einer Kassette. Am Morgen war er auf dem Weg von seiner Charlottenburger Wohnung zum Redaktionsgebäude in den erstbesten Plattenladen gegangen, um ein Bootleg zu kaufen. Der Verkäufer hatte ihn schräg angeschaut und bekundet, er biete nur hochwertige Klassik-Alben und notwendigerweise auch Hitparadenmusik an, für Bootlegs solle Bolp es gefälligst in Schöneberg oder Kreuzberg versuchen. Nach einigen beharrlichen Nachfragen war der Verkäufer bereit gewesen, eine Adresse in Schöneberg herauszurücken. Dort hatte Bolp von einem dürren Kerl mit süddeutschem Akzent für acht Mark eine Kassette mit einer Liveaufnahme von einer ihm völlig unbekannten Band erworben. Deren Hardrock jaulte nun aus seinen Boxen.

Die Aufnahme rauschte nicht, aber sie klang auch nicht wie eine professionelle Produktion. Bolp war kein Experte in Hi-Fi-Sachen, doch selbst für sein ungeübtes Ohr hörte sich die Musik kraftlos an. Das Schlagzeug schepperte, die Gitarren kreischten wie Bohrer beim Zahnarzt, und der Bass versank völlig in diesem Schall-Brei. Bolp bemühte all seine Fantasie, doch er verstand nicht, wie man mit diesem Mist Geld verdiente.

Hatte er sich von der Geschichte mit den Bootlegs zu viel versprochen? Nun war er schon vier Tage aus dem Urlaub zurück, und das Blatt Papier in seiner Schreibmaschine leuchtete immer noch so weiß wie bei seiner Ankunft. Sicher, der Chef hatte ihm Zeit gegeben. Doch die lief ab. Er brauchte eine starke Story.

Es klopfte an der Tür, und die Sekretärin, deren Namen er sich nicht merken wollte, kündigte den «Herrn Chefredakteur» an.

Wenn man an den Teufel dachte …

«Was ist denn das für ein grässlicher Krach, Bolp?», fragte der Chefredakteur, den alle Reporter im Haus nur mit «Chef» und nie beim Namen ansprachen. Trotz der Augusthitze hatte er ein braunes Tweedjackett an. Kein Wunder, dass da die Schweißperlen von seinen Geheimratsecken über die Stirn rannen.

«Ich höre diesen Lärm für eine Recherche. Guten Morgen, Chef.»

«Für eine Recherche? Wollen Sie unsere Leser vor Hörschäden bewahren?» Der Chefredakteur lachte und setzte sich auf den Stuhl, der vor Bolps Schreibtisch stand.

«Es handelt sich um ein sogenanntes Bootleg», erklärte Bolp, während er das Gejaule ausstellte. «Das ist eine illegal hergestellte Aufnahme, die widerrechtlich vervielfältigt und dann verkauft wird.»

«Sie meinen, die langhaarigen Bombenleger finanzieren so ihren Kampf gegen unser freiheitliches System?»

«So weit würde ich nicht gehen. Es scheint mir eher ein Geschäft zu Lasten der Künstler zu sein», antwortete Bolp.

«Wenn das so ist, warum befassen Sie sich dann mit diesem Krach? Wir sind doch kein Musikmagazin.»

«Es könnte etwas mit dem mysteriösen Tod eines Tonmeisters aus Kreuzberg zu tun haben. Mir haben meine Quellen verraten, dass ausgerechnet dieser Mann für eine Menge solcher Bootlegs verantwortlich war.»

Der Chefredakteur schaute gelangweilt. «Wurde der Mann wenigstens ermordet?»

«Die Polizei ermittelt dahingehend.»

«Mensch, Bolp! Die Polizei ermittelt dahingehend», äffte der Chef ihn nach. «Hören Sie sich eigentlich selbst zu? Was ich bis jetzt von Ihnen gehört habe, ist ein Haufen Lärm und ein Haufen Nichts! Man könnte auch sagen, ein Haufen Lärm um Nichts!»

«Ich habe da so ein Gefühl», sagte Bolp. «Sie kennen mich. Ich spüre, wenn mehr hinter einer Geschichte steckt. Und wenn mich nicht alles täuscht, bin ich einer Superstory auf der Spur.»

«Mein lieber Bolp …», der Chefredakteur schlug einen väterlichen Ton an, «… wie lange kennen wir uns nun schon, anderthalb oder zwei Jahrzehnte? Ich weiß genau, was Sie für unser Blatt geleistet haben. Deswegen möchte ich ganz ehrlich zu Ihnen sein.» Er faltete die Hände und seufzte, bevor er sagte: «Auch wenn wir schon so lange gemeinsam für unsere Leser arbeiten und kämpfen, gibt es doch etwas, das uns unterscheidet. Ich als Chefredakteur darf altern. Sie als Reporter können sich das nicht leisten!»

Bolp dachte an die grauen Haare an seinen Schläfen, die nicht mehr zu übersehen waren. Andererseits hatte er noch nicht einmal seinen fünfzigsten Geburtstag gefeiert. Er gehörte doch nicht aufs Altenteil!

«Eines müssen Sie wissen, Bolp. Einen verdienten Mann wie Sie lasse ich nicht fallen.» Der Chefredakteur lehnte sich in seinem Stuhl zurück. «Ich habe beste Verbindungen. Noch ist Helmut Kohl nur Oppositionsführer im Bundestag, doch dieser Mann könnte eines Tages noch Größeres erreichen. Die CDU würde einen Mann mit Ihrer Erfahrung mit Kusshand für Wahlkämpfe in Anspruch nehmen. Auch in unserem Hause ließe sich mit Sicherheit ein attraktiver Platz finden, als Kolumnist zum Beispiel. Das sage ich Ihnen als Freund.»

Bolp griff nach seiner Kaffeetasse. Er war verwirrt. Diese Seite des Chefredakteurs kannte er noch nicht. Außerdem war ihm nicht klar, ob der Chef bereits eine Entscheidung getroffen hatte oder ob er ihm lediglich eine Chance aufzeigte.

Die Tasse wärmte Bolps Hände und gab ihm Kraft. «Vielen Dank», sagte er. «Ich denke darüber nach. Doch zunächst werde ich Ihnen am Montag eine brandheiße Story präsentieren.»

Das B-Rock sah an diesem Mittag so trostlos aus wie eine Lagerhalle nach dem Ausverkauf. Kriminalkommissar Peter Kappe beobachtete ein paar Mitarbeiter der Putzkolonne dabei, wie sie die Überreste der letzten Veranstaltung beseitigten. Der Voraustrupp kehrte Zigarettenstummel und allerlei sonstigen Unrat zusammen, die Nachhut schrubbte klebrige Getränkereste vom Boden. An einer Bar von der Länge einer Kegelbahn putzte ein Mann Gläser. Auf der Bühne verlegten Techniker Kabel und stellten Boxen auf.

Kappe und seinem Kollegen Wolf Landsberger blieb vorerst nichts anderes übrig, als weitere Informationen über das Privatleben des Verstorbenen einzuholen. Denn Landsberger war es nicht gelungen, die Schlüssel zum Hinterhofstudio zu beschaffen. Der Bruder von Buddewitz hatte sie zurückbekommen, befand sich nun aber nach Auskunft seiner Frau bis zur Nacht zum Montag auf einer Dienstreise. Die Schlüssel trug er bei sich.

Kappe drehte sich zu Landsberger. «Ich befrage die Techniker auf der Bühne, und du übernimmst den Mann an der Bar.»

Landsberger schien etwas sagen zu wollen, nickte aber lediglich und ging zum Tresen.

Kappe sah dem Kollegen hinterher. Er verstand, wie unangenehm Landsberger die Anspielung des Chefs gewesen sein musste. Dennoch lag Harry Engländer möglicherweise richtig. Vielleicht hatte dieser Buddewitz ebenso wie Landsberger einen Teil seines Lebens verheimlicht. Es war eine von vielen Möglichkeiten, doch inzwischen klammerte Kappe sich bei diesem Fall an jeden Strohhalm. Als sein Kollege die Bar erreichte, wandte sich Kappe der Bühne zu.

Ein langhaariger Kerl von vielleicht zwanzig Jahren in Jeans und einem grauen Deep-Purple-T-Shirt wuchtete gerade eine Lautsprecherbox an den Bühnenrand. Kappe trat zu dem jungen Mann, stellte sich vor und fragte: «Wer leitet die Technik-Mannschaft?»

Der Langhaarige zeigte auf einen Bärtigen mit der Statur eines Bären, der an der Seite der Bühne hockte und an einem Steckfeld herumhantierte.

Kappe ging auf ihn zu. «Guten Tag. Kappe. Kripo. Sie haben hier das Sagen?»

«Ich bin der Haustechniker. Schmidt mein Name.»

«Hätten Sie fünf Minuten für mich, Herr Schmidt?»

Der Mann richtete sich auf. Er maß an die zwei Meter und musste über hundert Kilo wiegen. Da er auf der Bühne stand, schien er noch größer. Von Kappes Standpunkt aus wirkte er wie ein Koloss. Der Bärtige schritt die Stufen an der Bühnenseite herab. Er senkte seinen Blick und schaute Kappe in die Augen.

«Was gibt's denn, Herr Kommissar?», fragte der Riese. Seine Stimme klang tief und kratzig, vermutlich hatte er jahrelang filterlose Zigaretten geraucht.

«Es geht um Herrn Reinhard Buddewitz. Sie haben sicher von seinem Tod gehört.»

«Hm», brummte der Mann. Trotz Statur und Stimme wirkte er unsicher.

«Wir versuchen herauszufinden, mit wem Herr Buddewitz persönlichen Kontakt pflegte. Was können Sie uns darüber sagen?»

«Persönliche Kontakte?»

«Freunde, Kumpels, vielleicht Affären?»

«Buddy war nicht so der Typ für Freundschaften, glaube ich.» Schmidt sah sich im Saal um, als könnten dort Bekannte des Toten herumgeistern. «Nach der Arbeit ist er meistens schnell nach Hause gefahren. Er gehörte jedenfalls nicht zu den Technikern, die nach den Konzerten mit den Musikern auf Partys rumhängen.»

«Also war er kein Partylöwe. War er sonst ein verträglicher Mensch?»

«Meistens schon. Er war halt ein Perfektionist.»

«Wie hat er reagiert, wenn etwas nicht so gut lief?»

«Er war nicht cholerisch oder so. Aber wenn einer meiner Techniker Mist gebaut hat, kam er zu mir und hat gesagt, dass er mit dem Jungen nicht mehr arbeiten will.» Schmidt senkte seine Stimme, als würde er ein Geheimnis verraten. «Um ehrlich zu sein, hatten meine Jungs vor ihm mehr Schiss als vor so manchem Choleriker.» Der Riese ergänzte, nun wieder in normaler Lautstärke: «Ich habe das aber immer wieder hingebogen. Buddy war manchmal nicht einfach, aber immer korrekt.»

Und so schwer zu greifen wie ein Phantom, ergänzte Kappe in Gedanken. Er zog eine Visitenkarte aus der Jacketttasche und überreichte sie Schmidt. «Vielen Dank. Wenn Ihnen noch etwas einfällt oder jemand, der mir mehr über Herrn Buddewitz erzählen könnte, dann rufen Sie mich bitte an.»

Schmidt steckte die Karte ein. Kappe wollte sich schon zum Gehen wenden, als Schmidt sagte: «Warten Sie. Es gibt einen Techniker, den Buddy gern assistieren ließ. Gery ist aber jetzt nicht hier.»

«Gery?»

«Wir reden uns hier nur mit Vornamen an, deshalb weiß ich seinen Nachnamen nicht aus dem Kopf. Den habe ich aber in den Büchern.»

«Würden Sie bitte nachschauen, Herr Schmidt?»

«Klar.» Der Bärtige verschwand hinter der Bühne.

Kappe schaute hinüber zur Bar. Landsberger hatte sein Gespräch anscheinend beendet, denn er lehnte zwar noch am Tresen, doch der Barmann putzte schon wieder Gläser. Kappe ging auf den Kollegen zu, und auch der setzte sich in Bewegung und kam ihm entgegen.

Kappe informierte seinen Kollegen über das Gespräch mit Schmidt. Dann fragte er: «Was hast du über Buddewitz herausbekommen?»

«Das muss ein ganz schön trockener Knochen gewesen sein», sagte Landsberger. «Weißt du, was der getrunken hat, wenn der hier gearbeitet hat?»

«Du wirst es mir sagen.»

«Leitungswasser. Literweise.»

«Nicht gerade ein Lebemann.»

Landsberger kicherte. «Angeblich hat er keinen Alkohol getrunken, um sein Gehör zu schonen. Der Barmann hatte den Eindruck, dass alles, was mit Lust und Gelüsten zu tun hatte, nicht weit oben auf Buddewitz' Prioritätenliste stand.»

«Du meinst ...» Kappe suchte nach Worten.

«Der war nicht schwul, meint der Barmann», sagte Landsberger.

Gery schaute auf seine Armbanduhr. Es war kurz vor halb sieben. Es blieb noch ein bisschen Zeit bis zum Konzert im Kant Kino. Also setzte er sich an den Tresen in der «Gefahrbar» und bestellte eine Flasche Bier. Spider wirkte heute in ihrem schwarzen Herrenhemd mit den Schulterpolstern militärisch.

Aus den Lautsprechern brüllten die Buzzcocks: *«I don't mind, I don't mi-ei-ei-nd ...»* Gery ertappte sich beim Mitsingen.

Die «Gefahrbar» füllte sich. Dem Geruch nach ging bereits ein Joint herum. Als Gery sein Bier bekam, betrat Bert die Kneipe.

«Ich dachte, wir sehen uns erst im Kant.» Bert eilte herbei und klopfte auf den Tresen.

«'n Bier zum Warmtrinken kann nicht schaden, oder?» Gery pochte ebenfalls aufs Holz.

Spider stellte Bert ungefragt eine Flasche Bier vor die Nase.

«Danke!» Bert prostete Gery gut gelaunt zu.

«Hey, ihr seid doch von dieser Band!», sagte Spider.

Gery hatte sie noch nie so viele Wörter auf einmal sagen hören. Ihre Stimme klang viel heller, als er erwartet hatte. Er drehte sich um und schaute neben und hinter sich. Doch da stand keiner außer Bert. «Meinst du uns?», fragte er Spider verdutzt.

«Nein, ich rede mit dem Tresen.» Spider grinste. «Natürlich meine ich euch!»

«Ja, wir proben ab und an und haben eine Kassette aufgenommen.»

«Fetzt.» Spider beugte sich über den Tresen. «Wabbel hat mir erlaubt, 'ne Party zu machen. Wollt ihr spielen?»

«Wirklich? Das ginge?» Gery kannte Wabbel, den Inhaber der «Gefahrbar», als ziemlich grummelig. Er hätte sich nie getraut, ihn um einen Auftritt zu bitten.

«Sonst würd ich ja nicht fragen, oder?», entgegnete Spider schnippisch.

Bis jetzt hatte die Barfrau auf Gery stets abweisend gewirkt, so als wäre sie von der gesamten Welt genervt. Doch nach den paar Sätzen erschien sie ihm wie ein anderer Mensch, nein, eigentlich eher wie eine charmante Ausgabe ihrer selbst.

«Na, was ist?», fragte sie.

«Können wir machen.» Bert klang wie eine Gigolo-Parodie in einem TV-Sketch. «Aber warum hast du eigentlich nicht Franz gefragt, der arbeitet doch mit dir zusammen? Wolltest du lieber mit mir verhandeln?»

«Du bist der klassische Managertyp», scherzte Spider. Sie klimperte mit den Augenlidern. «Nein, im Ernst, Franz schiebt erst nächste Woche wieder Bardienst. Und die Party ist morgen.»

«Morgen?» Bert schien seine Gelassenheit zu verlieren.

«Samstagabend ist doch 'ne gute Zeit für 'ne Party – oder was meint ihr?»

Gery dachte an seine frühere Band in der Provinz. Der damalige Bandleader hätte nie im Leben einem Auftritt am Folgetag zugesagt. Hier in Berlin galten zum Glück andere Regeln. Franz mochte die meisten und klarsten Ideen in die Gruppe einbringen, das Sagen in der Band hatte er aber nicht alleine. Und ein Spaßverderber war er schon gar nicht.

«Das kriegen wir hin», sagte Gery deshalb.

«Knorke! Ihr seid halb sieben da. Und euer Bier geht morgen aufs Haus.» Spider begab sich zum anderen Ende des Tresens, wo ein paar durstige Kerle mit zerrissenen Shirts warteten.

«Du frisst der Tante ja aus der Hand», maulte Bert.

«Wieso? Weil wir endlich einen Auftritt haben?» Gery vermutete, der Kumpel hätte gern mit Spider verhandelt und anschließend mit ihr gefeiert. Deswegen ergänzte er: «Außerdem kannst du morgen gleich nach dem Konzert an der Bar abhängen. Da lässt du dir den ganzen Abend Bier von Spider bringen und musst nichts bezahlen.»

Bert schien sich die Szenerie in Gedanken auszumalen und an ihr Gefallen zu finden. Jedenfalls grinste er und trank einen Schluck. Dann wurde er ernst. «Da haben wir ja morgen einen harten Tag vor uns.»

«Wir proben seit Monaten. Und es reicht sicher, wenn wir eine halbe oder Dreiviertelstunde spielen. Außerdem ist das Punk. Das wird schon.»

«Das meine ich nicht», entgegnete Bert.

Was dann?, fragte sich Gery. Er wartete darauf, dass Bert etwas sagte, und trank einen Schluck.

Bert schaute sich um und beugte sich zu Gery. «Ich war vorhin im ‹33er› bei Siggi. Der hat mir etwas von Tonbändern bei Buddy geflüstert.»

«Echt?» Gery wunderte sich. Bis jetzt hatte er angenommen,

die Sache mit den Bändern sei ein großes Geheimnis. Ganz so exklusiv schien die Geschichte doch nicht zu sein.

«Er glaubt, du hast Schiss und verpasst eine große Chance.»

«So? Glaubt er das?»

«Nicht nur er. Um ehrlich zu sein, sehe ich das genauso.»

Gery sagte nichts und trank Bier.

«Denk doch mal nach! Mit der Kohle könnten wir unser Studio einrichten. Was meinst du, wie Buddy seinen Laden finanziert hat?»

«Der ist garantiert nicht in eine Bude eingebrochen, die von der Polizei abgesperrt worden ist.» Gery hielt seine Flasche in die Höhe. «Hier geht's nicht darum, bei Kaiser's 'n Bier mitgehen zu lassen.»

«Genau», stimmte Bert ihm zu. «Es ist viel ungefährlicher. Wenn wir erwischt werden, sagen wir einfach, dass wir nur unser Zeug holen wollten. Schließlich haben wir beide für ihn gearbeitet.»

Gery überlegte. Zwar war auch Bert als Kabelträger für Buddy tätig gewesen. Doch damit würden sie nicht durchkommen. In Buddys Studio gab es keine Technik von ihnen. Doch wusste das die Polizei?

«Denk auch mal an Buddy!», zischte Bert. «Die Bänder sind so etwas wie sein Vermächtnis. Die dürfen nicht einfach in der Versenkung verschwinden.»

«Okay.» Gery trank seine Flasche aus. «Wir machen das morgen früh in der Dämmerung. Dann könnte es klappen, ohne dass wir erwischt werden.»

«Super! Da können wir ja vorher noch ins Kant!»

Peter Kappe saß allein an einem der Tischchen, die eigens für die Performance aufgestellt worden waren. Vor ihm standen zwei Gläser, eines mit Bier und eines mit Whisky. In der Hand hielt er eine Zigarette. So ließ sich der Abend aushalten. Obwohl er den Alkohol mit einem Hauch von schlechtem Gewissen genoss. Denn er befand sich zumindest teilweise auf dienstlicher Mission. Else hatte ihn zu diesem Happening in der Kunstgalerie eingeladen – und ihm die Gästeliste gezeigt. Die Herren Gernot von Traunstein und Willibald Feiler wurden ebenfalls erwartet.

Kappe wäre ein schlechter Polizist, wenn er die beiden nicht im Auge behielte. Allerdings fehlten nicht mehr viele Drinks, und er würde die Männer in zweifacher Ausführung sehen.

Um den Gedanken zu verdrängen, trank Kappe einen Schluck Whisky. Er hatte keine Ahnung, welche Sorte hier ausgeschenkt wurde, aber allem Anschein nach ließen sich die Betreiber der Kunstgalerie zur Vernissage eines Kappe unbekannten Bildhauers nicht lumpen.

Auch Else bekam für ihren Auftritt, den ihr ein Musikmanager und Zeichner namens John Pistol verschafft hatte, ein ordentliches Honorar. Das verdiente sie sich gerade, indem sie in einem hautengen schwarzen Overall zwischen ein paar Skulpturen herumturnte. Ihr Gesicht war unter einer schwarzen Maske versteckt. Sie schlug ein Rad, ohne dabei eine der Gipsfiguren zu berühren. Dazu ertönten Geräusche knatternder Maschinen aus den Lautsprechern. Wenn eine der Plastiken zu Boden fallen und in tausend Teile zerspringen würde, könnte sich das Geräusch perfekt in den Lärm einfügen, dachte Kappe.

Else wälzte sich über den Boden auf eine Art Schrein zu, der über und über mit alten Tonbändern bedeckt war. In die Geräusche vom Band mischte sich ein Pfeifen. Es wurde so laut, dass Kappe die Ohren schmerzten. Er schloss die Augen.

Nur einen Moment später erstarb der Lärm. Als Kappe die Augen wieder öffnete, herrschte absolute Dunkelheit im Raum. In die Stille hinein begann jemand zu klatschen, und mit dem Applaus kam auch das Licht zurück.

Else zog sich die Maske vom Kopf und wuschelte mit der Hand durch ihre Stoppelhaare. Auch Kappe klatschte. Sie zwinkerte ihm zu und verschwand durch eine Tür neben einer der Skulpturen.

Kappe kippte seinen Whisky hinunter und das Bier gleich hinterher. Langsam breitete sich in seinem Kopf diese Schwere aus, die das Leben leichter erscheinen ließ.

Else kam an seinen Tisch. Sie trug nun einen Minirock und ein knappes Oberteil, auf dem die Silhouette einer Frau mit Hut und der Schriftzug *Patti Smith* aufgedruckt waren. In diesem Outfit sah sie aus wie ein Teenager und nicht wie die Mittdreißigerin, die sie war. Sie drückte Kappe einen Kuss auf die Wange und fragte: «Warum sitzt du hier so allein? Wollen wir uns nicht ein wenig in den Trubel stürzen?»

«Du hast toll ausgesehen bei deinem Auftritt, und jetzt bist du noch schöner», sagte Kappe, und er erntete einen weiteren Kuss.

Else griff nach seiner Hand und zog ihn vom Stuhl. Kappe staunte über die Kraft, die in der zierlichen Frau steckte. Kaum dass er stand, huschte sie an seine rechte Seite, legte ihren Arm um seine Hüften und führte ihn durch die Ausstellung.

Kappe spürte den Whisky mit jedem Schritt stärker. Es kam ihm vor, als wären die Leute mit einem Weichzeichner bearbeitet worden. Das schadete nicht, denn die meisten hier gockelten herum wie bei einem Karneval der Narzissen. Else begrüßte einen Mann mit grauem Bart, der einen lilafarbenen Seidenschal über einem grünen Hemd zu einer gelben Hose trug. Kappe hörte nicht auf die Komplimente, die der bunte Kerl Else machte.

Sie führte ihn weiter durch die Menschenmenge. Er ließ sich treiben und wunderte sich, wie viele Männer es gab, die sich die Haare färben ließen, vornehmlich blond. Er entdeckte Willibald Feiler, den Geschäftsführer der Spreeblick-Studios, im Gespräch mit einem Mann, dessen helles Haar natürlich zu sein schien. Die beiden waren derart in ihre Unterhaltung vertieft, dass sie Kappe und Else anscheinend gar nicht bemerkten.

Von Traunstein hingegen stürmte ihnen entgegen und begrüßte Else überschwänglich. «Das nenne ich eine Überraschung, meine Liebe!» Er nahm Elses freie Hand, deutete einen Handkuss an und wandte sich an Kappe. «Hätte ich gewusst, mit wem

Sie verkehren, hätten wir über so manches offener reden können.» Sein Ton verriet nicht, ob er die Worte ironisch meinte.

«Sie glauben, dass ich einen Einfluss auf Peter ausüben könnte? Vielleicht überschätzen sie mich», flachste Else.

«Ich würde Sie jedenfalls niemals unterschätzen, meine Liebe.» Von Traunstein winkte eines der Mädchen mit den Getränken herbei. «Leisten Sie mir doch ein wenig Gesellschaft.» Er wies auf einen Stehtisch, an dem ein Mann im weißen Hemd und ein weiterer in Schwarz warteten.

Kappe kannte den Mann mit dem weißen Hemd und hätte auf seine Gesellschaft gern verzichtet. Doch er folgte Else und von Traunstein zu Josef Bolp, dem Klatschreporter vom *Berliner Blitz*, und dem anderen, der sich als der besagte Musikmanager und Zeichner John Pistol vorstellte.

«Gut, dass ich Sie treffe, mein verehrter Herr Kommissar», sagte Bolp und verbeugte sich anschließend vor Else.

Kappe hätte gern etwas Schlagfertiges entgegnet, doch ihm fiel nichts ein. Vielleicht half Alkohol. Das Mädchen kam mit einem Tablett mit Bier und Schnaps herbei. Kappe nahm sich ein Bier und trank sofort davon.

«Wie ich hörte, arbeiten wir beide an der Geschichte um den mysteriösen Tod eines Tonmeisters. Und Sie haben sicherlich auch schon von den begehrten Bändern des Verblichenen erfahren, Herr Kommissar», sagte Bolp.

Das hatte Kappe gerade noch gefehlt! Nicht nur, dass es in seinem aktuellen Fall keine halbwegs warme Spur gab – von einer heißen ganz zu schweigen –, nun saß ihm auch noch dieser Schmierfink im Nacken.

«Ich habe einen Vorschlag.» Bolp klang, als hätte er Kreide zum Abendbrot gegessen. Er zog eine Visitenkarte aus seiner Hemdtasche und reichte sie Kappe. «Wie wäre es, wenn wir in dieser Sache zusammenarbeiten? Melden Sie sich doch mal bei mir.»

Der Sänger trank einen großen Schluck aus einer Schnapsflasche ohne Etikett. Die zerfetzte Jeans bedeckte gerade noch seinen Schritt, sein nackter Oberkörper glänzte vor Schweiß. Er nuschelte mit einem Ami-Dialekt eine Ansage ins Mikro.

Auf der Bühne des zum Konzertsaal umgestalteten Kant Kinos in der Charlottenburger Kantstraße 54 traten Bands aus der ganzen Welt auf. In den anderthalb Jahren, die Gery nun in Berlin wohnte, hatte er hier Punk- und Wave-Größen wie The Damned, The Jam, Blondie und Talking Heads, aber auch andere Stars wie AC/DC, John Cale und Nico gesehen.

Von der Ansage des Sängers verstand Gery kein Wort. Anscheinend ging es den anderen Gästen genauso. Jemand rief: «Alter, spiel was!» Ein paar Lacher folgten.

Der Mann auf der Bühne missverstand das offenbar als Aufforderung, noch mehr zu erzählen. Dabei rundete er jeden seiner Sätze am Anfang, in der Mitte und am Ende mit dem Wort *fuck* ab. Das Murren im Publikum wurde lauter. Der Sänger erbarmte sich und kündigte den letzten Song seiner Band an.

The Fucktionals bretterten los: brachialer Gitarrenkrach in einem hektischen Zwei-Halbe-Takt. Kaum lief der Song, schien der Sänger wieder nüchtern zu sein. Jedenfalls fegte er sicheren Schrittes über die Bühne und grölte dabei Slogans wie *«The end is near and I like it»* ins Mikrofon.

Gery spürte die Energie der Musik und stürzte nach vorn in den Pogo-Pulk. Ein dicker Kerl in einem Netzhemd schubste ihn in die Mitte der hüpfenden Menge. Gery stieß gegen schwitzende Oberkörper und sprang auf eine Gruppe Jungs mit Igelhaarschnitten zu. Die Kerle stoben nach dem Aufprall auseinander wie Kegel und stießen ihrerseits die nächsten Tänzer an.

«The end is near», rief der Sänger wieder und wieder. Die Pogo-Welle waberte. Ein kräftiger Kerl rempelte Gery an und schleuderte ihn gegen ein dürres Kerlchen. Der Dürre stürzte zu Boden. Sofort halfen drei andere Punks dem Bengel wieder auf die Beine. Der Dürre grinste, stieß mit dem Oberkörper vornweg gegen Gery

und prallte von ihm ab wie ein Gummiball. Gery, der auf seine 1,75 Meter ganze 65 Kilo auf die Waage brachte, überkam das ungewohnte Gefühl von Stärke. In seinem Übermut sprang er mit Anlauf gegen den Dicken, der ihn in den Pulk geschubst hatte. Er verlor das Gleichgewicht. Noch im Fallen ergriff er helfende Hände und ließ sich von diesen wieder auf die Füße stellen.

The Fucktionals spielten den letzten Akkord. Gery nutzte die Gelegenheit und entfernte sich aus dem Pulk in Richtung Bar. Das T-Shirt klebte an seinem verschwitzten Oberkörper. Er spürte jeden Muskel und fühlte sich fast so wie damals als Kind, wenn er auf dem Bolzplatz mit ein paar Kumpels ein Spiel gewonnen hatte.

Gery bestellte ein Bier.

«Ich wusste gar nicht, dass du so gut tanzen kannst!»

Als Gery das hörte, bekam er weiche Knie. Debbie stand neben ihm.

«War nicht gerade *Schwanensee*, oder?», scherzte Gery. Er war stolz auf seine Schlagfertigkeit.

«Ich stehe auch nicht so auf Opern.» Debbie zwinkerte ihm zu. Sie zog eine Schachtel Zigaretten aus der Tasche ihrer knallengen Jeans und bot Gery eine an. Der fragte sich kurz, wie sie die Zigarettenschachtel in die Hosentasche bekommen hatte. Er zückte ein Feuerzeug. Sie rauchten.

Die Ersten verließen den Konzertsaal. Gery erkannte ein paar Musiker, die in einer Kreuzberger Politrockband gespielt hatten und nun ein Album mit dieser übergesiedelten Ost-Schlagernudel aufnahmen, deren Namen ihm nicht einfiel. Neben ihnen ging John Pistol. Offenbar erkannte der Musikmanager Gery, und er kam herüber.

Nach einem flüchtigen Gruß beugte er sich zu Gery und raunte: «Unser verflossener Bekannter Buddy sorgt ganz schön für Wirbel.»

«Warum?», fragte Gery entsetzt.

«Ich war vor dem Konzert bei einem Kunsthappening. Inzwischen weiß auch die Polizei von Buddys heimlichen Hobby.»

Gery fragte sich, warum der Musikmanager ihm das erzählte.

Die Antwort gab Pistol ungefragt. «Junge, pass auf und mach keine Dummheiten! Ich habe mit dir noch einiges vor.» Pistol trat einen Schritt zurück und fragte leutselig: «Willst du mir deine Begleitung nicht vorstellen?»

«Das ist Debbie», sagte Gery noch verwirrt. «Wir spielen zusammen in einer Band. Morgen treten wir in der ‹Gefahrbar› auf.»

«Tatsächlich? Live?», fragte Pistol. «Na, dann schaue ich mal, ob ich es rechtzeitig schaffe.» Er hob die Hand zum Gruß und verschwand mit den Musikern aus dem Kino.

«Das war doch John Pistol», stellte Debbie fest. Sie klang ungefähr so verwundert, als hätten sie gerade Bundeskanzler Helmut Schmidt persönlich getroffen.

«Hm», brummte Gery abwesend. Er dachte noch über Pistols Worte nach. Dann fiel ihm etwas anderes ein. «Wo sind Bert und Franz eigentlich?» Er hatte die Kumpel aus den Augen verloren.

«Im Proberaum.»

«Ohne uns?»

«Die wollten noch ein paar neue Rhythmen ausprobieren. Ich glaube, Franz möchte morgen nur auf seinem Kram vom Schrott herumtrommeln. Wir wollen uns am Nachmittag treffen und alles noch mal durchspielen.»

Gery schaute Debbie eindringlich an. Sie schien das nicht zu stören.

«Lass uns gehen.» Sie drückte ihre Zigarette aus und ging mit der Bierflasche in der Hand in Richtung Ausgang.

Gery folgte ihr. Draußen nahm sie seine Hand. Er fühlte sich wie ein verliebter Teenager, ganz und gar unpunkig.

FÜNF
Samstag, 5. August 1978

IM HINTERHOF in der Adalbertstraße herrschte Stille – nur Bert sorgte für Krach. Er machte sich am Schloss von Buddys Bude zu schaffen. Die Bleche im Schloss schepperten wie Besteck beim Abwaschen.

«Mach mal leiser, du weckst noch die Nachbarn!», zischte Gery.

Es war fünf Uhr morgens, und der Hof lag im Zwielicht der Dämmerung. Auch wenn die Sommerhitze der letzten Tage vorbei zu sein schien, schwitzte Gery in den Lederhandschuhen.

Er fühlte sich beinahe ausgeschlafen. Nach dem Konzert hatte er Debbie nach Hause begleitet. Der Weg zum Haus von Debbies Eltern in Wilmersdorf war trotz einiger Trödelei wie im Flug vergangen. Zum Abschied ein Kuss im Schatten eines Baumes am Straßenrand. An den Heimweg nach Schöneberg konnte Gery sich vor lauter Glücksgefühlen kaum erinnern. Nach ein paar Stunden Schlaf kam es ihm so vor, als könnte er die ganze Welt erobern.

«Ich hab's gleich», maulte Bert. Tatsächlich schnappte das Schloss auf. Doch die Tür blieb zu.

«Scheiße!», zischte Bert. «Noch 'n Schloss.»

Jetzt sah Gery es auch. Über dem ersten saß ein zweites Schloss.

Bert fummelte daran herum, bis es knarzte. Die Tür quietschte und sprang endlich auf.

Gery zog eine Taschenlampe aus seinem Rucksack. Mit dem Gepäckstück war er früher von seinem Provinzkaff aus an die Nordsee oder nach Hamburg getrampt. Da passte locker Kleidung für eine Woche Ferien rein. Also sollte darin auch genug Platz für Buddys Tonbänder sein.

Im Hinterhofstudio gab es keinen Flur. In der Mitte des Regieraums stand Buddys Mischpult. Die beiden Lautsprecherboxen daneben sahen aus, als wären sie die riesigen Ohren dieses Technikgiganten. Rechts davon thronten die Effektgeräte und drei Tonbandmaschinen auf einem Beistelltisch. Eine davon war ein Mehrspurgerät für Studioaufnahmen. Die anderen beiden waren vermutlich Abspiel- oder Aufnahmemaschinen.

Auf einem der Geräte steckte ein Tonband. Gery betätigte den Schalter, um das Band zurückzuspulen. Die Maschine surrte. Als das Band komplett zurückgespult war, erstarb die Bewegung mit einem Klacken. Das Bandende baumelte von dem Wickel um den Metallkern, den Tontechniker liebevoll Bobby nannten. Irgendwo mussten die Klebestreifen zum Fixieren des Bandes liegen.

Gery richtete die Taschenlampe auf den Tisch, auf dem das Mischpult stand. In einem der Schubfächer unter der Tischplatte fand er eine Plastikkiste mit einem gut sortierten Klebeset. Gery fixierte das Band mit einem durchsichtigen Klebestreifen und legte es auf den Tisch. Vorsichtig, denn unmittelbar neben der Spule stand ein Aschenbecher. Und der Berg ausgedrückter Kippen darin schien nur darauf zu warten, sich über einen Beistelltisch zu ergießen. Gery betrachtete das Band. Der Bobby war unbeschriftet, das sah dem Pedanten Buddy gar nicht ähnlich.

«Hier! Schau mal!» Bert hielt eine Pappkiste in den Händen, in der sich Tonbänder stapelten. Allein der Materialwert musste Hunderte oder gar Tausende Mark betragen.

Gery schlich zu Bert und nahm ein Band aus der Kiste. *AZ/77/07/10* stand auf einem Aufkleber auf dem silbernen Bobby. Die Handschrift wirkte so korrekt wie gedruckt. Auch die amerikanische Schreibweise für das Datum war typisch für Buddy. Die Aufschriften auf den anderen Bändern in der Kiste folgten dem gleichen System. Auf allen fand sich die Buchstabenverbindungen *AZ* – Aufzeichnung, vermutete Gery.

«Hier muss noch eine Kiste stehen», murmelte er. Denn das Kürzel deutete darauf hin, dass es noch eine andere Rubrik von Bändern gab.

«Ich suche ja schon», brummte Bert. Er kniete sich auf den Boden und krabbelte unter den Tisch, auf dem das Mischpult stand. «Scheiße, hier unten ist es dunkel wie in 'nem Elefantenarsch.»

Gery ging in die Hocke und richtete den Lichtstrahl der Taschenlampe auf Bert. Der Kumpel warf einen derart großen Schatten, als wäre er der besagte Elefant. Bert kniete vor mehreren offenen Holzkisten auf dem Boden, in die er nacheinander hineinschaute. Schließlich zerrte er zwei der Kisten unter dem Tisch hervor und maulte: «Mann, sind das viele!»

Am Ende sind es sogar zu viele für meinen Rucksack, ergänzte Gery in Gedanken. Er leuchtete die Kisten an. Der Aufschrift nach waren sie für *Altbänder* bestimmt.

«Die brauchen wir nicht», mutmaßte Gery. Er wusste, dass viele kleine Studios gebrauchte Bänder von großen Häusern aufkauften, um Geld zu sparen. Denn bei den ersten Überspielungen sank die Qualität der Bänder kaum.

«Meinst du, die sind leer?», fragte Bert.

«Sieht so aus. Vielleicht hörst du in eines rein, und ich suche derweil hier weiter.» Gery schlich zu einem Schrank in der nächsten Ecke des Raumes. Darin lagen in einer Kiste Tonbänder mit der Aufschrift *MB*, «Masterband». «Ich hab sie», flüsterte Gery.

«Gut. Das Ding hier ist nämlich tatsächlich leer», rief Bert von der Bandmaschine herüber. «Lass uns die bespielten Bänder einpacken und abhauen.»

Peter Kappe schloss die Augen wieder, doch der Kopfschmerz verschwand nicht. Er drehte sich um. Else schlief so friedlich wie ein Kind. Kappe befürchtete, sie durch sein Herumgewälze zu wecken, und stand lieber auf.

Nackt schlich er aus dem Schlafzimmer und schloss die Tür

hinter sich. Ob es am Licht der Deckenlampe lag, dass er die Möbel im Flur nur hinter einem Schleier wahrnahm? Oder brauchte er eine Brille? Kappe erinnerte sich daran, dass sein Blick schon gestern Abend nach dem Whisky in der Galerie getrübt gewesen war. Er beschloss, weniger zu trinken.

Im Bad warf sich Kappe mit beiden Händen einen Schwung Wasser ins Gesicht. Tatsächlich wurden daraufhin die Umrisse ringsherum schärfer. Vielleicht kam der Schleier nur vom Schlafmangel.

Kappe streifte sich den Bademantel über und schlurfte zur Küche. Kurz dachte er an die gemeinsame Wohnung mit Sarah. Er hatte einige Zeit gebraucht, um sich nach der Trennung und dem Umzug an die Enge der Zweiraumwohnung in der Fuggerstraße zu gewöhnen. Seine neue Bleibe befand sich in einer schlichten Lückenbebauung zwischen bürgerlichen Prachthäusern. Inzwischen fühlte er sich hier zu Hause – auch ohne Tabea. Ein Stich traf sein Herz bei dem Gedanken an seine Tochter.

Er schaltete das Radio ein. Der RIAS spielte ein Discolied, das er nicht kannte. Egal, Hauptsache, es lenkte ab. Er blickte auf die Uhr. Es war schon nach zwölf. Kappe schnappte sich einen Topf und überlegte kurz, wie viel Wasser er hineinfüllen sollte. Sicher trank Else auch eine Tasse Aufbrühkaffee, wenn sie wach würde.

Das Telefon klingelte. Er beendete die Arbeit in der Küche, schlurfte zum Apparat und nahm ab. «Kappe», brummte er in den Hörer.

«Guten Morgen, Papa! Bei uns ist es ganz früh, aber Opa sagt, ich darf dich schon anrufen, weil bei dir Mittag ist. Ich bin schon wach. Hier sind so viele Grillen. Oma sagt, das klingt wie ein richtiges Konzert.» Tabea. Die Stimme der Kleinen klang noch höher als sonst. Kappe schien es auch, als würde sie schneller sprechen. Er folgte ihren Worten, so gut es ihm in seinem Zustand gelang. Sie erzählte, wie sie mit Oma zu einem Fluss spaziert war, dass sie eine Schildkröte gesehen hatten und einen Frosch. Tabea imitierte dessen Quaken. Das Geräusch im Telefonhörer bildete eine seltsame Dissonanz mit dem stampfenden Rhythmus aus dem Radio.

Tabea beendete den Bericht, und die Stille im Hörer zeigte Kappe an, dass sie eine Reaktion erwartete.

«Dann geht es dir gut?», fragte er, und er merkte, dass seine Stimme weniger weich klang, als er beabsichtigt hatte.

«Seit Oma und Opa da sind, vermisse ich dich noch mehr», sagte Tabea.

Erneut fühlte er einen Stich im Herzen.

«Aber sonst gefällt es mir sehr gut hier. Und mein Englisch wird jeden Tag besser. *Well.*»

«Ich komme bald zu dir», sagte Kappe.

«Ich weiß, Papa», erwiderte Tabea fröhlich. «Opa will dich noch einmal sprechen.»

«Prima, meine Liebe. Dann wünsche ich dir einen schönen Tag. Ich hab dich lieb.»

«Ich dich auch, Papa.»

Für einen Moment hörte Kappe nur das leise Knistern im Telefon. Ihm schwante nichts Gutes.

«Hallo, Peter.» Der Vater klang müde.

«Ist alles in Ordnung bei euch?»

«Natürlich, Peter! Tabea ist zauberhaft, und Gertrud würde am liebsten für immer hierbleiben.» Der Vater wurde mit jedem Wort leiser. «Es liegt an mir. Eigentlich habe ich mich an mein Leben als Pensionär gewöhnt. Doch hier …» Der Vater seufzte und fuhr fort: «Kein Bier mit den ehemaligen Kollegen, keine Telefonate mit Galgenberg. Erzähl mir was aus Berlin!»

Kappe dachte an die schlafende Frau in seinem Bett, doch davon würde er dem Vater lieber nicht berichten.

«Bitte», drängelte der Vater.

«Ich sitze an einem ziemlich kniffeligen Fall. Ein Tonmeister oder vielleicht auch Musikproduzent ist ums Leben gekommen. Er hat anscheinend illegale Tonträger von Rockkonzerten hergestellt. Besser gesagt, er hat die Konzerte mitgeschnitten, und andere haben dann die Platten gepresst.»

«Warum macht jemand so etwas?»

«Um Geld zu verdienen.»

«Wirklich?»

«Es sieht so aus.»

Der Vater prustete los, als hätte er einen Witz gehört. «Das sehe ich vor mir. Männer von einer Langhaarigen-Mafia stehen an der Straßenecke, und in die Innenseite ihrer Lederjacken sind eigens Taschen für Schallplatten mit Hippie-Lärm eingenäht.»

«Vater, Hippies tragen keine Lederjacken. Das tun Rocker.» Noch während er sprach, bemerkte Peter Kappe, wie sinnlos es war, den Vater mit solchen Feinheiten zu behelligen.

«Papperlapapp!» Der Vater redete sich in Rage. «Mit dieser Mischpoke hatte ich weiß Gott auch genug Ärger.»

Kappe hielt den Hörer vom Ohr weg. Dadurch klang der Vater wie ein keifender Schlumpf. In einem Punkt hatte er allerdings recht: Diese Bootlegs, wie sie der Musikmanager bezeichnet hatte, mussten irgendwo verkauft werden. Kappe beschloss, dem in Bälde nachzugehen. Doch jetzt nicht, denn Else betrat die Küche. Nackt.

Kappe führte den Hörer wieder an sein Ohr und sagte zu seinem Vater: «Entschuldige bitte, ich muss jetzt auflegen. Lass uns bald noch einmal telefonieren.»

Josef Bolp bog in die Goltzstraße ein. Die Geschäfte hier boten seltsame Dinge an. Eine junge Frau rollte gerade einen Ständer mit zerrissener Kleidung vom Bürgersteig ins Geschäft. Auch andere Verkäufer räumten ihre Warenauslagen vom Gehweg. Bolp musste sich beeilen. Er parkte seinen Porsche in der zweiten Reihe direkt vor dem Haus, in dem sich der Schallplattenladen «33er» befand. Dann stieg er aus dem Wagen und eilte über den Gehsteig.

Die Ladentür quietschte, als er sie öffnete. Das Geräusch wurde vom Krach aus den Lautsprechern im Innern des Ladens übertönt. Über einem monotonen Gitarrenriff quäkte ein Kerl auf

Französisch: *«Ça plane pour moi – Uhuhuhu . . .»* Bolp kannte das Lied aus dem RIAS. Wenn es lief, schaltete er das Radio stets aus und wartete die drei Minuten, bis das Gestampfe vorüberging. Dieser Franzose – oder war das ein Belgier? – war mit diesem Dreck sogar in der Sendung *Musikladen* aufgetreten. Der *Berliner Blitz* hatte danach ein paar entrüstete Leserbriefe abgedruckt.

Hier im Laden musste Bolp den stupiden Krach bis zum letzten Ton ertragen. Er schaute sich um und entdeckte keine weiteren Kunden. Auch der Tresen war verwaist. Ein Strolch hätte in aller Seelenruhe das halbe Geschäft ausräumen können. Doch wahrscheinlich schliefen Fans solcher Musik am Samstagmittag noch ihren Rausch aus.

Bolp nahm sich Zeit, um die Kisten mit den Schallplatten zu inspizieren. Zwei Tische füllten den Verkaufsraum beinahe vollständig aus. Einer von ihnen stand in Tresennähe, darüber hing ein handgemaltes Schild mit der Aufschrift *Rock und hartes Zeug* von der Zimmerdecke. Unter dem Fenster erblickte Bolp ein weiteres Schild, auf dem das Wort *Punk* prangte. An die Wände waren Holzbretter angebracht, auf denen sich Kisten mit den Aufschriften *Disco, Folk, 60er und Beat* und *50er und Rock 'n' Roll* reihten. Für die restlichen Platten musste man sich bücken, auch für den Karton mit dem Schriftzug *Hitparade.*

«Suchst du was?», fragte jemand mit süddeutschem Akzent vom Tresen herüber.

Bolp drehte sich um und trat an den Tresen. Sein Blick fiel auf eine Kassette, auf der über einem Schwarz-Weiß-Foto in Krakelschrift *Band noch ohne Namen* stand.

«Ach, du . . . ich meine natürlich, Sie sind es! War die Kassette von Hellfire in Ordnung?», fragte der Mann hinter der Verkaufstheke. Der Kerl erinnerte sich offenbar daran, dass Bolp erst gestern bei ihm eingekauft hatte.

«Na ja.» Bolp überlegte, wie er es diplomatisch ausdrücken konnte. «Der Klang ist Scheiße.»

«Ja, ein bisschen mittenlastig. Aber das Gitarrensolo im letzten Song ist fast viermal so lang wie auf der Platte. Das gibt es nur auf diesem Tape. Selbst bei den meisten Konzerten ist es kürzer.»

Bolp schluckte eine Antwort hinunter, schließlich ging es hier um eine Recherche und nicht darum, mit einem Fachidioten zu streiten. «Ich denke, Gitarrensoli sind mir nicht so wichtig. Mir geht es darum, exklusives Material zu bekommen, das nicht jeder Schwachkopf zu Hause stehen hat. Dennoch möchte ich die tausend Mark für meine Stereoanlage nicht umsonst ausgegeben haben.»

«Na ja, ein bisschen an den Tiefen- und Höhenreglern wird man auch bei den besseren Bootlegs zu drehen haben.»

«Möglich. Ich lege allerdings Wert darauf, dass mein Nachregeln zu einem ordentlichen Klang führt», beharrte Bolp. «Aber wenn Sie mir nichts Entsprechendes anbieten können, schaue ich mich anderweitig um.»

Der Mann hinter dem Tresen zog ein beleidigtes Gesicht. «Sie sind neu bei der Sache, oder?»

«Ja», antwortete Bolp knapp.

Ein selbstgefälliges Grinsen breitete sich im Gesicht des Verkäufers aus. «Gut. Dann gebe ich Ihnen mal eine kleine Einführung.» Der Mann erzählte, dass es Bootlegs gäbe, die von den Musikern geduldet oder sogar manchmal selbst in Umlauf gebracht wurden. Die könne man an allen möglichen Ecken kaufen. Der Preis richte sich nach Qualität und Auflage.

Der Kerl bückte sich und holte eine Schallplatte unter dem Tresen hervor. Auf dem Cover stand *Bob Dylan – Basement Tapes*. «Das ist ein Klassiker. Das Album bekommst du überall als Zweite-Hand-Ware.»

«Und was kostet das Ding?»

«'n Zehner.»

«Das nehme ich mal mit», sagte Bolp. «Auch wenn mir das nicht besonders exklusiv erscheint.»

Der Mann schob die Platte über den Tresen. Er beugte sich zu Bolp und flüsterte: «Ich erwarte bald jemanden, der mir etwas ganz Besonderes vorbeibringt. Studioaufnahmen, die nicht auf einem Album veröffentlicht worden sind. Man munkelt, jemand habe in einer einsamen Nacht heimlich Kopien von den Bändern gezogen. Die Aufnahmen stammen von einem britischen Weltstar, der seit einer Weile in Berlin wohnt und hier in einem Studio aufgenommen hat. Der mit den verschiedenfarbigen Augen.»

«Sie meinen ...»

«Genau den», unterbrach ihn der Verkäufer.

«Da hätte ich Interesse», sagte Bolp.

Der Mann richtete sich auf und erklärte etwas lauter: «Es könnte ein wenig dauern, da es bei den Lieferanten gerade einen tragischen Vorfall gab. Aber daran wird gearbeitet. Wen darf ich vormerken?»

Bolp brachte die Antwort vor Aufregung kaum heraus. «Bolp ist mein Name.» Er roch die Story förmlich.

«Ich bin Siggi», sagte der Mann.

Peter Kappe schwitzte in seinem Sommerjackett. Zwar hatte sich die Tropenhitze aus Berlin verabschiedet, doch hier im Künstlerhaus Bethanien kam die Wärme womöglich von den vielen Gästen. Viele Alternativen für einen Theaterbesuch boten sich den Berlinern im freien Teil der Stadt derzeit nicht, denn die Schauspieler der großen Häuser weilten den Sommer über in den Ferien. Else hatte Kappe überredet, ins Zan Pollo Theater zu gehen, und er bereute seine Zusage nicht.

Das Stück zeigte unter den Titel *Comédie Molière* Szenen aus dem Leben des gleichnamigen französischen Dramatikers. Die Anlehnung an verschiedene Theatertraditionen hatte Kappe nur durch Elses Erklärungen erkannt. Doch auch ohne tiefere Kenntnis amüsierte ihn das Stück.

Die Pause verbrachten sie gemeinsam an einem Stehtisch in einem Pulk von Besuchern. Kappe trank Bier, während sich die meisten anderen Theatergäste an Weiß- oder Roséwein hielten. Er schnappte ein Gespräch von einer Gruppe von Männern in den Mittdreißigern auf. Es ging um den Fall des baden-württembergischen Ministerpräsidenten Hans Filbinger. Kappe verfolgte die Affäre nur am Rande, doch er kannte die Enthüllungen des Schriftstellers Rolf Hochhuth, nach denen der CDU-Politiker während der NS-Diktatur als Marinerichter an mehreren Todesurteilen beteiligt gewesen war. Filbinger hatte sein Mitwirken an den Todesurteilen zunächst bestritten, dann aber angegeben, sie vergessen zu haben.

Ein Bärtiger wettete darauf, dass der Politiker sich keine drei Tage mehr im Amt halten würde. Worauf ein anderer in einem groben Leinenhemd entgegnete, die alten Nationalsozialisten in der CDU würden doch zusammenhalten und in ihren Kampfblättern so tun, als wäre dieser Widerling das Opfer einer linken Hetzjagd.

Kappe dachte an den *Berliner Blitz* und Josef Bolp. Wieso benahm der sich ihm gegenüber plötzlich so kumpelhaft? Sollte er sich auf das Angebot dieses Journalisten einlassen und sich mit ihm austauschen? So richtig vorwärts kam er im Fall des toten Tonmeisters jedenfalls nicht.

Die Männer am Nebentisch ereiferten sich immer lautstärker. Dieser alte Nazi gehöre selbst vor Gericht gestellt, rief einer von ihnen. Seine Mütze zierte ein roter Stern, wie es von Che-Guevara-Bildern bekannt war. Am besten halte man ein Gericht wie in Kriegstagen ab und stelle den Kerl anschließend umgehend an die Wand, rief der Mützenmann.

Kappe nahm sein Bier und trat einen Schritt zurück. Seine Zeiten in linken Kreisen gehörten längst der Vergangenheit an. Als Anfang der Siebzigerjahre Jugendliche das heutige Bethanienhaus und ehemalige Diakonissen-Krankenhaus besetzt hatten, war er wie so viele Berliner lediglich ein stiller Sympathisant der Aktion gewesen. Ohne die Unterstützung der Öffentlichkeit wäre die Übernahme des Bethanien- und des benachbarten Georg-von-Rauch-Hauses – die Besetzer hatten es nach einem bei einer Schießerei mit der Polizei getöteten Anarchisten benannt – kaum legalisiert worden. Inzwischen zählte das Kulturzentrum zu den etablierten Häusern der West-Berliner Szene. Kappe kam nicht oft her, dafür fehlte ihm die Zeit. Doch wenn er hier war, dann hielt er sich tunlichst von Menschen fern, die Nationalsozialisten an die Wand stellen wollten. Er war nun einmal Polizeibeamter.

Else hakte sich bei ihm unter. Anscheinend hatte auch sie das Gespräch mitbekommen und seine missliche Lage bemerkt. Sie murmelte eine Entschuldigung und zog Kappe zum nächsten Stehtisch. Hier verweilte ein Studentenpärchen, beide trugen Nickelbrillen und Stirnbänder über langen Haaren. Sie waren in ein Gespräch über ein Seminar vertieft.

Bevor Kappe das genaue Thema der Unterhaltung erfasste, rief Else: «Inge! Ich glaub es nicht!» Sie ließ Kappe los und eilte zu einer Brünetten in einem langen schwarzen Kleid. Die Frau hatte ihre Haare zu einem Pferdeschwanz gebunden und war offenbar ohne Begleitung hier.

Kappe kannte die Dame – doch woher?

Else begrüßte die Brünette überschwänglich, gab ihr ein Küsschen auf die eine und eines auf die andere Wange. Die Frau war etwas größer, aber genauso schlank wie Else. Ihr schien Elses Begeisterung unheimlich zu sein. Sie stand so aufrecht, als hätte sie einen Stock verschluckt.

Else winkte Kappe zu sich und sagte: «Stell dir vor, mit Inge habe ich über Jahre in einerOfftheatergruppe gespielt.»

Die Brünette deutete einen Knicks an, und nun erkannte Kappe sie: Vor ihm stand Inge Buddewitz, die Schwägerin des toten Tonmeisters.

Kappe reichte ihr zur Begrüßung die Hand und fragte Else: «Du kennst Frau Buddewitz?»

«Buddewitz? Wie kommst du auf diesen Namen? Das ist Inge. Inge Schaller. Mit ihr habe ich im *Sommernachtstraum* gespielt.»

«Schaller hieß ich bis zu meiner Hochzeit vor vier Jahren», erklärte Inge Buddewitz. «Seitdem habe ich auch nicht mehr so viel mit Theater zu tun. Doch derzeit weilt mein Mann auf einer

Dienstreise, und da habe ich die Gelegenheit genutzt, mich etwas abzulenken. Von der Abwesenheit meines Mannes wissen Sie ja, nicht wahr, Herr Kommissar?»

«Ihr kennt euch auch?» Else klang verdutzt.

Kappe erklärte die Zusammenhänge in der gebotenen Kürze und bemerkte, wie Elses Lächeln erstarb. In den Gong hinein, der zum zweiten Teil der Aufführung läutete, sagte Kappe zu Frau Buddewitz: «Bitte richten Sie Ihrem Mann aus, er möge sich alsbald bei uns melden.»

Gery bestellte sein viertes Bier. Wie lange es dauerte, bis so ein Auftritt losging! Schon mit seiner Provinzband hatte er damals viel mehr Zeit mit dem Aufbau der Technik und dem Warten auf den Auftritt verbracht, als das jeweilige Konzert selbst andauerte. Heute zermürbte ihn die Wartezeit besonders, denn er war nunmehr seit sechzehn Stunden auf den Beinen. Außerdem hatten sie fünfmal mit Berts winzigem Fiat 500 hin- und herfahren müssen, um die Instrumente und die Technik in die «Gefahrbar» zu befördern.

Vom Tresen schaute Gery in den Gastraum. Die meisten Gäste saßen auf den Bänken an der Wand oder um die drei Tische herum. Das Publikum schien nicht gerade dem Konzert entgegenzufiebern. Aus den Lautsprechern riefen die Ramones: *«You don't come close.»* Allerdings war die neueste Single der amerikanischen Punkband nicht besonders aufpeitschend – die klang so artig, als wollten sich die Ramones für einen Auftritt beim ZDF bewerben.

Gery blickte zu Bert, Franz und Wabbel, die zwei Meter von ihm entfernt an der Bar standen. Wabbel war zwar größer und kräftiger als Gerys Mitmusiker, doch alle drei trugen schwarze T-Shirts und enge zerrissene Jeans. Sie sahen deshalb ein bisschen so aus wie aus der gleichen Schablone geschnitten. Im Schummerlicht der «Gefahrbar» erkannte man nicht sofort, dass Wabbel älter war als Franz und Bert, er war bestimmt schon Mitte zwanzig. Die Jungs stritten sich. Gery versuchte wegzuhören. Doch ihre Diskussion wurde immer lauter. Es ging um den Bandnamen.

«Ick hab die Plakate extra jedruckt. Det jilt jetze!», rief Wabbel.

«Das sind nur drei Stück. Eins an der Tür, eins am Klo und eins an der Theke!» Franz schien außer sich vor Wut.

«Jenau. Ick hab die heute extra noch jemacht!»

«Aber der Name ist völlig beknackt! Das klingt, als wären wir alte Säcke in 'ner Hardrock-Band! So als würden wir uns die Haare föhnen!»

«Aba ick hab mir den ja nich ausjedacht. Det wart ihr!»

«Ich nicht!», erwiderte Franz.

Gery beobachtete, wie Franz und Wabbel zu Bert guckten. Der sah aus, als würde er sich am liebsten so klein machen, dass er hinter dem Barhocker verschwinden konnte.

«Det is ja ejal. Inna Musikbranche jibt et Absprachen. Und die jelten! Heute spielt ihr jedenfalls als ‹Rebellen›!» Wabbel sprach die Worte mit solch einem Nachdruck aus, dass selbst Franz nichts mehr entgegnete. Die drei schwiegen und schienen einen Wettbewerb im Beleidigt-Gucken abzuhalten.

Gery überlegte, wie rebellisch es war, sogar gegen den Namen Rebellen zu rebellieren.

Zum Glück kam nun Debbie zur Bar. Sie hatte ihr T-Shirt mit einer Schere so weit gekürzt, dass ihr Bauch zu sehen war. Sie ging zu den Jungs und fragte in die schlechte Stimmung hinein: «Geht's los?»

«Wenn de Rebellen so weit sind», antwortete Wabbel.

Franz und Bert zogen synchron einen Flunsch. Debbie schien auch das zu übersehen und sagte: «Na, dann!»

Für einen Moment geschah nichts. Dann fasste Gery sich ein Herz und ging auf die Bühne. Schon auf dem Weg rief einer aus dem Publikum: «Hey, fangt endlich an!» Der Kerl musste noch mehr Bier als Gery getrunken haben.

Ohne sich umzuschauen, schnappte sich Gery den Bass und stimmte ihn. Noch während er die Saiten nachzog, hörte er das jaulende Geräusch einer E-Gitarre beim Stimmen. Gery drehte sich um und spielte die leere A-Saite an. Debbie tat das Gleiche auf der Gitarre. Es passte. Gery nickte Bert am Schlagzeug zu. Bert zählte ein. Debbie trat auf das Verzerrerpedal. Es quietschte kurz. Dann donnerte Bert los. Gery stieg mit dem Bass ein. Der Lauf umfasste ganze vier Töne, und die wechselten stets auf die erste Zählzeit des Takts. Einfacher ging es nicht. Gery mochte den stupiden Lauf. Erstens, weil er fetzte. Zweitens, weil Raum für die Feinheiten im Spiel blieb. Er schlug die Saiten mit der Kante des Plektrums an, um den Tönen einen harten Klang zu geben. Das brachte Bert dazu, besonders kraftvoll auf die Trommeln zu schlagen. Dadurch spielte Gery noch härter. Bald klang der Rhythmus wie mit dem Holzhammer geschlagen.

Franz drosch auf seine Startblorgel, als wollte er die Stahlkonstruktion zerstören. Das sah martialisch aus, und zumeist spielte er sogar im Rhythmus. Debbie schrie gegen den Lärm an. Gery verstand kein Wort vom Text.

Als wäre der Krach das Glockengeläut einer Kirche, füllte sich der Gastraum. Noch vor dem zweiten Refrain hüpfen die Punks vor der Bühne in die Höhe und schubsten sich herum.

Gery merkte, wie die Energie seinen Körper flutete. Der Song war im Nu zu Ende.

In den Applaus hinein rief Franz: «Wir sind die beknackten Rebellen! Ihr könnt uns auch die Band mit dem bescheuertsten Namen aller Zeiten nennen! Oder die Band …»

Ein besoffener Punk fiel ihm ins Wort und brüllte: «Halt die Schnauze und spiel!»

War das der Typ, der schon vorhin herumgepöbelt hatte? Gery erkannte ihn nicht. Doch beim Blick ins Publikum entdeckte er John Pistol. Der Musikmanager war tatsächlich gekommen. Gery merkte, wie ihm das Herz in die Hose rutschte. Er gab den anderen lieber kein Zeichen. Das würde die nur verrückt machen. Denn wenn ein Musikmanager wie John Pistol zuhörte, ging es um alles.

SECHS
Sonntag, 6. August 1978

JOSEF BOLP trank einen Kaffee, den er sich selbst zubereitet hatte. An diesem Sonntagvormittag schliefen die meisten Kollegen noch, und die Schreckschraube von Sekretariatsvertretung erschien ohnehin erst morgen wieder im Büro. Ihm kam das gerade recht, denn es mussten nicht alle in der Redaktion mitbekommen, dass er nach Informationen über diesen Rock 'n' Roll-Junkie mit den verschiedenfarbigen Augen suchte.

Auf seinem Schreibtisch stapelten sich Zeitungsartikel über den Sänger. Viel Gutes schien es über den Kerl nicht zu berichten zu geben. Bolp hatte Fotos von ihm in Kleidchen gefunden und Interviews, in denen der Kerl regelrecht damit angab, schwul zu sein. Dabei war der Typ verheiratet und hatte sogar einen Sohn. Bolp wühlte sich weiter durch die Artikel und fand noch mehr Frauengeschichten und endlose Storys über den Drogenkonsum des Sängers. Es war ja nicht so, dass Bolp jede angebotene Linie Koks ablehnte, aber bei dem, was er über diesen Sänger las, fragte er sich schon, wie viel Mist jemand ungestraft bauen konnte. Dessen Fans störte das anscheinend nicht. Die Platten des Stars verkauften sich bestens. Je nach Artikel war von *elf Erfolgsalben seit Beginn der Siebziger*, von *neun Top-Ten-Alben in England* oder *zwei Goldenen Schallplatten in seiner Heimat allein im letzten Jahr* die Rede. Inzwischen hatte es der Typ auch in die deutsche Hitparade geschafft. Seit 1976 lebt er sogar in einer Wohnung in Schöneberg und nahm in West-Berlin seine Platten auf. Derzeit schien er die Stadt nur für seine Welttourneen zu verlassen.

Bolp legte den Stapel mit den Artikeln beiseite, schnappte

sich einen Zettel mit einer Telefonnummer und hob den Hörer ab. Der Apparat ratterte, während Bolp die Nummer wählte. Manchmal nervte ihn dieses Geräusch, und er ärgerte sich über die lange Zeit, die es dauerte, bis eine Verbindung stand. An einem Sonntag wie heute störte ihn jedoch nichts.

Es tutete.

«Kappe», sagte eine mürrisch klingende Stimme.

«Sie haben ja eine Laune!»

«Wer ist da?» Jetzt schien der Kommissar verwirrt.

«Bolp hier. Wen haben Sie denn erwartet?»

«Ich dachte … also etwas Familiäres …» In der Leitung herrschte kurz Stille, dann fragte Peter Kappe: «Woher haben Sie meine private Nummer, Herr Bolp?»

Bolp lachte kurz und antwortete: «Ich bitte Sie, ich bin Reporter beim *Berliner Blitz*.»

«Aha.» Es klang nicht, als würde diese Antwort den Polizisten zufriedenstellen. «Was gibt es denn?»

«Ich wollte Sie an mein Angebot erinnern, dass wir uns im Fall des toten Tontechnikers mit der Vorliebe für gut verkäufliche Tonbänder gegenseitig unterstützen können.»

«Ich fürchte, das kann ich nicht annehmen.»

Bolp hörte, wie sich der Kommissar eine Zigarette anzündete, und das stimmte ihn zuversichtlich. «Ich weiß, dass es in der Vergangenheit diese oder jene Meinungsverschiedenheit zwischen uns gab. Daher rufe ich an, um ein wenig in Vorleistung zu gehen. Wie klingt das?»

«Selbstverständlich höre ich mir gern an, was Sie zu sagen haben. Im Übrigen begrüße ich es, dass Sie Ihrer Bürgerpflicht nachkommen und mir wichtige Informationen für die Ermittlungen zu einem möglichen Tötungsdelikt mittteilen möchten.» Der Kommissar klang wie ein Politiker bei einer Fernsehansprache. Er machte eine kurze Pause und ergänzte dann: «Allerdings werde ich Ihnen keine Gegenleistung anbieten, denn ich bin ein Beamter der West-Berliner Polizei.»

Für Bolp hörte sich das beinahe so pathetisch an, als hätte James Bond bekundet, ein Agent im Dienste Ihrer Majestät zu sein. Bolp grinste und unterdrückte ein Kichern. «In Ordnung, Herr Kommissar. Dann verrate ich Ihnen einfach, was ich in Erfahrung gebracht habe.» Auch Bolp gönnte sich eine Kunstpause und zündete sich eine Zigarette an. «Es geht darum, von welchen Musikern Buddewitz offenbar illegale Tonaufnahmen besaß. Es deutet einiges darauf hin, dass der Mann auch versucht hat, das ganz große Rad zu drehen.»

«Was soll das bedeuten?»

«Mir hat ein Vögelchen gezwitschert, dass ein Bootleg mit Studioaufnahmen eines englischen Weltstars, der gerade hier in Berlin wohnt, gepresst werden soll. Doch aufgrund eines tragischen Umstandes käme es nun zu Verzögerungen bei der Lieferung.»

«Sie meinen …», jeglicher Hochmut war aus der Stimme des Kriminalkommissars gewichen, «… Sie glauben, dass damit das Tötungsdelikt an Buddewitz gemeint ist?»

«Nun, Sie müssten besser wissen als ich, wie viele Tonmeister in der letzten Zeit auf ungeklärte Weise aus dem Leben geschieden sind», entgegnete Bolp, dann zog er genüsslich an seiner Zigarette. Auch der Kommissar rauchte anscheinend wieder.

«Ich muss darauf bestehen, dass Sie mir Ihre Quelle offenbaren.»

«Herr Kommissar Kappe, ich bin Journalist. Meine Quellen genießen Schutz. Das sehen die Regeln in unserer freien Welt so vor.»

«Als würden Sie sich ansonsten an die Regeln halten!» Kappe klang wieder distanziert und abweisend. «Ich denke, wir haben uns an diesem Sonntag genug unserer Zeit gestohlen. Guten Tag, Herr Bolp.»

Gery schien es, als würde das Gitarrensolo schon ewig andauern. Das Band drehte sich auf der Maschine, es reichte noch für mindestens fünf Minuten. Gery wusste, dass es sich um eine Aufzeichnung aus dem B-Rock vom vergangenen Jahr handelte, denn er hatte Buddy damals beim Konzert assistiert. Schon seinerzeit war Gery die Musik viel zu pathetisch vorgekommen. Nun saß er mit Bert in der Garage, und der Song klang noch schwülstiger.

«Wow!», rief Bert. «Warum spielst du nicht mal so etwas?»

«Weil das ein langweiliges Gitarrensolo ist!», erwiderte Gery. «Das ist nur was für alte Säcke mit langen Haaren und Schnurrbärten.»

«Du klingst ja schon wie Franz!» Bert grinste und zog sein Gras aus der Hosentasche. Er begann, sich einen Joint zu drehen. Ohne aufzuschauen, sagte er: «Mal ehrlich, Punk hin oder her, ein bisschen nach Musik darf's am Ende schon klingen, oder?»

Gery hatte keine Lust auf Streit. Ihm fielen genug wunderbare Songs ein, die ohne endlose Gitarrensoli auskamen. Selbstverständlich wusste Bert das auch. Also stoppte Gery wortlos das Band und spulte es zurück. Dann legte er es zurück in die Kiste mit den Aufzeichnungen. Die Stichprobe reichte ihm. Die Aufnahmen klangen professionell, auch wenn der Sound nicht unbedingt Studioansprüchen standhielt. Doch mit ein bisschen Nachbearbeitung ließen sich aus diesen Mitschnitten mit Sicherheit verwertbare Tonträger herstellen.

Gery wuchtete die Kiste vom Tisch mit dem Mischpult und der Bandmaschine und stellte sie in die Ecke hinter den Bassverstärker. Daraufhin schleppte er die Box mit den Masterbändern zum Tonbandgerät.

Bert reichte ihm den Joint. Gery nahm einen tiefen Zug. Nach einem weiteren gab er die Tüte zurück an Bert.

«Schon genug?», fragte der.

Gery brauchte einen Moment, um zu verstehen, dass Bert nicht die Tüte, sondern die Bänder meinte. «Ich schau mal in der Kiste mit den Masterbändern», antwortete Gery. «Vielleicht finden wir dort etwas Ungewöhnliches.»

«Na, dann lass mal hören.» Bert blies Wölkchen in die Luft.

Gery legte die nächste Spule auf, schob das Band durch die

Führung mit den Tonköpfen und startete die Maschine. Kaum war das Band angelaufen, donnerte ein Hardrock-Gitarrenriff los. Auch bei dieser Aufnahme handelte es sich um einen Livemitschnitt, denn schon die ersten Töne wurden von Applaus begleitet. Das Schlagzeug setzte ein. Gery kannte das Lied. Es war von dieser Band aus Hannover, die sich nach einem gefährlichen Spinnentier benannt hatte. Die Black Widows? Die Tarantulas? Der Name lag ihm auf der Zunge, fiel ihm aber nicht ein. Der Sänger setzte mit seiner Falsettstimme ein. Der Sound unterschied sich deutlich von den Aufnahmen aus der anderen Kiste. Die Musik klang nicht nur um einiges lauter, sondern auch klarer. Offenkundig hatte Buddy den Mitschnitt mit einer ganzen Reihe von Effekten verfeinert, ja geradezu aufgepumpt. Gery beschlich die Befürchtung, dass ihm niemals annähernd so ein Sound gelingen würde.

«Willst du das ganze Konzert hören?», fragte Bert.

Gery stoppte das Band und spulte vor. «Gib mir noch mal den Joint!», forderte er Bert auf.

Bert reichte ihm die Tüte und wandte sich der Kiste mit den Masterbändern zu.

Gery nahm einen tiefen Zug. Langsam wirkte das Gras. Die Welt schien sich ein wenig träger zu drehen. Er hörte noch einmal in die Aufnahme hinein. Offenbar handelte es sich immer noch um dasselbe Konzert. Also spulte er noch etwas vor, zog noch einmal am Joint und reichte ihn wieder Bert.

Der hatte einen Bobby mit jeder Menge Band in den Händen und murmelte: «Was soll das denn bedeuten?»

Gery stoppte die Aufnahme der Hardrock-Band. Er startete den Schnellrücklauf und beugte sich zu Bert und dem Band hinüber. Der Bobby war mit der Kennzeichnung *M/desade/2* versehen. Gery überlegte, was das Wort *desade* auf Deutsch heißen könnte. Er wusste, was *sad* bedeutete, aber *desade* …

«Da steht gar kein Datum drauf», bemerkte Bert.

Tatsächlich wich die Kennzeichnung des Bandes von der Beschriftung der anderen Tonaufnahmen ab.

«Gibt's davon nur eines?», fragte Gery.

Bert reichte ihm den Bobby und widmete sich wieder der Kiste.

Gery nahm derweil das Tape der Hardrock-Band von der Maschine und legte das mysteriöse *desade*-Masterband auf.

«Hier ist noch eines!», rief Bert. «Und noch eines.»

Das Band lief an, und eine Frau rezitierte mit lasziver Stimme:

«Ah», sagte Madame Desroches, die öffnete, «das ist der junge Mann, den Du von mir verlangt hast, Delmouse.» Und alsbald trat ein prachtvoller, fünf Fuß zehn Zoll hoher Mann herein, der stark wie Herkules und schön wie Amor aussah.

«Er ist entzückend», sagte unsere Lebedame, indem sie ihn betrachtete, es handelt sich jetzt bloß darum, ob er auch so viel kann, wie seine Figur verspricht. Schon seit langem habe ich nicht solche Lust zum Ficken gehabt wie heute ... Die Schamlose legte einen Arm um den jungen Mann, den sie in ihrem Leben noch nicht gesehen hatte, mit der anderen Hand knöpfte sie ihm seine Hose auf, ohne sich irgendwie zu schämen ...

«Alter, was ist das für ein abgefahrenes Zeug?», fragte Bert.

«Keine Ahnung», sagte Gery.

Kriminalkommissar Peter Kappe mochte Sonntagsarbeit nicht sonderlich. Aber an diesem verregneten Sommertag lenkte ihn die Arbeit wenigstens von seinen privaten Problemen ab.

Auf seinem Schreibtisch lag das Dossier zu Bootlegs, das Kappe bei den Kollegen von den Eigentumsdelikten angefordert hatte. Das Dossier war vorbildlich aufbereitet. Es begann mit einer Zusammenfassung der Geschichte sogenannter musikalischer Raubdrucke.

Schon 1886 war ein Fall solcher musikalischer Raubdrucke vor das damalige Reichsgericht gebracht worden. Eine Firma hatte Musikautomaten namens Ariston produziert. Auf diesen Wundermaschinen waren Musikstücke kodiert, die mit einer Kurbelwelle abgespielt werden konnten. An die Rechte der Komponisten dieser Stücke hatten die Hersteller seinerzeit keinen Gedanken verschwendet und sich einen richterlichen Rüffel dafür eingefangen.

Kappe dachte an das Telefonat mit seinem Vater. Die Ariston-Fabrikanten waren sicherlich keine langhaarigen Bombenleger gewesen, wie Otto Kappe Rockmusiker gern bezeichnete, sondern vermutlich grundbürgerliche Ingenieure. Das musste Peter Kappe seinem Vater bei Gelegenheit unter die Nase reiben.

Der Begriff Bootleg, so lernte Kappe auf den folgenden Seiten, verwies auf die Angewohnheit Krimineller, illegale Ware im Stiefelschaft – auf Englisch *bootleg* – zu schmuggeln. Als eines der ersten dokumentierten Musik-Bootlegs führte die Akte Aufnahmen von Enrice Caruso an, die ein Bibliothekar der Metropolian Opera Company Anfang des zwanzigsten Jahrhunderts in New York mit einem frühen Modell eines Edison-Phonographen angefertigt hatte. Dabei waren die kurzen Mitschnitte mitnichten heimlich aufgezeichnet worden. Da es nicht viele Tondokumente von Carusos Gesang gab, kam ihnen heutzutage trotz ihrer mangelhaften Qualität eine große Bedeutung zu.

Kappe las im Weiteren über Aufnahmen von Jazz- und Blues-Musikern in den Dreißigerjahren und erfuhr, dass Bootlegs ihre heutige wirtschaftliche Bedeutung erst durch die Rockmusik erlangt hatten. Das Album *Great White Wonder* mit unveröffentlichten Dob-Dylan-Songs beispielsweise war seit den späten Sechzigerjahren angeblich 350 000 Mal verkauft worden.

Kappe stutzte. Soweit er wusste, bekamen Künstler in Deutschland für 250 000 verkaufte Exemplare eines Albums eine Goldene Schallplatte als Beleg für ihren außergewöhnlichen Erfolg verliehen. An solchen Hit-Alben verdienten sich Musiker und die Musikindustrie eine goldene Nase – und hier ergaunerte sich jemand Geld, ohne dem Sänger oder seiner Plattenfirma etwas davon abzugeben. Das klang nach einem lukrativen Geschäft.

Bootlegs erschienen aber auch in kleineren Auflagen, manchmal auf farbigem Vinyl, um den Sammlerwert zu erhöhen. Diese Aufnahmen wurden von einer kleinen Gruppe von Fans zu hohen Preisen gehandelt.

Grundsätzlich gab es ganz unterschiedliche Arten von Bootlegs: illegale Livemitschnitte, unautorisierte Radioaufnahmen, unveröffentlichte Studioproduktionen. Neuerdings beschäftigten die Ermittler sich auch mit illegalen Vervielfältigungen von regulären Alben auf LP-Schwarzpressungen oder Kassettenkopien.

Die Produktion von Bootlegs wurde in verschiedenen Ländern ganz unterschiedlich geahndet, und mancherorts stand die Herstellung von Raubkopien überhaupt nicht unter Strafe. Auch fühlten sich anscheinend nicht wenige Musiker geehrt, wenn von ihnen Bootlegs erschienen, so manche duldeten angeblich sogar den Verkauf der illegalen Platten und Kassetten auf ihren Konzerten.

Kappe blätterte sich weiter durch die Akte und fand eine Zusammenfassung einer Studie aus diesem Sommer. Laut dieser seien die Verluste für Plattenindustrie und Musiker allein in der Bundesrepublik und West-Berlin auf hundert Millionen Mark zu schätzen.

In Gedanken ging Kappe kurz die Fälle der letzten Jahre durch – da hatten einige Täter für weitaus geringere Summen gemordet.

Auf den nächsten Seiten fand er lange Listen von bekannt gewordenen Bootlegs. Viele der verzeichneten Bands kannte Kappe aus seiner Zeit als Rockfan. Eine schier endlose Liste mit Frank-Zappa-Konzert-Bootlegs führte auch einen Mitschnitt von einem belgischen Festival auf, bei dem Zappa mit Pink Floyd ein 21-minütiges Stück namens *Interstellar Overdrive* gespielt hatte. Kappe ertappte sich dabei, wie er instinktiv nach einer Bestelladresse suchte. Doch hier handelte es sich leider nicht um einen Katalog, sondern um ein Dossier der Polizei.

Das Klingeln des Telefons riss Kappe aus den Gedanken. Nur widerwillig nahm er den Hörer ab. «Kappe.»

«Peter, endlich erwische ich dich!» Angelika hörte sich an wie eine besorgte Mutter. «Du musst auch einmal Wochenende machen. Hast du etwa durchgearbeitet?»

Kappe schluckte. Tatsächlich hatte er sich seit Freitagmorgen nicht mehr bei Angelika gemeldet. «Ich hatte viel zu tun», murmelte er.

«Dann mach endlich Feierabend und komm vorbei!»

Kappe überlegte, wie er Angelika schonend beibringen konnte, dass er den größten Teil des Wochenendes mit einer anderen Frau verbracht hatte. Er fühlte sich mit einem Schlag hundemüde.

«Setz dich ins Auto und komm her, Peter!» Angelika klang resolut und sanft zugleich.

«Ich mache mich auf den Weg», sagte Kappe.

SIEBEN

Montag, 7. August 1978

PETER KAPPE fühlte sich so ausgeschlafen wie lange nicht mehr. Er hatte an diesem Morgen mehr noch als in der Nacht oder am Abend zuvor den Eindruck, Angelika ahne etwas von seinem Techtelmechtel mit Else. Es schien ihm aber, als würde es ihr nichts ausmachen. Oder wünschte er sich das lediglich, weil das die bequemste Lösung wäre und er zu feige war, reinen Tisch zu machen?

Wolf Landsberger betrat das Büro in der Keithstraße. Unter seinem Arm trug er die neueste Ausgabe vom *Berliner Blitz*. Kappe erhaschte einen Blick auf die Schlagzeile: *Die Welt trauert. Der Papst ist tot!* In diesem Büro mangelte es für echte Betroffenheit an Katholiken, wenngleich Kappe natürlich das Ableben von Menschen prinzipiell bedauerte und beim Tod eines Papstes auch Mitgefühl mit den Gläubigen verspürte.

Landsberger murmelte ein «Guten Morgen», legte Kappe einen Briefumschlag auf den Schreibtisch und erklärte: «Der hat heute früh im Briefkasten gesteckt.»

Auf dem Kuvert standen Kappes Dienstgrad und Name, aber kein Absender. Kappe öffnete den Umschlag und entnahm ihm ein Blatt Papier. Darauf war zu lesen: *Wer eine gut sortierte Auswahl an Bootlegs sucht, melde sich im «33er» in der Goltzstraße.* Der Satz war mit Maschine geschrieben, jegliche Grußformel fehlte.

«Ist das Werbung?», erkundigte sich Landsberger.

«Ich glaube, das ist ein Gruß aus der *Berliner-Blitz*-Redaktion», antwortete Kappe. Daraufhin setzte er den Kollegen über sein Gespräch mit Josef Bolp in Kenntnis. «Weißt du, welchen englischen Weltstar Bolp gemeint haben könnte?», fragte er schließlich. «Der soll auch Aufnahmen hier in Berlin gemacht haben.»

«David Bowie natürlich», antwortete Landsberger, ohne zu zögern.

«Dann wartet der schwarze Markt anscheinend auf unveröffentlichte Aufnahmen von Bowie.»

«Wahnsinn!» Landsberger klang aufgeregt.

Kappe schaute den Kollegen an – meinte der den Wert der Aufnahmen oder rührte der Ausruf von persönlichem Interesse her?

«Bowie-Alben verkaufen sich hunderttausendfach. Wer über unveröffentlichte Aufnahmen von dem verfügt, sitzt auf einem echten Schatz», erklärte Landsberger.

«Wenn es um große Summen geht, kann daraus auch schnell ein Tatmotiv resultieren», sagte Kappe. «Ich mache mich dann gleich auf den Weg und schaue mir den Plattenladen an. Und du besuchst diesen Gerald Gebhardt und fragst ihn, was er von Bändern, Bootlegs und über den verstorbenen Reinhard Buddewitz weiß. Du kannst dich ja einlesen, während ich kurz nachfrage, wo die Schlüssel zum Hinterhofstudio bleiben.» Er reichte dem Kollegen das Dossier über die Bootlegs.

Landsberger öffnete die Akte und begann zu lesen. Kappe nahm derweil den Telefonhörer zur Hand und wählte die Nummer von Dr. Heinar Buddewitz.

«Hallo», hauchte eine Frauenstimme am anderen Ende der Leitung.

«Guten Morgen, Frau Buddewitz! Kriminalkommissar Kappe hier. Ist Ihr Mann zu sprechen?»

«Ist er denn noch nicht bei Ihnen?» Inge Buddewitz klang besorgt. «Er wollte Ihnen die Schlüssel zu Reinhards Wohnung bringen, bevor er ins Büro fährt.»

«Wann ist er denn aufgebrochen?»

«So gegen halb neun.»

Kappe schaute auf die Uhr, es ging auf halb zehn zu. Von Wilmersdorf bis in die Keithstraße brauchte man keine Stunde.

«Ob er doch gleich zur Arbeit gefahren ist?», fragte Inge Buddewitz. «Vielleicht ist ihm ein Termin dazwischengekommen.»

«Frau Buddewitz, ich werde es im Büro Ihres Mannes versuchen. Wenn er sich bei Ihnen meldet, richten Sie ihm bitte noch einmal aus, dass wir die Schlüssel dringend brauchen.»

«Das mache ich, Herr Kommissar.»

Kaum hatte er aufgelegt, klingelte das Telefon erneut.

Kappe hob den Hörer ab. «Kriminalkommissar Kappe. Guten Tag!»

«Buddewitz hier!» Der Mann am anderen Ende der Leitung rief gegen Verkehrslärm im Hintergrund an. Anscheinend stand er in einer Telefonzelle an einer belebten Straße. «Sie müssen sofort kommen, Herr Kommissar!»

«Nicht so schnell mit den jungen Pferden!» Kappe merkte, dass er automatisch lauter sprach, dabei herrschte in seinem Büro absolute Stille. «Wollten Sie nicht bei uns vorbeikommen, um uns die Schlüssel zum Studio Ihres Bruders zu bringen?»

«Das ist es ja! Ich war gerade in Reinhards Studio. Da ist eingebrochen worden!»

«Sind Sie sicher?»

«Ich habe versucht, so wenig wie möglich anzufassen. Man sieht ja immer im Fernsehen, dass man das nicht machen soll.»

Damit war Kappes Frage nicht beantwortet. «Fehlt denn etwas?», erkundigte er sich deshalb.

«Ich weiß es nicht!»

«Wieso sind Sie dann sicher, dass eingebrochen worden ist?»

«Die Tür war nicht abgeschlossen. Ihr Kollege hat mir bei der Übergabe aber versichert, dass er die Schlüssel zweimal herumgedreht hat. Außerdem ist die Tür rund um die Schlösser völlig zerkratzt.» Buddewitz hielt kurz inne, offenbar weil ein Krankenwagen mit lauter Sirene an der Telefonzelle vorbeifuhr. Dann fragte er: «Was soll ich jetzt tun?»

«Bitte bleiben Sie vor Ort», sagte Kappe. «Wir machen uns sofort auf den Weg zu Ihnen.»

«In Ordnung. Ich rufe im Büro an und sage Bescheid, dass ich später komme. Und dann warte ich auf Sie. Bis gleich, Herr Kommissar.» Buddewitz legte auf.

«Da müssen Gebhardt und der Plattenladen wohl noch warten», murmelte Kappe beim Aufstehen.

Gery brummte der Schädel. Franz redete auf dem Weg zu John Pistols umgebauten Bootshaus in Kreuzberg unentwegt auf ihn ein. In einem fort schlug Franz neue Namen für die Band vor. Lauter seltsame Wortspiele wie «Die konische Oper» oder «Neubau-Schock».

«Was sagst du zu ‹Wurst in Versalien›?», fragte Franz, als sie das Gebäude betraten. Er hatte sich für den Termin bei dem Musikmanager in Schale geworfen. Sein Jackett stammte vermutlich noch von der Konfirmation. Allerdings hatte damals sicherlich noch kein Button der Sex Pistols das Revers geziert. Franz' Haare standen in alle Richtungen von seinem Kopf ab.

«Du meinst Wurst großgeschrieben?», fragte Gery.

«Nein, alle drei Wörter als ein Name!» Franz betonte jedes Wort einzeln, als er wiederholte: «Wurst in Versalien!»

«Ich weiß nicht, das liest sich vielleicht gut», erwiderte Gery, «aber wenn man das sagt, weiß keiner, wie's gemeint ist.»

«Und was hältst du von ‹Die subversiven Suppenkellen›?», brummte Franz auf dem Weg zum Vorzimmer.

«Vielleicht besprechen wir das besser später in Ruhe», bat Gery.

Die Assistentin kam ihnen entgegen. Sie war Gery schon bei seinem letzten Besuch nicht sehr groß vorgekommen. Doch nun bemerkte er, dass sie ihm kaum bis zur Brust reichte. Dafür sprühte sie vor Energie.

«Hey, Gery, da bist du ja wieder!», begrüßte sie ihn.

Gery nickte nur. Er hatte nicht damit gerechnet, dass sie sich an seinen Namen erinnerte.

«Nicht so gesprächig heute, was?» fragte sie. Ihre Augen funkelten.

«War eine kurze Nacht nach unserem Konzert», murmelte Gery.

«Und das vor so einem wichtigen Termin!» Selbst wenn die Assistentin ernste Worte sprach, klang sie so fröhlich, als wäre sie auf einer Party. «Na, dann noch mal tief durchatmen und hinein ins Büro, in dem Karrieren beginnen!»

«Herr Pistol erwartet uns also», stellte Franz feierlich fest.

«Sag bitte John zu ihm», flötete die Frau. Sie wies auf die Tür. «Jetzt aber husch!»

Gery und Franz betraten John Pistols Büro. Der Musikmanager saß an seiner hölzernen Bar-Konstruktion über eine Mappe mit Bildern gebeugt. Im Kassettenrekorder lief eine hippelige Coverversion des Rolling-Stones-Hits *Satisfaction*. Gery hatte die Nummer schon einmal in der «Gefahrbar» gehört, konnte sich aber nicht an den Namen der Band erinnern.

Franz dagegen hatte den Bandnamen sofort parat. «Devo! Das ist ja fetzig!»

Gery erinnerte sich an Franz' Vortrag über die Band. Er hatte irgendetwas von «Avantgarde aus der amerikanischen Provinz» erzählt. Der Sänger quengelte *«I can't get no satisfaction»*, als wollte er sich bei den Stones über die Melodie beschweren.

«Ja, das geht gut ab», stimmte Pistol zu. «Schön, dass ihr gekommen seid. Setzt euch und nehmt euch einen Tee.»

Eine Kanne und zwei Tassen standen schon bereit. Franz nahm die Kanne und schenkte die beiden Tassen halb voll. Franz kommt nun mal aus einem Akademikerhaushalt, dachte Gery.

«Eure Namen kenne ich ja vom Konzert, und mich nennt ihr bitte John», erklärte der Musikmanager. «Was ihr macht, gefällt mir gut. Es gab leider keine Kassetten mehr, als ich eine kaufen wollte.»

«Ich habe dir doch gesagt, du sollst ein paar mehr kopieren», sagte Franz zu Gery. Seinem Tonfall ließ sich nur schwer entnehmen, ob er es ernst oder ironisch meinte.

«Ich habe eine dabei.» Gery zog eine Kassette aus der Jackentasche.

Der Musikmanager nahm sie entgegen und betrachtete das Cover. «*Band noch ohne Namen*», las er laut. «Hießt ihr nicht am Samstag noch Rebellen?»

«Das ist nur ein Arbeitstitel. Im Augenblick heißen wir Die terroristischen Tüten», antwortete Franz.

Gery bemerkte, wie er mit den Augen rollte.

Der Musikmanager schaute ihn an und lachte. «Das solltet ihr vielleicht noch einmal überdenken.» Er stoppte das Band von Devo und legte ihre Kassette ins Deck. Nach einem kurzen Rauschen krachte ihr neuer Song los. Debbie sang: *«You call me mad and I feel bad.»*

«Gar nicht schlecht», stellte der Musikmanager fest.

Gery war stolz auf den Sound. Schließlich hatten sie die Lieder mit einfachsten Mitteln in ihrer Garage produziert.

«Eure Sängerin ist 'ne Wucht, die Rhythmusgruppe steht, und dein Geklopfe auf dem Schrott gibt der Sache etwas Besonders.» John Pistol schaute von Franz zu Gery und wieder zu Franz. «Apropos, wo sind die beiden anderen? Als ich euch nach dem Konzert eingeladen habe, meinte ich euch alle.»

«Bert schläft noch, und Debbie muss arbeiten. Sie macht eine Uhrmacherlehre», sagte Gery.

«Das ist vernünftig von Debbie.» Pistol nickte.

«Wir sind alle sehr vorsichtig, was die Musikindustrie angeht», erklärte Franz.

Der Musikmanager grinste kurz, sagte dann aber: «Das verstehe ich. Wir gehen die Sache langsam an. Ich versuche erst mal, ein paar Gigs für euch klarzumachen, vielleicht als Vorband im Kant. Oder in dem neuen Laden, der diese Woche eröffnet. In Ordnung?»

Gery hatte die Plakate für das Eröffnungsfestival schon gesehen. Der neue Laden war nach dem Kreuzberger Postzustellbezirk SO36 benannt. Und am Freitag sollte dort alles spielen, was in der deutschen Punkszene Rang und Namen hatte.

«Dann zeichne ich euch ein ordentliches Kassettencover. Und

danach reden wir darüber, wer euer Demo zu hören bekommt – und über alles andere», ergänzte John Pistol.

Gery merkte, wie er vor Aufregung auf dem Barhocker hin und her rutschte. Vorgruppe von englischen oder amerikanischen Bands, ein Cover von John Pistol, Kontakte zu Plattenfirmen – die Provinzrocker seiner früheren Band würden vor Neid tot umfallen, wenn sie das wüssten!

«Eines muss aber klar sein …», der Musikmanager schaute Gery scharf an, «… ihr baut keinen illegalen Mist – in Ordnung?»

Gery erstarrte.

«Also, wir nehmen vielleicht mal eine nicht so ganz erlaubte Substanz zu uns, aber ansonsten sind wir sehr artig», sagte Franz leichthin.

«Dann ist ja gut», sagte John Pistol.

«Es gibt einfach keinen verdammten Parkplatz!», fluchte Peter Kappe.

«Dann laufen wir die paar Meter», schlug Wolf Landsberger vor. Er deutete auf das Ende der Adalbertstraße.

«Unsinn!» Kappe setzte den Wagen zurück und stellte ihn in der Hofeinfahrt zum Studio des verstorbenen Tonmeisters ab, mitten auf dem Fußweg. «Wir sind schließlich von der Mordkommission. Und die Kriminaltechnik kann zusehen, wo sie einen Platz findet.»

«Dann eben so», murmelte Landsberger. Daraufhin stieg er aus.

Kappe tat es ihm gleich und schloss das Auto ab.

Heinar Buddewitz begrüßte sie aufgeregt und merkte sogleich an: «Ich muss Sie leider bitten, dass wir uns so kurz wie möglich fassen. Im Büro ist man von meinem Fernbleiben alles andere als begeistert.»

«Herr Doktor Buddewitz», sagte Kappe, «wir ermitteln die Umstände des Todes Ihres Bruders. Glauben Sie mir, das begeistert niemanden. Wir nehmen uns aber die Zeit, die nötig ist. Und das werden Sie auch tun.»

Es schien, als verdunkelten sich die Heliomatic-Gläser von Buddewitz' Brille.

«Na dann, lassen Sie uns den Tatort inspizieren», sagte Landsberger.

Buddewitz ging voran in den Hof. Kappe fiel auf, dass der Mercedes, an dem dieser windige Nachbar namens Schneider herumgebastelt hatte, nicht mehr hier stand. Die anderen Autowracks rosteten allerdings weiter an Ort und Stelle vor sich hin.

«Schauen Sie sich das an!» Buddewitz wies auf die Türschlösser des Tonstudios.

Sie sahen tatsächlich ziemlich ramponiert aus.

«Die Männer von der Kriminaltechnik sind schon im Anmarsch», sagte Landsberger. Dabei wies er auf Lund, der gerade mit zwei weiteren Beamten den Hof betrat.

«Herr Buddewitz, warum sind Sie am Morgen nicht direkt zu uns ins Präsidium gekommen?», fragte Kappe. «Ihre Frau sagte mir, Sie wollten uns die Schlüssel bringen. Stattdessen sind Sie zunächst zum Studio Ihres verstorbenen Bruders gefahren.»

«Ist das verboten?», entgegnete Buddewitz.

«Bitte beantworten Sie meine Frage», forderte Kappe ihn auf.

«Ich wollte schauen, ob noch persönliche Dinge hier sind. Ich hatte befürchtet, dass ich mich für eine Weile nicht darum kümmern kann, wenn ich Ihnen die Schlüssel übergebe.»

«Sie haben keine Zweitschlüssel?»

«Nein, wo denken Sie hin! Reinhard war sehr eigen, was sein Studio anging. Er hat niemanden ohne seine Begleitung hineingelassen.»

«Immerhin hat er es mit zwei Schlössern gesichert», bemerkte Lund, der die Tür inspizierte. «Die sind aber nicht gerade für einen Hochsicherheitstrakt geeignet», schloss er. Dann gab er die Tür frei. «Hereinspaziert!»

Kappe betrat das Studio als Erster. Alle anderen folgten ihm. Im Innern sah es auf den ersten Blick genauso aus wie am vergangenen Dienstag. Die Luft roch so abgestanden, als hätte seitdem keiner mehr die Tür nach draußen geöffnet. Der Zigarettenrauch vergangener Monate saß in den Wänden fest.

«Was hatten Sie denn erwartet, hier zu finden, Herr Buddewitz?», fragte Kappe.

«Keine Ahnung. Alte Fotos, Erinnerungen an die Familie, so etwas in der Art.»

«So etwas wird sich wohl eher in den privaten Räumen finden», sagte Landsberger. «Kommen Sie, Herr Doktor Buddewitz!» Landsberger ging mit dem Bruder des Todesopfers in die hinteren Zimmer.

«Herr Kommissar ...», Lund wies auf den Tisch neben dem Mischpult, «...schauen Sie mal auf diese Bandmaschine. Bei unserem letzten Besuch war noch eine Spule in der Fassung. Die ist jetzt verschwunden.»

«Mist!», stieß Kappe aus.

Lund ging zu einem Schrank, öffnete ihn und schaute dann in eine andere Ecke des Raumes. «Das ist ja nicht zu fassen!», rief er aus.

«Was?» Kappe merkte, dass er eine Spur zu genervt klang.

«Hier fehlt tatsächlich etwas», sagte Lund.

«Und was?», erkundigte sich Kappe.

«Ich würde sagen, zwei, drei Kisten mit Tonbändern.»

«Zwei, drei Kisten mit Tonbändern?», wiederholte Kappe.

«Ja, das würde ich sagen. Es scheinen nur noch die Kisten mit den Altbändern da zu sein.»

«Das heißt, Sie haben das nicht erfasst?»

Lund erhob sich und verschränkte die Arme vor der Brust. «Na ja, wir haben die Bänder stichprobenartig überprüft und keine Unregelmäßigkeiten festgestellt. Es handelte sich um Musikaufnahmen, und das hier ist ein Tonstudio. Insofern sind wir davon ausgegangen, dass alles seine Richtigkeit hat.» Lund ließ die Arme wieder sinken und fügte hinzu: «Aus kriminaltechnischer Sicht hat nichts dagegen gesprochen, die Technik in diesem Studio den rechtmäßigen Erben zu überlassen. Ich hatte Ihnen das mitgeteilt, und Sie haben das Studio freigegeben.»

Seinerzeit wusste ich auch noch nichts von den Bootlegs, dachte Kappe verärgert. Doch dafür konnte Lund nichts. Also sagte Kappe: «In Ordnung, arbeiten Sie jetzt mit den Kollegen so penibel, als wäre hier ein weiterer Mord geschehen!»

Lund nickte und machte sich mit den beiden Kollegen an die Arbeit.

Derweil kamen Landsberger und Dr. Buddewitz zurück in den Regieraum.

«Da hinten scheint alles unberührt zu sein», sagte Landsberger.

«Aber hier vorn fehlen jede Menge Tonbänder», erklärte Kappe. «Sie können uns nicht zufällig sagen, welche, Herr Doktor Buddewitz?»

«Nein. Da kann ich Ihnen leider nicht helfen. Für die Musik, die Reinhard produziert hat, konnte ich mich nie begeistern.»

In der *Berliner-Blitz*-Redaktion ging es drunter und drüber. Selbst die Redaktionskonferenz war verschoben. Derzeit liefen die Telefone heiß, weil jeder halbwegs prominente Katholik nach Beileidsworten zum Tod des Papstes Paul VI. angefragt wurde.

Josef Bolp beteiligte sich nicht an diesem Spiel. Er schaute auf die Uhr. Es war 11.30 Uhr, und um 12 Uhr sollte nun die Redaktionssitzung beginnen. Ob der Chef seine Mitarbeiter mit Versammlungen in der Mittagspause Demut lehren wollte? Bolp speiste ohnehin lieber ausführlich am Abend. Nun blieb ihm Zeit, noch einen Anruf für seine neue Story zu tätigen. Er griff zum Telefon und wählte.

Nach einem Tuten grummelte es aus dem Hörer: «Von Traunstein am Apparat, guten Morgen.»

«Bolp hier. Tach auch!»

«Der Herr Redakteur zu so früher Stunde?», höhnte der Kulturmogul. «Was verschafft mir die Ehre?»

«Ich hätte da eine Frage zu einem seltenen Musikwerk. Mir ist zu Ohren gekommen, dass demnächst ein etwas, sagen wir, außergewöhnliches Album von David Bowie zu erwarten ist.»

«Wo haben Sie das denn gehört?»

«Ich bitte Sie, mein lieber Herr von Traunstein. Informantenschutz, Pressefreiheit – Sie wissen schon.»

Der Kulturmogul stöhnte. «Wären Sie interessiert an der Erstausgabe? Farbiges Vinyl, limitiert und handnummeriert. Kostet allerdings eine Kleinigkeit. Ansonsten können Sie auch auf die Großauflage für normale Fans warten.»

«Ich wusste doch, dass Sie etwas damit zu tun haben», stellte Bolp zufrieden fest.

«Ich? Ach woher!», rief von Traunstein. Er machte eine kurze Pause. «Meine Beteiligungsgesellschaft besitzt Anteile einer Gesellschaft für Auslandsinvestitionen, der wiederum Anteile an einer Gesellschaft in Übersee gehören. Die kümmert sich um so etwas.»

«Sie scheinen mir ein geselliger Mensch zu sein», flachste Bolp.

Gernot von Traunstein lachte. «Na ja, ich weiß, dass mir der Ruf vorauseilt, ich würde lediglich mein Erbe verprassen. In Wahrheit habe ich das mir glücklicherweise zugefallene Vermögen inzwischen durchaus vermehrt. Ich denke, das ist der Sinn unserer freien Gesellschaft – Kapital gewinnbringend einzusetzen.»

«Ich bin nicht die Steuerprüfung, mein lieber Herr von Traunstein», sagte Bolp ironisch. Dann fragte er ernst: «Was würden die Behörden denn dazu sagen, wenn Sie von Ihrer Beteiligungsbeteiligung erführen?»

«Die haben meine Anwälte selbstverständlich entsprechend allen gesetzlichen Vorschriften angezeigt. Und an besagter Übersee-Gesellschaft bin ich lediglich mit einer Minderheit beteiligt. Aber ich lasse mir vom Management vor Ort regelmäßig bestätigen, dass sich das Unternehmen an alle dort geltenden Gesetze hält. Das wurde mir verbrieft.»

«Natürlich überprüfen Ihre Anwälte das regelmäßig.» Bolp musste aufpassen, dass er nicht vor Lachen losprustete.

«In der Tat. So gut das von West-Berlin aus eben geht.»

«Aber wenn Sie die Bootlegs hier verkaufen ...»

«Dann handelt es sich um Importe aus zweiter Hand», fiel ihm von Traunstein ins Wort. «Eine Tochtergesellschaft meiner ...»

«Lassen Sie's gut sein», unterbrach Bolp den Geschäftsmann. «So genau will ich das gar nicht wissen. Mich interessiert eher, wann mit dem besagten Bowie-Album zu rechnen ist.»

«Tja, das ist so eine Sache.» Von Traunstein verfiel in ein Flüstern. «Ich hatte Ihnen ja vom Tod dieses Tonmeisters berichtet. Der soll angeblich in Besitz eines Bandes mit mehreren unveröffentlichten Studio-Sessions von David Bowie gelangt sein. Doch nun weilt der Tonmeister nicht mehr unter uns.»

«Also gibt es kein Bowie-Album, keine limitierte Erstauflage und auch keine Großauflage für die übrigen Fans mehr.»

«Das wäre sehr unschön angesichts der Bestellungen, die ich bereits habe. Ich meine natürlich die Bestellungen, die bei der entsprechenden Tochtergesellschaft eingegangen sind.»

Bolp konnte das Unbehagen von Traunsteins spüren. Er beschloss, Öl ins Feuer zu gießen. «Daran werden Sie aber wohl nichts ändern können. Oder sind Sie auch an einer Firma beteiligt, die Tote zum Leben erweckt?»

«Ach, Herr Bolp! Ich mag ja besonders gesellig sein, doch letztlich arbeitet niemand in dieser Stadt gänzlich allein. Es wird schon jemand dafür sorgen, dass diese Bänder früher oder später wiederauftauchen.»

«Das könnte wohl sein.» Bolp tat so, als müsse er jedes Wort einzeln abwägen. «Aber meinen Sie nicht, dass eine kleine Indiskretion Bewegung in die Suche nach den Bändern bringen könnte? Es wäre nicht mein erster Artikel, der den Beteiligten einer Geschichte Beine macht.»

In der Leitung herrschte Stille.

«Na, was sagen Sie?», hakte Bolp nach.

«Möglicherweise gab es da einen Assistenten des verstorbenen Tonmeisters», entgegnete von Traunstein. «Der könnte vielleicht einen kleinen Schubs brauchen.»

Bolp roch die Chance auf eine exklusive Story. «Herr von Traunstein, ich brauche Namen!», rief er.

Von Traunstein schwieg für eine Weile. Dann flüsterte er: «Ich kenne die Männer nicht persönlich, und ich habe auch nur ihre Spitznamen: Buddy und Gery.»

Das klang für Bolp nach einem amerikanischen Comicstrip. «Und wer ist bei dieser Tom-und-Jerry-Sache wer?», fragte er.

«Tonmeister Buddy und Assistent Gery. Alles Weitere werden Sie ja wohl selbst herausbekommen! Guten Tag.» Von Traunstein legte auf.

Geht doch!, dachte Bolp.

Gery hielt ein Mittagsschläfchen, als es an seiner Wohnungstür klingelte. Er glaubte zunächst, nicht recht gehört zu haben. Normalerweise besuchte ihn niemand in seiner Zweiraumwohnung mit der kleinen Essküche. Die befand sich in einem dieser Sechzigerjahre-Mietshäuser in der Dudenstraße, die von Lebenskünstlern, Gastarbeitern und Stütze-Beziehern bewohnt wurden. Man grüßte sich im Treppenhaus, hatte aber ansonsten nicht allzu viel miteinander zu tun. Nur selten kam jemand vorbei, um sich etwas Zucker oder Milch für den Kaffee zu borgen.

Es schellte erneut. Gery stand auf und betätigte den Türöffner. Er wohnte im dritten Stock, und es gab keinen Aufzug. Ihm blieb also genug Zeit, sich ein T-Shirt und eine Hose anzuziehen – das glaubte er zumindest. Er hatte noch nicht einmal den Hosenstall geschlossen, da klopfte es bereits an der Wohnungstür.

«Moment!», rief er und knöpfte die Hose zu. Dann öffnete er die Tür.

Davor stand ein 1,80-Meter-Schönling mit blonder Fönfrisur und einem Sommeranzug. Sein Jackett saß perfekt.

«Hallo», sagte Gery verwirrt.

«Kriminalmeister Landsberger», stellte sich der Schönling vor. «Sind Sie Herr Gebhardt, Gerald Gebhardt?»

Gery überlegte kurz. Er war seit Jahren nicht mehr mit seinem vollen Namen angesprochen worden. Genau genommen nicht mehr, seit er seine Ausbildungsurkunde überreicht bekommen hatte. *Herr Gerald Gebhardt hat die Prüfung mit «sehr gut» bestanden,* war darauf zu lesen gewesen. Und jetzt stand die Polizei vor seiner Tür. Gery brachte weder ein Wort heraus noch eine Bewegung zustande.

«Herr Gerald Gebhardt?», fragte der Schönling erneut.

«Alle sagen Gery zu mir», antwortete Gery und kam sich dabei bescheuert vor.

«Darf ich kurz hineinkommen? Ich würde Ihnen gern ein paar Fragen stellen, Herr Gebhardt.»

Dieser Nachname – Gery hasste ihn. Sogar noch mehr als diesen bekloppten Namen, den Franz ihm verpassen wollte. Vielleicht war «Herr Granulat» auch gar nicht so schlecht. Oder er fragte Franz noch einmal nach einem anderen Künstlernamen. Doch das war jetzt nicht sein Problem. Da stand ein Polizist. Dieser Landsberger schien eine Menge Geduld zu haben. Er wartete vor der Tür und schaute Gery an.

«Ja … Kommen Sie herein», stammelte Gery. «Worum geht es denn?»

Landsberger trat in den winzigen Flur, und Gery wies ihm den Weg in die Essküche. Dort stand ein Tisch mit zwei Stühlen.

«Kaffee habe ich nicht, und ein Bier werden Sie sicher nicht wollen», sagte Gery.

«Nein, danke. Ich möchte Ihnen keine Umstände machen, sondern nur ein paar Fragen stellen.»

«Gut, dann setzen Sie sich.» Gery ließ sich auf den Stuhl am Fenster fallen. Er hätte mit seinen weichen Knien keine Minute länger stehen können.

Kriminalmeister Landsberger ließ sich ebenfalls nieder. Jede seiner Bewegungen strotzte vor Kraft. Gery kannte Bullen nur aus dem Fernsehen. Solche wie dieser Landsberger taten nett. Doch wenn sie keine Antworten bekamen, langten sie mit der Faust zu. Gery hatte das Gefühl zu schrumpfen.

«Sie haben mit Reinhard Buddewitz zusammengearbeitet. Sie wissen sicherlich, dass dieser kürzlich verstorben ist. Wie würden Sie Ihr Verhältnis zu ihm beschreiben?», fragte der Polizist und zückte ein Notizbuch.

Buddewitz? Der Kerl meinte Buddy. Gery brauchte einige Zeit, um sich zu sammeln. Dann sagte er: «Ich habe mit seinem Tod nichts zu tun.»

Ein flüchtiges Lächeln huschte über das Gesicht des Polizisten. «Davon bin ich bislang auch nicht ausgegangen. Würden Sie bitte meine Frage beantworten?»

«Ich war sein Assistent. Er war ein sehr guter Tonmeister. Ich habe viel von ihm gelernt.»

«Die Belegschaft im B-Rock hat ausgesagt, er habe mit Ihnen engeren Kontakt gepflegt als mit anderen Technikern.»

Gery dachte an John Pistol, der auch schon so etwas angedeutet hatte. Ihm selbst war das nie aufgefallen. Daher sagte er nur: «Er hat klare Ansagen gemacht, und die habe ich befolgt. Ich glaube, er war froh, dass er sich auf mich verlassen konnte.»

«Sie würden nicht sagen, dass Sie Freunde waren?»

«Na ja, eher gute Kollegen. Kumpels vielleicht.» Gery überlegte und fügte hinzu: «Buddy hatte mit seiner Vorliebe für Artrock doch ein bisschen andere Interessen als ich.»

Landsberger notierte etwas in seinem Notizbuch und blickte wieder auf. «Da wäre noch etwas. Wir haben etwas über illegale Mitschnitte von Konzerten gehört. Was wissen Sie darüber?»

Erneut sah Gery vor seinem inneren Auge John Pistol. Der hatte ihm ins Gewissen geredet, keinen illegalen Mist zu bauen. Nun lagen Buddys Bänder in der Garage, und hier saß ein Polizist. Gery fragte sich, ob er auspacken sollte. Oder lieber lügen und hoffen, dass nichts herauskam? Er entschied sich für einen Mittelweg. «Buddy hatte da so eine Bandmaschine bei Konzerten. Da gab es Gerüchte. Ich wollte davon lieber nichts wissen.» Gery fand, das klang nicht schlecht.

«Sie glauben, dass Sie sich so herauswinden können, Herr Gebhardt.» Landsbergers Stimme klang scharf. «Wer hat Ihnen das erzählt?»

«Das ging so herum.» Gery stockte.

«Herr Gebhardt, das ist eine Ermittlung zu einem möglichen Tötungsdelikt. Zu allem Überfluss ist bei dem Opfer eingebrochen worden, und es wurden Tonbänder entwendet.»

Gery zuckte zusammen, schwieg aber. Das Wort Tötungsdelikt hallte durch seinen Kopf.

«Na gut, belassen wir es vorerst dabei», sagte der Polizist. Er zückte eine Visitenkarte und stand auf. «Ich empfehle Ihnen dringend, ganz genau nachzudenken und sich bei mir zu melden, wenn Ihnen noch etwas einfällt. Falls Sie sich nicht in den nächsten Tagen melden, lade ich Sie vor. Sie verlassen bis zur Klärung der Sache nicht die Stadt – haben Sie verstanden?»

Gery nahm die Visitenkarte an sich und nickte.

«Bis bald. Ich finde selbst hinaus», sagte der Kriminalmeister.

Der Laden sah nicht gerade aus wie ein Umschlagplatz für heiße Ware. Kriminalkommissar Peter Kappe schaute sich im «33er» um. Das Plattengeschäft kam ihm eher wie ein harmloses Mekka für Rockfans und Studenten vor.

Ein Jüngelchen in einer löchrigen Jeansjacke stand an der Kasse und bezahlte eine Platte. Die langen Haare des Verkäufers lichteten sich am Stirnansatz, das ausgewaschene Hemd spannte über dem Bauch. Der Bursche klemmte sich das Album unter den Arm und schlurfte aus dem Laden.

Kappe trat an den Verkaufstresen und nahm eine der Kassetten in die Hand, die dort in einem Plastikständer auf Käufer warteten. *Band noch ohne Namen* stand in Krakelschrift über einem Schwarz-Weiß-Foto auf dem Cover.

«Das ist ein Demo von einer brandneuen Berliner Band.

Kriegst du nur bei mir», erklärte der Verkäufer mit einem süddeutschen Akzent, der sich so verwaschen anhörte, dass Kappe nicht zu sagen vermochte, ob der Mann aus Bayern oder Schwaben kam.

«Vielleicht warte ich lieber, bis sich die Musiker auf einen Namen festgelegt haben», sagte Kappe. Er stellte die Kassette zurück und bemerkte so beiläufig wie möglich: «Ich bin eher auf der Suche nach seltenen Bootlegs und habe gehört, hier könnte ich ganz ausgefallene Sachen bekommen.»

Der Verkäufer schaute schief und wiegte den Kopf. Nach einem Moment der Stille zeigte er auf eine Kiste neben der Eingangstür. «Vielleicht ist bei der Gebrauchtware etwas für dich dabei.»

«Ich meinte eigentlich nicht die Eine-Mark-Platten aus der Ramschecke, wenn Sie verstehen …»

«Keine Ahnung, wovon du sprichst.»

Also gut, undercover lief anscheinend nicht. Kappe zückte seinen Dienstausweis und stellte sich vor. «Sind Sie der Inhaber dieses Geschäfts?»

«'n Bul… Polizist!», stieß der Verkäufer aus.

«Also, sind Sie nun der Inhaber oder nicht?»

«Ja.»

«Und wie lautet Ihr Name?»

«Siegbert Huber. Aber alle nennen mich nur Siggi.»

«In Ordnung, Herr Huber, fangen wir noch einmal von vorne an.» Kappe steckte den Ausweis wieder ein und zog ein Notizbuch aus seiner Jacketttasche. «Ich habe Informationen darüber, dass in Ihrem Geschäft illegale Tonaufnahmen gehandelt werden.»

«Nee, das ist nicht richtig.»

«Wir wissen aber von Käufern, die hier Bootlegs erworben haben.»

«Das ist möglich. Aber illegal ist hier nix.» Der Verkäufer zog ein ziegelsteindickes Buch in DIN-A4-Format unter dem Tresen hervor. «Ich verkaufe Platten von einem Importhändler, der

Zweite-Hand-Ware anbietet. Das ist alles ordentlich in diesem Buch vermerkt. Ich zahle sogar Steuern.»

«Wenn dem so ist, warum haben Sie mir dann keine von diesen Platten angeboten?», fragte Kappe.

«Weil besondere Platten und erst recht seltene Platten für besondere und treue Kunden vorbehalten sind. Zeigen Sie mir nur einen Händler, der keine Kundenpflege betreibt.»

So leicht ließ sich Kappe nicht abspeisen. «Wie heißt diese Firma, von der Sie die gebrauchte Ware abnehmen?», fragte er.

«Oversee Second Hand Mailorder GmbH», antwortete der Verkäufer.

Kappe notierte sich den Namen.

«Das Unternehmen führt übrigens nicht nur Bootlegs nach West-Berlin ein. Viele reguläre Alben, selbst von berühmten Bands, werden in der Bundesrepublik und in West-Berlin nicht lizenziert. Die sind hier nur als Importe zu haben. Manchmal gibt es von den gleichen Alben auch verschiedene Versionen in unterschiedlichen Ländern. Zum Beispiel, wenn Platten von englischen Bands erst später in Amerika erscheinen.»

Kappe konnte sich nicht an derlei Geschäftsgebaren erinnern, als er noch Rockplatten gekauft hatte. «Unsere Ermittlungen haben auch ergeben, dass illegale Konzertaufnahmen, die hier in West-Berlin angefertigt wurden, als Bootlegs erschienen sind. Wenn ich mit einem Durchsuchungsbeschluss käme, würde ich solche Platten in Ihrem Geschäft wohl nicht finden, oder?»

«Ich bin nur ein einfacher Händler», entgegnete der Verkäufer schulterzuckend. «Wenn eine solche Aufnahme bei einer ausländischen Plattenfirma herauskommt, kann ich ja schlecht deren Lizenzverträge überprüfen. Da müssten sie schon dort nachfragen.»

Kappe hatte genug über die Musikindustrie geplaudert und wechselte das Thema. «Kennen Sie Herrn Gerald Gebhardt?»

«Gebhardt?» Der Verkäufer klang, als höre er den Namen zum ersten Mal.

«Den Assistenten des verstorbenen Tonmeisters Reinhard Buddewitz.»

«Buddewitz?» Für einen Augenblick schien der Mann wie erstarrt. Dann schlug er sich mit der flachen Hand vor die Stirn. «Ach, Sie meinen den Gery, der für Buddy gearbeitet hat!»

«Sie kennen ihn also?»

«Ja, der kauft hier seine Schallplatten. Wenn er Geld hat. So viel verdient er wohl nicht als Techniker.» Der Verkäufer tippte auf die Kassette von der Band noch ohne Namen. «Und mit seiner Musik ist er auch noch nicht reich geworden.»

«Was können Sie mir über illegale Mitschnitte sagen, die Buddewitz eventuell mit Hilfe von Gebhardt angefertigt hat?», fragte Kappe.

«Ich? Nichts. Ich kaufe nur fertige Platten.»

Gery drosch wie ein Berserker in die Saiten. Dennoch klang der Bass kraftlos. Also malträtierte er das Instrument noch mehr. Ohne Rücksicht auf die drei anderen Bandmitglieder im Proberaum.

Bert hörte auf zu trommeln. Debbie und Franz beendeten nur noch die nächsten Takte.

Bert sprang genervt von seinem Hocker auf. «Alter, was spielst du für einen Mist!», rief er wütend.

«Nicht mein Tag», murrte Gery und stellte den Bass beiseite. Er nahm sich ein Bier und öffnete die Flasche mit dem Feuerzeug. Das behielt er gleich in der Hand, um sich eine Kippe anzuzünden. Er lehnte sich an den Verstärker, trank und rauchte.

«Ich fand das gar nicht so schlecht», sagte Franz. Er zog sein Gras aus seiner Hosentasche.

«Das ist nicht dein Ernst!», rief Bert. «Das klang wie gequirlter Quark, der zwei Monate in der Sonne stand.»

«Igitt!» Debbie verzog das Gesicht. Auch sie schnappte sich ein Bier, zündete sich aber keine Zigarette an. Vielleicht wartete sie auf Franz' Joint.

«Na ja», fuhr Franz fort, während er die Tüte drehte. «Gery hat sein Inneres herausgelassen.»

«Das klang aber scheiße!» Bert war immer noch wütend.

«Immer noch besser als das, was diese Hardrock-Bands jetzt spielen und Punk nennen, damit sie einen Plattenvertrag bekommen. Denk nur an diese Knilche aus Frankfurt», entgegnete Franz.

«Ich finde die Strassenjungs fetzig!», sagte Bert.

«Das ist *Bravo*-Mist», erwiderte Franz und zündete die Tüte an. Er nahm einen tiefen Zug und gab den Joint an Debbie weiter.

Die Luft in der Garage färbte sich zunehmend weiß.

«Was ist los mit dir?», fragte Debbie Gery. Sie reichte ihm den Joint.

«Bei mir war heute ein Bulle», antwortete Gery. Er versuchte, die Zigarette, den Joint und die Bierflasche in seinen zwei Händen zu ordnen. Es gelang ihm, zu rauchen, ohne sich Bier über das T-Shirt zu schütten. «Der hat mich wegen Buddy ausgequetscht.» Gery gab Bert die Tüte.

«Wow!», rief Franz. «Ein Diener der Staatsmacht stattet dir einen Besuch ab und versucht dich unter Druck zu setzen. Du bist ein Verfolgter.»

«Mensch, Franz! Der war von der Mordkommission. Das stand auf seiner Visitenkarte. Das ist kein Spaß mehr», rief Gery verärgert aus. Manchmal ging Franz ihm auf die Nerven. Der schien die Welt als einen riesigen Spielplatz zu betrachten.

«Von der Mordkommission, echt? Wurde Buddy ermordet?», fragte Debbie.

«Es sieht so aus. Aber was weiß ich? Der Bulle hat mich ausgequetscht und nicht ich ihn.»

«Und warum war der ausgerechnet bei dir?», hakte Debbie nach.

«Weil ich mit Buddy zusammengearbeitet habe. Der Bulle hat von irgendwelchen Tonbändern geredet.» Gery schaute zu Bert. Der schüttelte beinahe unmerklich den Kopf.

«Tonbänder?», hakte Debbie nach.

«Es wurden wohl welche aus Buddys Studio geklaut», antwortete Gery.

«Wirklich?» Bert klang scheinheilig. «Und die verdächtigen dich?»

«Weiß nicht, keine Ahnung.»

Gery spürte Berts scharfen Blick.

«Die wollen mich vorladen.»

«Mensch, das sind Bullen! Denen sagen wir gar nichts», bestimmte Bert.

Dich haben die ja auch nicht auf dem Kieker, dachte Gery.

«Die können dir doch gar nichts», sagte Franz. Das Gras wirkte offenbar schon, denn er sprach sehr langsam. «Wenn die aufdringlich werden, nimmste dir einen Anwalt.»

«Einen Anwalt? Franz! Ich bin nicht Rockefeller. Meine Technikerjobs bringen gerade so die Miete und was zu Essen ein. Ich habe auch keine reichen Eltern, so wie du.»

Franz nahm einen tiefen Zug vom Joint und reichte Gery die Tüte mit den Worten: «Tschuldigung. Was ich meine, ist ja auch nur, dass du denen nicht völlig hilflos ausgeliefert bist. Die Bullen waren bei dir und haben dir Angst eingejagt. Verstehe ich. Aber bleib bei dir, Junge! Mach's wie bei der Musik. Ein bisschen Lampenfieber hilft dir bei der Konzentration. Wenn du einen Fehler machst, spiel einfach weiter.»

Das Leben ist aber kein Song, dachte Gery. Andererseits hatte Franz recht. Ein bisschen Gelassenheit mochte womöglich nicht schaden. Mit Buddys Tod hatte Gery nicht das Geringste zu tun. Nur der Einbruch …

Bert riss Gery aus seinen Gedanken, als er sagte: «Ich würde mir an Gerys Stelle genau überlegen, was ich den Bullen erzähle. Und erst recht, was nicht. Ja, es ist wie bei einem Hit. Die Komposition macht die Musik!»

«Komposition, Blabla und Trallala. So gelingt dir vielleicht 'ne Rockoper – wie von 'nem alten Rockopa.» Franz lachte über das eigene Wortspiel. «Das Leben lässt sich aber nicht planen wie ein Konzeptalbum. Das Leben ist ein Punkkonzert. Du weißt am Anfang nie, wie es enden wird. Und es gilt: Hauptsache, Spaß!»

Redeten die beiden noch über ihn? Gery blickte zu Debbie. Die verdrehte die Augen und grinste ihn an. Gerys Herz wurde leichter. «Danke, Jungs. Mir geht's schon besser. Lasst uns was spielen.»

ACHT

Dienstag, 8. August 1978

IM PRÄSIDIUM in der Keithstraße herrschte helle Aufregung. Der baden-württembergische Ministerpräsident Hans Filbinger war tatsächlich zurückgetreten.

Vor Kriminalkommissar Peter Kappe lag der *Tagesspiegel* auf dem Schreibtisch. Er überflog den Artikel mit den Reaktionen auf die Abdankung. Der SPD-Landeschef Erhard Eppler bezeichnete den Rücktritt Filbingers als überfällig. CSU-Chef Franz Josef Strauß vertrat dagegen die Meinung, bei der ganzen Geschichte habe es sich *um eine systematische und unbarmherzige Verleumdungskampagne von links* gehandelt. Kappe vermutete, dass nicht wenige seiner Kollegen aus der Keithstraße dem CSU-Politiker recht geben würden.

Wolf Landsberger gehörte nach Kappes Einschätzung wie er selbst zu den Menschen, die Filbingers Rücktritt begrüßten. Der Kollege saß ihm gegenüber und fragte mit ironischem Unterton: «Informierst du dich gerade über das ‹schwere Unrecht›?»

Als solches betrachtete Filbinger selbst die angebliche «Rufmord-Kampagne». Kappe hatte dessen Erklärung am Vorabend im Fernsehen gesehen. «Ist wohl eher ein Trauerspiel», sagte Kappe. Er faltete die Zeitung zusammen. «Kümmern wir uns lieber um das Unrecht in unserem aktuellen Fall.» Kappe berichtete in kurzen Worten von seinem Besuch im Plattenladen «33er» und dem Vortrag des Verkäufers über Import-Schallplatten. Schließlich schlug er sein Notizbuch auf. «Diese Oversee Second Hand Mailorder GmbH sollten wir mal überprüfen.»

«Ich frage an, ob es über die eine Akte gibt.» Landsberger notierte sich den Firmennamen auf einem Zettel.

«Wie war dein Besuch bei diesem Gebhardt?», erkundigte sich Kappe.

«Der ist fast noch ein Kind», antwortete Landsberger. «Ich glaube, ich habe den ziemlich eingeschüchtert. Als ich auf den Einbruch in Reinhard Buddewitz' Studio zu sprechen kam, ist der geradezu zu einem Zwerg geschrumpft.»

«Hat er den Einbruch zugegeben?»

«Nein. Ich würde aber tippen, der ruft uns bald an.»

«Weiß er von den illegalen Tonbändern?»

«Er hat Gerüchte gehört, sagt er.»

Kappe lehnte sich auf seinem Stuhl zurück. «Der Junge verfügt aufgrund seiner Ausbildung vermutlich über die Kenntnisse, Schaltkreise zu manipulieren. Außerdem hat er ein Motiv, wenn er von dem Wert der heimlichen Aufnahmen weiß. Das ergibt einen Verdächtigen.»

«Ehrlich gesagt, glaube ich nicht, dass dieser Bursche ein Mörder ist», wandte Landsberger ein.

«Er hat mit Buddewitz zusammengearbeitet und gilt als einer seiner wenigen engen Kontakte. Er bekommt das große Zittern, wenn er auf den Einbruch bei dem Verstorbenen angesprochen wird. Und er war Stammkunde im Plattenladen ‹33er›. Dort werden Bootlegs verkauft.» Kappe richtete sich auf und tippte mit dem Finger auf den Schreibtisch. «Das sind handfeste Indizien.»

«Der Gebhardt ist ein Jüngelchen. Vielleicht ist er in das Hinterhofstudio eingestiegen. Aber der bringt keinen um! Und warum sollte er die Bänder nicht schon mitgenommen haben, als er den Kompressor manipuliert hat?»

Kappe nannte ein Diplom in Psychologie sein Eigen, hatte sich dennoch öfters in Menschen getäuscht. Er schätzte Landsbergers Menschenkenntnis, doch für diese würde er nicht sein Leben verwetten.

«Meinst du, deine Indizien reichen für einen Haftbefehl?», fragte Landsberger. «Lass es uns folgendermaßen machen: Ich schicke ihm eine förmliche Vorladung. Die hat er morgen im Briefkasten, und dann nehmen wir ihn in die Zange.»

Kappe zögerte.

«Schau mal, da gibt es diese ominöse Firma, diesen windigen Verkäufer im Plattenladen und vermutlich auch noch einige betrogene Musiker», sagte Landsberger.

Kappe wollte gerade etwas entgegnen, da klopfte es an der Tür. Lund trat ins Büro. Er hielt ein Blatt Papier in der Hand. «Sie glauben ja nicht, was ich hier habe!»

«Sie werden es uns bestimmt verraten», sagte Kappe.

«Wir haben gestern noch einmal das ganze Studio von Reinhard Buddewitz auf den Kopf gestellt. Die Spurensicherung war nicht besonders erfolgreich. Keine neuen Fingerabdrücke. Die Einbrecher haben allem Anschein nach nur Tonbänder entwendet. Doch mir ist etwas aufgefallen. Der Tisch, auf dem das Mischpult steht, verfügt über eine geheime Schublade. Darin habe ich das hier gefunden», sagte Lund triumphierend. Er hielt das Blatt Papier in die Höhe. «Also um genau zu sein, ist das nur eine Kopie für Sie.»

«Spannen Sie mich nicht auf die Folter. Was ist das?», fragte Kappe.

«Das ist ein Testament. Und jetzt kommt es: Herr Buddewitz vermacht alle Technik und seine Tonbänder einem gewissen Gerald Gebhardt, wohnhaft in der Dudenstraße.»

«Ha!», rief Kappe aus und blickte Landsberger siegesgewiss an. «Wenn dein harmloses Jüngelchen davon wusste, hatte er ein handfestes Motiv für den Mord.»

«Aber Kappe, warum sollte Gebhardt dann so schuldbewusst auf meine Frage nach dem Einbruch reagieren? Wenn er von dem Testament wusste, musste er nicht ins Studio einsteigen. Dann hätte er einfach warten können, bis er die Tonbänder erbt. Und wenn er nichts davon wusste, sind wir am selben Punkt wie zuvor.»

«Vielleicht wollte er eben nicht warten, bis Buddewitz eines natürlichen Todes stirbt», wandte Kappe ein. «Also für mich klingt das nach einem Motiv.»

«Mich würde interessieren, was der Bruder des Toten vom Testament hält», sagte Landsberger.

Gery verstaute Tonbänder in einem Pappkarton. Dabei achtete er darauf, dass er die Enden der Bänder ordentlich mit Klebeband fixierte. Das dauerte seine Zeit. Doch er ließ lieber Vorsicht walten. Schließlich handelte es sich um unentdeckte Schätze.

Aus den Lautsprecherboxen in der Garage schallten The Only Ones. Die Melodiegitarre flirrte über dem Beat, und kurz darauf folgte dieser nasale Gesang, den Gery so mochte, besonders den Refrain: *«I think I'm on another planet with you.»* Der Sänger intonierte die Zeilen so lässig, dass Gery schneller arbeitete.

Bert schien die Musik nicht zu beflügeln. Der Kumpel stand neben Gery und räumte ebenfalls Bänder in einen Karton. Dabei stöhnte er, als sei jede Bewegung vor dem Mittag eine Zumutung.

«Willst du wirklich alle Bänder wegschaffen?», fragte Gery. «Wie wollen wir uns die Dinger dann jemals anhören?»

«Wenn die Bullen bei dir zu Hause waren, ist es nur eine Frage der Zeit, bis die auch hier aufkreuzen. Ich wette, dass die dann jeden Tonbandschnipsel beschlagnahmen, den sie hier finden.»

«Aber du weißt, wie Siggi herumjammert. Der wird sich nicht allzu lange vertrösten lassen.»

«Lange nicht, aber ein paar Tage kann der noch warten», entgegnete Bert. Er setzte sich auf den Boden und zündete sich eine Zigarette an. «Ich brauche erst mal eine Pause.»

Auch Gery zog eine Kippe aus seiner Schachtel und rauchte. Er schaute einem Rauchkringel hinterher und fragte Bert: «Wenn die Bullen kommen, was erzählst du denen dann?»

«Das ist nicht die Frage. Wichtig ist, was du denen beim nächsten Mal sagst.»

«Keine Ahnung», dachte Gery laut.

«Ganz einfach: nichts!»

«Ich befürchte, damit lassen die sich nicht abspeisen.»

«Wenn du anfängst zu reden, verplapperst du dich. Du kennst das doch aus Filmen. Die drehen dir die Worte im Mund herum. Und schwups, schon sitzt du als Terrorist im Knast!»

«Vielleicht guckst du zu viele Filme», sagte Gery. So recht wohl war ihm indes nicht bei dem Gedanken an diesen 1,80-Meter-Kraftprotz von der Polizei.

«Am besten, du schiebst alles auf Buddy», sagte Bert. «Den können sie nicht mehr fragen.»

«Der wird aber kaum in sein eigenes Studio eingebrochen sein.»

«Nein, aber von den Tonbändern kann er dir erzählt haben!»

Gery dachte an seine Gespräche mit Siggi und John Pistol. Die beiden wussten, dass er bis vor ein paar Tagen nicht die geringste Ahnung von den illegalen Aufnahmen gehabt hatte. Würden sie das der Polizei sagen? Der Musikmanager würde ihn bestimmt schützen. Bei Siggi war er sich nicht sicher.

«Oder du schiebst es auf jemand anderen, der auch schon tot ist oder zumindest weit weg.» Bert wiegte den Kopf, als würde er auf diese Weise seine Gedanken ordnen können.

«Vielleicht haben mir Musiker erzählt, dass Buddy sie heimlich aufgenommen hat. Irgendwelche Amis, die längst wieder nach Hause geflogen sind», fantasierte Gery.

«Nicht schlecht», sagte Bert. «Du solltest jedenfalls niemanden aus der Stadt ins Spiel bringen!» Bert machte eine Pause und rauchte. Anschließend flüsterte er: «Wir sitzen hier auf Bändern, mit denen sich bestimmt eine ganze Menge Geld verdienen lässt. Und ihr Vorbesitzer ist jetzt tot. Vielleicht ist die Polizei da das kleinere Problem.»

Gery schluckte. «Du meinst, Siggi ...»

«Ach, Siggi! Der ist doch bloß ein Verkäufer!» Bert drückte die Zigarette im Aschenbecher aus. «Ich hab mich umgehört. Es wird gemunkelt, das sei eine ganze Truppe. Die ziehen das groß auf. Mit 'ner richtigen Firma, die im Ausland Platten pressen lässt und so. Siggi ist bloß so ein Typ, der sich vor uns wichtigmacht.»

«So ein Mist!», entfuhr es Gery.

Es herrschte Stille im Raum. Die Only-Ones-Kassette war zu Ende. Gery verspürte keine Lust auf weitere Musik. Er dachte an Siggi. Wenn der den dicken Max spielen wollte vor diesen ominösen Typen – wie weit würde er gehen?

«Komm, Gery! Erst einmal schaffen wir die Bänder beiseite.» Bert widmete sich wieder den Kisten mit den Aufnahmen. «Wenn die in Sicherheit sind, finden die Bullen sie nicht und sonst auch keiner.»

Gery machte sich ebenfalls wieder an die Arbeit. Er merkte, wie seine Hände zitterten.

Bert schien das Ganze weniger auszumachen. Er war so mürrisch wie an jedem Vormittag. Nun ja, noch saß ihm die Polizei ja auch nicht im Nacken.

«Wo bringen wir die Bänder eigentlich hin?», fragte Gery.

«Erst einmal in mein Auto. Dann vielleicht ins Haus meiner Mutter.»

«Mensch, du wohnst doch bei deiner Mutter! Wenn die hier in die Garage kommen, werden sie wohl auch dein Auto und das Haus untersuchen.»

«Ich finde schon eine Ecke im Keller, in der sie keiner entdeckt», sagte Bert.

Gery war sich da nicht so sicher.

«Sie würden ein vorzügliches Fotomotiv abgeben», sagte Josef Bolp zu John Pistols Assistentin. «Ich kann ja mal einen Kollegen vorbeischicken.»

Die Brünette verzog das Gesicht und rang sich ein Lächeln ab. Bolp meinte das Kompliment ernst. Die junge Frau war um die zwanzig, und selbst bei diesem gequälten Lächeln zeichneten sich niedliche Grübchen auf ihren Wangen ab. Sie maß bestimmt nur 1,60 Meter, doch mit diesem Hintern verdrehte sie sicher einigen Männern den Kopf. Und mit dem, was sich unter ihrem Lederjäckchen abzeichnete, ließen sich Oben-ohne-Storys auch am Wannsee verkaufen.

«Guten Tag, Herr Bolp. Ich sehe, Sie halten meine Mitarbeiterin von der Arbeit ab», sagte John Pistol, der plötzlich in der offenen Tür zu seinem Büro auftauchte. «Dabei wollten Sie doch sicherlich mir auf die Nerven gehen – oder sehe ich das falsch, Herr Reporter?»

«Ich mache nur meine Arbeit. Guten Tag auch, Herr Pistol.» Bolp folgte dem Musikmanager und Künstler in dessen Büro.

An den Wänden hingen Zeichnungen von Pop- und Rockstars der Art, wie Bolp sie schon von Pistols Ausstellung kannte. Er ließ seinen Blick über die Bilderreihen schweifen und verharrte bei einem Porträt, das die Blondie-Sängerin Debbie Harry von der Hüfte an aufwärts zeigte.

«Gefällt Ihnen das Bild?», fragte Pistol, der Bolps Blick gefolgt war.

«Die Dame ist sehr gut getroffen.»

«Fällt Ihnen etwas auf?»

«Sie wirkt wild und sanft zugleich?» Bolp rätselte, worauf der Kerl hinauswollte.

«Und ansonsten?»

«Keine Ahnung. Es wirkt wie ein Comic in Schwarz-Weiß.»

«Ich meine etwas anderes», sagte Pistol und wies auf den Oberkörper der Sängerin. «Sie ist angezogen. Während ich nämlich versuche, das Wesen von Künstlerinnen zu erfassen, zeigen Sie in Ihrem Blatt von Frauen vornehmlich die nackten Brüste.»

«Wir tun nur unsere Arbeit», wiederholte Bolp. «Was denken Sie, wofür ein Bauarbeiter oder ein S-Bahn-Schaffner lieber sein hart verdientes Geld ausgibt – für das Wesen der Mädchen oder für ihre Titten?»

«Vermutlich glauben Sie nur, die Antwort zu wissen. Lassen Sie es doch mal auf einen Versuch ankommen.»

Schon wieder so ein Heini, der ungefragt gute Ratschläge für seine Arbeit gab! Bolp schaute sich die restlichen Bilder an und zeigte auf ein Porträt von David Bowie. «Mich interessiert heute eigentlich mehr dieser Kerl da.»

«David? Schreiben Sie etwa schon wieder eine schmierige Drogenstory über ihn? Oder etwas über seine Frauen- oder Männergeschichten?» Pistol klang sarkastisch.

«Nein.» Bolp antwortete gelassen, von diesem aufgeblasenen Künstler ließ er sich nicht provozieren! «Ich recherchiere zu einem Bootleg von David Bowie, das demnächst zu kaufen sein soll. Es scheint so wertvoll zu sein, dass deshalb sogar jemand ermordet wurde.»

«Darüber wollen Sie in Ihrem Blatt schreiben?»

«Gelegentlich betreibe ich auch ernsthaften Journalismus. Sie haben es am Rande der Performance unserer geschätzten Else vielleicht mitbekommen – in diesem Fall arbeite ich sogar mit der Polizei zusammen», erklärte Bolp. Damit übertrieb er ein wenig, allerdings hatte *er* den ermittelnden Beamten tatsächlich Informationen zukommen lassen.

«Sie müssen wissen, dass ich Buddy sehr geschätzt habe», sagte Pistol ohne einen Anflug von Ironie in der Stimme. «Er galt zwar als sehr eigen, aber meine Bands habe ich ihm gern anvertraut.»

Bolp entschloss sich, eine offene Flanke zu bieten. «Ich habe schon ein paar Sachen über diesen Buddy herausgefunden. Allerdings noch nicht seinen bürgerlichen Namen. Sie können mir da nicht zufällig weiterhelfen?»

«Damit mir der volle Name des Tonmeisters wieder einfällt, müsste ich zunächst wissen, was Sie mit dieser Information anstellen möchten.» Da war er wieder, der Hochmut in Pistols Stimme.

«Gut, Herr Pistol, lassen Sie mich ganz offen sein.» Bolp setzte zu einem Vortrag an, den er so ähnlich gern vor den Volontären in der Redaktion hielt. «Ich gehöre zu den Boulevardreportern alter Schule. Wir haben Regeln. Wer etwas angestellt hat, ist dran. Politiker werden daran gemessen, was sie unseren Lesern versprochen haben. Mit Prominenten gehen wir einen unausgesprochenen Deal ein, sie profitieren von uns und wir von ihnen. Bei allen andern, so wie bei Ihnen, gilt: Wir behandeln sie so, dass wir wiederkommen dürfen.»

Pistol starrte ihn entgeistert an. «Das meinen Sie ernst, nicht wahr?»

«Absolut.»

«Und Sie sprechen sich bei allen Recherchen mit diesem Polizisten, dem Freund von Else ab?»

«Versprochen!»

«Also gut. Der Mann hieß Buddewitz. Reinhard Buddewitz.»

«Und könnte es diese unveröffentlichten Aufnahmen von David Bowie tatsächlich geben?»

«Das ist möglich. David lebt in Berlin und nimmt die meisten Songs auf, die er schreibt. Aber nicht alle veröffentlicht er auf seinen Platten. Da könnten durchaus Bänder mit bisher unbekanntem Material herumschwirren.»

Bolp überlegte kurz, ob er noch nach diesem Gery fragen sollte. Doch er hatte diese Kuh vorerst genug gemolken.

Peter Kappe schaute aus dem Fenster von Dr. Heinar Buddewitz' Büro. Von hier oben im achten Stock konnte er die Siemensstadt mit ihren geometrisch angeordneten Straßenzügen und weiter links das Westend gut erkennen. Für Letzteres wurde gerade ein neues Gestaltungskonzept erarbeitet, wie Kappe vor ein paar Tagen im *Tagesspiegel* gelesen hatte. *Erhaltenswerte Gebäudebereiche* sollten dabei durch *geschützte Baubereiche* gesichert werden, hieß es in einem Gutachten in bestem Behördendeutsch. Der Senat befürchtete die *Ausbreitung öffentlicher Einrichtungen, insbesondere der Freien Universität.* Auch Kappe hatte an der FU studiert und gute Erinnerungen an diese Zeit. Seiner Meinung nach würde die Welt nicht untergehen, wenn im Westend ein paar Studenten ihre Berufe erlernten, aber vielleicht war er da auch voreingenommen.

Dr. Heinar Buddewitz saß an seinem Schreibtisch. Er hatte Kappe und Wolf Landsberger ins Büro gerufen, jedoch um ein paar Minuten Geduld gebeten, um eine Berechnung zu beenden. Deshalb schaute Kappe aus dem Fenster und schwieg, Landsberger tat es ihm gleich.

«Verzeihen Sie bitte noch einmal, meine Herren», sagte Dr. Buddewitz nun und legte ein Blatt Papier mit Formeln beiseite. «Ich bin Ihnen sehr verbunden, dass Sie mir die Zeit gelassen haben, um diesen Arbeitsschritt zu beenden. Setzen Sie sich doch bitte.» Er wies auf zwei Stühle, die vor dem Schreibtisch standen.

Kappe nahm Platz. «Kommen wir gleich zur Sache, Herr Doktor Buddewitz. Kennen Sie einen gewissen Gerald Gebhardt?»

«Gerald Gebhardt?», fragte Dr. Buddewitz. Er schien zu überlegen, ohne seinen Blick von Kappe zu wenden. «Den Namen habe ich noch nie gehört.»

Landsberger rückte den anderen Stuhl zurecht, setzte sich ebenfalls und zog die Kopie des Testaments von Reinhard Buddewitz aus der Jacketttasche.

Kappe zeigte auf das Dokument. «Ebenjener Herr Gebhardt ist ein wesentlicher Nutznießer des Testaments Ihres Bruders. Der hat Herrn Gebhardt nicht nur seine gesamte Studiotechnik, sondern auch sämtliche Tonbänder vermacht. Ich habe die Verfügung hier in Kopie.»

«Reinhard hat ein Testament geschrieben?», fragte Buddewitz, und sein Gesicht schien zu einem Eisblock zu gefrieren. «Wo haben Sie das denn her?»

«Unsere Kollegen haben es in einem Versteck im Studio Ihres Bruders gefunden», antwortete Landsberger. «Doch nach unseren neuesten Informationen liegt auch eine Abschrift bei der Bank. Wenn Sie seine Konten aufgelöst hätten, wäre es ohnehin zutage gekommen.»

«Bank*konten*?»

«Ja», sagte Landsberger, «neben seinem Girokonto verfügte

Ihr Bruder auch über ein Sparkonto mit einem Guthaben von etwa 20 000 Mark.»

«20 000 Mark? Ich dachte immer, mein Bruder lebt von der Hand in den Mund und gibt alles übrige Geld für Technik aus.»

«Vielleicht plante er Investitionen in sein Studio», mutmaßte Kappe. «Das Geld erben Sie jedenfalls.»

«20 000 Mark», murmelte Heinar Buddewitz erneut. Er verschränkte die Arme vor der Brust und fragte: «In dem Testament steht tatsächlich, dass dieser Mann ausnahmslos alle Tonbänder erben soll? Wie hieß der gleich?»

«Gebhardt», antwortete Landsberger. «Ja, so steht das hier. Warum fragen Sie?»

«Nun, es scheint mir etwas ungewöhnlich. Wer ist denn dieser Herr Gebhardt? Reinhard hat den Namen nie erwähnt.»

«Es handelt sich um einen jungen Tontechniker», erklärte Landsberger. «Vielleicht hat Ihr verstorbener Bruder mal seinen Spitznamen erwähnt. In Musikkreisen nennt man ihn wohl Gery.»

«Doch.» Dr. Buddewitz rieb sich die Schläfe. «Ich glaube, Reinhard hat tatsächlich mal von ihm gesprochen. Wenn ich mich recht erinnere, hat dieser Gebhardt ihm bei Studioaufnahmen assistiert. Das muss ein ganz junger Bursche sein.»

«Er ist um die zwanzig», bestätigte Landsberger.

«Und den hat mein Bruder derart umfänglich in seiner Erbschaft bedacht? Die Studiotechnik müsste Zehntausende Mark einbringen. Und nach dem Einbruch dürfen wir wohl davon ausgehen, dass auch die gestohlenen Tonbänder einen gewissen Wert haben. Für wen auch immer.»

«Es ist fraglich, wie sich das in Geld umrechnen lässt», sagte Kappe. «Oder verfügen Sie bezüglich der Tonbänder über mehr Informationen als wir?»

«Nein. Ich habe Ihnen doch bereits mehrfach gesagt, dass mich Reinhards Musik nicht interessiert hat. Aber im Fernsehen heißt es immer, dass bekannte Musiker und Produzenten eine Menge Geld verdienen.»

«Sie können das Testament natürlich anfechten. Da steht Ihnen der Rechtsweg offen», sagte Kappe.

«Danke für den Hinweis, Herr Kommissar. Würden Sie mir die Kopie überlassen?»

«Bitte sehr.» Landsberger überreichte Heinar Buddewitz das Papier.

Gery lief mit einer Einkaufstasche von Kaiser's in der Hand durch den Regen. Ausgerechnet heute machte das Wetter solche Kapriolen. In zwei Stunden wollte er sich mit Debbie im Viktoriapark treffen. Dafür hatte er sogar den Weißwein für 2,99 Mark besorgt und nicht wie sonst den billigen. Drei Flaschen. Hoffentlich war das nur ein kurzer Schauer. Wenn der Regen in den nächsten Minuten aufhörte, könnte er sich mit Debbie wenigstens noch auf die Stufen am Nationaldenkmal für die Befreiungskriege setzen. Das war vielleicht nicht so romantisch wie ein Picknick auf der Wiese, aber das Gras würde bis zu ihrem Treffen sicher nicht trocknen.

Gery eilte die Kolonnenstraße auf der S-Bahn-Brücke entlang. Aufgrund der dunklen Wolken kam es ihm vor, als sei es schon Nacht. Dabei war es erst kurz nach 18 Uhr. Gery hatte vor dem Einkauf noch mit Siggi sprechen wollen, ihn aber im «33er» nicht mehr angetroffen. Im Nachhinein war Gery froh darüber. So musste er vor dem Rendezvous mit Debbie keine Konflikte mit zwielichtigen Bootleg-Dealern austragen.

Doch wenn man an den Teufel dachte … Nur ein paar Meter die Straße hinunter erblickte Gery ausgerechnet Siggi. Der stand in einer Hauseinfahrt und rauchte.

«Hey, Siggi!», rief Gery. «Ich war gerade bei dir am Laden, aber der war schon zu.»

«Junge, ich schließe doch immer so halb sechs!» Siggi klang so genervt, als hätte er den ganzen Tag Schallplatten von Roy Black verkaufen müssen. «Beschaff dir mal ein Telefon!»

Siggi hatte recht, Gery brauchte eigentlich einen Telefonapparat, schon damit die Konzerthallen und Studios ihn buchen konnten. Doch wie er das Geld für ein Telefon auftreiben sollte, stand in den Sternen. Und bislang war er auch so klargekommen.

«Schau mich an, ich bin pitschnass!», zeterte Siggi. «Ich bin durch den blöden Regen bis zu dir nach Hause gelaufen, aber da warst du nicht. Hätte ich mich nicht hier untergestellt, würde ich vermutlich bis morgen auf dich warten!»

«Ich war einkaufen.» Gery trat zu Siggi unter die überdachte Einfahrt. Der Regen hallte wie ein Trommelwirbel von der Straße herein. Gery stellte den Einkaufsbeutel ab und zog ebenfalls seine Zigarettenschachtel aus der Tasche. Doch seine Hände waren viel zu nass, um eine Fluppe anzufassen. «Ich wollte dir auch nur sagen, dass die Sache mit Buddys Tonbändern etwas länger dauert.» Gery verstand seine eigenen Worte im Prasseln des Regens kaum.

«*Etwas länger dauert!*», echote Siggi ungleich lauter als Gery.

«Mensch, Siggi! Die Bullen waren bei mir! Und jetzt haben wir Angst, dass die unseren Proberaum durchsuchen und die Bänder beschlagnahmen.»

«Wir?»

«Mit Bert hast du doch gesprochen. Wir haben die Bänder besorgt, aber das sind so viele. Wir haben angefangen, sie durchzuhören. Da ist nicht mal auf allen Musik. Nur bei einigen weiß ich schon, dass es Mitschnitte aus dem B-Rock sind. Für den Rest brauchen wir noch Tage. Wir können uns aber erst wieder an die Arbeit machen, wenn die Bullen uns in Ruhe lassen.»

«Scheiße!», sagte Siggi und rauchte. Er schien auch nicht zu wissen, was sie tun sollten.

Das Wetter beruhigte sich ein bisschen. Es wurde zwar kaum heller, und es regnete immer noch Bindfäden, doch immerhin erlaubte die Geräuschkulisse nun ein normales Gespräch.

«Meine Auftraggeber werden ungeduldig», zischte Siggi. «Ich muss denen was sagen.»

«Was sollen wir denn machen? Wenn die Bullen die Bänder

in die Hände bekommen, sind die weg.» Gery rieb seine Hände aneinander. Nun waren sie bestimmt trocken genug für eine Kippe. Tatsächlich, es klappte. Die Zigarette blieb beim Anzünden halbwegs trocken.

«Wo sind die Bänder jetzt?», fragte Siggi.

«Bert hat sie versteckt», antwortete Gery.

«Ist das Versteck sicher?»

«Klar!», sagte Gery schnell, auch wenn er daran seine Zweifel hatte. Doch das musste Siggi nicht wissen.

«Das muss zu hundert Prozent klargehen, hast du das verstanden, Junge?»

«Ich bin nicht blöd», murrte Gery.

«Aber du weißt nicht, worum es hier geht!» Siggi beugte sich zu Gery und berichtete flüsternd von Gerüchten um die unveröffentlichten David-Bowie-Songs, die der Star mit seinem Produzenten aufgenommen und die Buddy dann heimlich kopiert habe.

Gery stockte der Atem. Er dachte an die Bänder, die er sich mit Bert schon angehört hatte. «Bis jetzt haben wir nur Livemitschnitte gefunden. Zum Teil roh und zum Teil bearbeitet.» Er erinnerte sich an die seltsamen Aufnahmen mit der Frauenstimme. «Und da war noch so versautes Zeug. Das klang, als hätte 'ne Nutte ihre Tagebücher vorgelesen.»

«Ach du Scheiße!» Siggi lachte und wurde ein bisschen lockerer. Er klang beinahe freundlich, als er fragte: «Waren die Bänder denn nach irgendeinem System sortiert?»

«Ja, schon.» Gery erzählte von den Kürzeln, mit denen die Bänder gekennzeichnet waren, und seiner Vermutung, dass diese Kürzel auf das Datum der Aufnahmen verwiesen und darüber hinaus anzeigten, ob es sich um eine Originalaufnahme oder ein Master handele.

«Es kann also durchaus sein, dass Buddy mehrere Aufnahmen vom selben Tag auf ein Band geschnitten hat. Das hieße, auf einem Band könnten Aufnahmen von unterschiedlichen Bands sein.»

«Auf die Idee sind wir gar nicht gekommen.» Gery seufzte.

«Dann müssen wir die Tonbänder alle von vorn bis hinten durchhören.»

«Buddy wusste, was er da für Schätze auf Band hatte», sagte Siggi. «Sicher hat er die Aufnahmen gut versteckt.»

«Warte mal», sagte Gery. Irgendetwas an Siggis Ausführungen klang unlogisch. «Buddy hatte dir und deinen Auftraggebern die Aufnahmen versprochen. Warum hat er sie euch nicht einfach gegeben?»

«Ich glaube, er wollte noch mehr Geld herausschlagen. Vielleicht hat er mich deshalb hingehalten.» Siggi trat seine Zigarette aus. «Na ja, und was dann mit ihm passiert ist, weißt du ja.»

Der Wind peitschte den Regen gegen Peter Kappes Bürofenster. Die meisten Kollegen hatten längst den Heimweg angetreten. Nur wer um diese Uhrzeit unbedingt etwas erledigen musste, war noch im Präsidium. Kappe wusste nicht, wohin er in dieser Regennacht sollte – zu Else, zu Angelika oder in seine verwaisten vier Wände? Dort könnte er um 21.45 Uhr *Einsatz in Manhattan* im Ersten Deutschen Fernsehen gucken. Dieser Lieutenant Kojak löste alle Fälle zuverlässig in nur 45 Minuten. Kappe war das nicht vergönnt. Er seufzte und widmete sich der Akte, die ihm die Kollegen von der Steuerfahndung geschickt hatten.

Bei der Oversee Second Hand Mailorder GmbH handelte es sich um eine Importfirma für Tonträger. Sie schien das frei schwingende Ende eines schier undurchsichtigen Firmengeflechts zu sein. Es setzte sich aus Unternehmen zusammen, die anscheinend existierten, um Anteile an anderen Firmen zu halten, wohl um Gewinne und Verluste steuermindernd zu verschieben und die wahren Besitzverhältnisse zu verschleiern. Die Gesellschaften beteiligten sich an Produktionsunternehmen in Fernost und Lateinamerika, unter anderem an einem Presswerk für Schallplatten. Alles deutete darauf hin, dass Gernot von Traunstein die Fäden in der Hand hielt. Kappe erinnerte sich an das Gespräch mit dem zwielichtigen Kulturmogul. Die Kollegen von der Steuerfahndung hatten ihn anscheinend schon seit Jahren im Visier. Allerdings war offenbar eine ganze Armee von Anwälten Tag und Nacht mit dem Auskundschaften von Gesetzeslücken beschäftigt, um von Traunstein eine weiße Weste zu verschaffen. Ein Verstoß auch nur gegen einen Gesetzesparagrafen ließ sich bei Traunsteins Geschäften jedenfalls nicht nachweisen.

In den Unterlagen fand sich auch ein Vermerk darüber, dass eine von Traunsteins Firmen stiller Teilhaber der «33er Siegbert Huber GbR» war. Kappe stöhnte. Josef Bolp hatte ihn mit seinem Hinweis zum Plattenladen also tatsächlich auf die richtige Spur gebracht.

Er las weiter und erfuhr einiges über Traunsteins Kunstsammlung, unter anderem hatte der Kulturmogul mehrere Zeichnungen von John Pistol erworben. Dass einer der Von-Traunstein-Firmen das B-Rock gehörte, in dem Buddewitz und Gebhardt gearbeitet hatten, hatte Kappe schon vorher gewußt, aber es vervollständigte das Bild. So ziemlich alle Personen, denen Kappe bei den Ermittlungen zum Tod des Tontechnikers begegnet war, hatten irgendetwas mit Traunstein oder einer seiner Firmen zu tun.

Im Lichte dieses Geflechts erschien Kappe es ebenso unwahrscheinlich wie seinem Kollegen Landsberger, dass ausgerechnet der kleine Tonassistent Gerald Gebhardt allein für den Mord an Buddewitz verantwortlich sein sollte. Wie tief steckten von Traunstein oder dieser Plattenladenbesitzer Siegbert Huber in der Sache?

Kappe schaute auf das nächste Blatt in den Unterlagen. Es handelte sich um eine Liste von Tontechnikern und Kabelträgern, die zusammen mit Reinhard Buddewitz im B-Rock gearbeitet hatten. Neben dem Namen Gerald «Gery» Gebhardt war vermerkt, dass er mit einem gewissen Bert Walkowski ein Amateurstudio in einem Proberaum im Fliegerviertel aufbaute.

Kappe unterstrich die Namen gerade, als das Telefon klingelte. Er nahm ab und meldete sich mit Namen und Dienstrang.

«Bolp hier», krächzte die bekannte Stimme. Der Journalist klang, als hätte er schon ein, zwei Bierchen getrunken. «Ich hatte versucht, Sie zu Hause anzurufen. Ein schöner Trost, dass ich um diese Zeit nicht der Einzige bin, der noch in seinem Büro sitzt.»

«Suchen Sie wirklich Trost bei mir?», fragte Kappe zynisch.

Josef Bolp lachte. «Nun seien Sie doch nicht so schnippisch, Herr Kommissar. Ich wollte erst einmal fragen, ob Sie meinen Hinweis zum ‹33er› bekommen haben?»

«Danke», sagte Kappe. Er fand nicht, dass er Bolp dafür etwas schuldig war.

«Außerdem möchte ich Ihnen vorab mitteilen, was morgen im *Berliner Blitz* über den Mord an dem Tonmeister stehen wird, der für seine Bootlegs in der Szene bekannt war. Verstehen Sie es als partnerschaftliche Geste.»

Langsam wurde Kappe diese Kumpelei unheimlich. «Warum tun Sie das? Könnte ich Ihre Schmierengeschichte verhindern, wenn ich Einspruch erhebe?»

«Tatsächlich ist das eine wichtige Story für mich. Daher hoffe ich zu erfahren, wie Sie die Sache einschätzen.»

«Herr Bolp, ich hatte Ihnen schon gesagt, dass Sie von mir keine Informationen bekommen.»

«Jaja, Sie sind Beamter, ich weiß. Vielleicht machen wir es so: Ich lese vor, und Sie unterbrechen mich einfach, wenn ich danebenliege. Ansonsten tun Sie Ihre Pflicht und sagen gar nichts.»

Was war nur mit diesem Klatschreporter los? Wieso verhielt der sich wie ein Schmusekater, der ihm ums Bein herumstrich und um Aufmerksamkeit buhlte?

«Ich werte Ihr Schweigen als ein Ja, Herr Kommissar.» Bolp las eine abenteuerliche Geschichte vor, die mit dem toten Tonmeister Reinhard B., 31 Jahre alt, begann und in einem weltweiten mafiösen Geschäft mit illegalen Schallplatten endete, das der Musikindustrie Hunderte Millionen an Einbußen bescherte. Alle wesentlichen Fragen zu Kappes Fall standen am Ende des Artikels. Bolp las vor: «*Hat sich der Tontechniker Gerald G. (20) in den Fängen der internationalen Bootleg-Mafia verfangen? Wurde er von skrupellosen Verbrechern zu einem Mord getrieben? Kann die Polizei den Täter dingfest machen und die finsteren Hintermänner in diesem dreckigen Millionengeschäft zur Strecke bringen?*»

Kappe schwieg. Auch wenn er es etwas vorsichtiger formulieren würde, stellte er sich ganz ähnliche Fragen.

«Ich entnehme Ihrem Schweigen schon wieder ein Ja», sagte Bolp.

«Na ja, internationale Bootleg-Mafia, finstere Hintermänner, dreckiges Millionengeschäft – eine Nummer kleiner hätte es vielleicht auch getan.»

«Ein bisschen Zuspitzung wird wohl erlaubt sein», sagte Bolp. «Sie glauben nicht, wie schwer es ist, gegen einen toten Papst und die Schlammschlacht um einen ehemaligen Ministerpräsidenten anzukommen. Und dann ist da auch noch die Oben-ohne-Badeerlaubnis auf den Kanaren – tolle Bilder, sage ich Ihnen.»

Kappe lachte.

«Also gut», sagte Bolp. «Vielen Dank, und ich empfehle Ihnen dringend, nach Hause zu fahren. Unsere Wetterfrösche befürchten, dass sich das Unwetter in der Nacht noch verschlimmert. Bis bald.» Bolp legte auf.

Kappe schaute aus dem Fenster. Am Himmel braute sich immer mehr zusammen. Also doch Kojak.

Gery war so nass, als hätte er in seiner Kleidung geduscht. Als er und Debbie sich im Viktoriapark getroffen hatten, war nur noch ein leichter Sommerregen aus den Wolken niedergegangen. Dann allerdings hatte es wieder angefangen, wie aus Kübeln zu gießen. Gery blickte aus dem Fenster seiner kleinen Wohnung. Noch immer schien da draußen die zweite Sintflut zu wüten.

Die hundert Meter bis zu seiner Wohnung waren Debbie und er gerannt. Nun verbrachte Debbie schon eine kleine Ewigkeit in seinem winzigen Bad. Was trieb sie da? Suchte sie etwas zum Anziehen? Da würde sie in seinem Bad kaum fündig.

Gery eilte ins Schlafzimmer. Bei jedem Schritt schmatzte es, als liefe er durch einen Sumpf. Natürlich, die Socken waren auch durchnässt! Die Schranktür quietschte beim Öffnen, und seine Klamotten kamen ihm entgegengeflogen. Er wühlte sich durch die Kleidung, bis er ein T-Shirt fand, das lang genug war, um Debbie als Minikleid zu dienen. Es war von einem pastellenen Grün und stammte noch aus seiner Zeit in der Provinz. Inzwischen hatte er die Ärmel des alten Hippie-T-Shirts abgeschnitten und ihm ein paar Löcher verpasst. Mit diesem Teil würde sicher niemand mehr eine Modenschau bestreiten. Doch es war gewaschen, und außerdem hatte Gery Debbie nichts Besseres zu bieten.

Er stopfte die restlichen Kleider zurück in den Schrank und schlurfte in den Flur. Dort stieß er beinahe mit Debbie zusammen. Sie hatte sich ein rotes Handtuch um die Brust gewickelt und ein gelbes um die Hüfte. Das nasse Haar klebte ihr am Kopf. So sah sie überhaupt nicht punkig aus, fand Gery. Eher normal. Fast wie die Mädchen zu Hause in der Kleinstadt bei seinen Eltern. Aber viel bezaubernder.

«Bisschen eng hier», sagte sie.

Die Badtür stand noch offen, und tatsächlich blieb dadurch im Flur kaum Platz für sie beide. Das Regenwasser tropfte aus Gerys Haaren und traf Debbie im Gesicht.

«Wohnzimmer», brachte Gery nur heraus.

Debbie ergriff das T-Shirt, das er in der Hand hielt. Er war zu verwirrt, um es loszulassen. Also zog Debbie ihn wie an einer Leine in die Stube. «Gemütlich», sagte sie, und es klang nicht ironisch. Dabei gab es hier neben einem Sessel lediglich eine aus verschiedenen Geräten zusammengestöpselte Stereoanlage und mehrere Regale mit Platten, Kassetten und ein paar Büchern. Die Wände hingen voller Poster von den Sex Pistols, den Ramones, The Clash und weiteren Bands. Immerhin hatten Gerys Eltern bei ihrem einzigen Besuch in Berlin einen Teppich mitgebracht. Wahrscheinlich meinte Debbie den mit «gemütlich».

«Ist das für mich?» Debbie zog am T-Shirt.

Erst jetzt bemerkte Gery, dass er das Kleidungsstück immer noch in der Hand hielt. Er ließ es los und nickte.

Debbie dreht sich um und legte die Handtücher ab. Ihre Arme waren viel brauner als ihr Rücken. Gery schloss die Augen, um den Moment in seinem Gedächtnis einzufrieren. Als er sie wieder öffnete, hatte Debbie bereits das T-Shirt übergezogen und sich wieder zu ihm herumgedreht.

Die Löcher waren nicht dafür gemacht, dass eine Frau das Shirt trug. Eines saß genau unter Debbies rechter Brust.

Gery bemerkte, dass seine Hose eng wurde und er Debbie anstarrte – und zwar nicht ihre Augen. Eilends hob er den Blick.

«Du musst dich auch umziehen, sonst holst du dir eine Erkältung», sagte sie schelmisch.

Plötzlich fror Gery.

«Ins Bad würde ich dazu aber nicht gehen, das habe ich unter Wasser gesetzt», sagte Debbie. Sie warf ihm die Handtücher zu und fügte mit einem Blick auf seine Hose hinzu: «Keine Sorge, ich drehe mich um.»

Sie wandte sich dem Bücherregal zu, und Gery zog hastig sein T-Shirt aus. Das war einfach. Daraufhin legte er sich die Handtücher über die Schultern und kämpfte mit seiner Hose. Er war mit der billigen Jeans direkt nach dem Kaufen unter die heiße Dusche gestiegen, damit sie möglichst eng saß. Aus dem Ding kam er schon im trockenen Zustand nur mit erheblichem Aufwand heraus. Nun kämpfte er mit jedem Millimeter des nassen Stoffs. Er verlor beinahe das Gleichgewicht. Zum Glück schien Debbie in seine mickrige Büchersammlung vertieft zu sein. Er schaffte es, die Hose von den Beinen zu zerren. Dabei fiel ihm auf, dass er seit mindestens einer Stunde nicht mehr an die Polizei oder an Bootlegs gedacht hatte. So sollte es bleiben. Er zog die Unterhose herunter und schlug das Handtuch um seine Lenden. Gerade rechtzeitig, denn Debbie nahm ein Buch aus dem Regal – *Stille Tage in Clichy* von Henry Miller –, drehte sich um und fragte: «Liest du mir etwas vor?»

Gery wurde rot. Das Buch verfügte über kaum eine Seite ohne Sexszene. Er merkte, wie sich das Handtuch hob.

Debbie sah auf das Tuch und grinste. Dann setzte sie sich auf den Teppich und lehnte sich an den Sessel. «Wenn du zu aufgeregt bist, dann lese ich vor. Komm her!»

NEUN
Mittwoch, 9. August 1978

GERY fühlte sich wie ein Held aus den Comics seiner Kindheit. An diesem Morgen hätte er es mit Superman, dem Hulk und Captain America gleichzeitig aufgenommen. Denn er trug etwas sehr Besonderes, jedenfalls kein schwarzes T-Shirt wie üblich. Nachdem Debbie am Morgen von seiner Matratze aufgesprungen, in ihre halbwegs trockene Kleidung geschlüpft und zur Lehre geeilt war, hatte Gery sich das grüne Shirt übergezogen und noch ein paar Stunden geschlafen. Er trug das Teil immer noch unter der Regenjacke. Es roch sogar noch nach Debbie. In dieser Kluft konnte ihm keiner etwas – keine Polizei, kein Siggi, niemand.

Gery betrat den Proberaum. Drinnen liefen The Boys. Gery freute sich. Die englischen Magazine feierten die Band wegen ihrer Melodien und des Satzgesangs als «Beatles des Punk». Mit seiner guten Laune verzieh Gery seinem Kumpel Bert sogar, dass er wieder einmal die Garage verlassen hatte, ohne abzuschließen.

Gery zog die Regenjacke aus, zündete sich eine Zigarette an und schaltete den Gitarrenverstärker an. Wann sollte ihm ein Hit gelingen, wenn nicht jetzt?

«Du willst doch nicht etwa auf deiner Klampfe herumschrammeln?», fragte Bert, der hinter dem Schlagzeug aufgetaucht war.

«Was machst du denn hier?» Gery fühlte sich ertappt, auch wenn er nicht wusste, wobei.

«Das ist meine Garage!»

Genau genommen handelte es sich um die Garage von Berts Mutter. Doch an diesem Morgen wollte Gery nicht kleinlich sein.

«Ich wundere mich ja nur. Normalerweise bist du um diese Uhrzeit noch nicht hier.»

«Uhrzeit – genau das ist das Problem.» Bert wuchtete einen Pappkarton hinter dem Schlagzeug hervor. Mit gepresster Stimme fuhr er fort: «Um Punkt neun Uhr haben die Bullen meine Mutter angerufen und gefragt, wann sie mit mir sprechen können. Und was sagt die Alte?» Er gab die Antwort selbst: «Um elf Uhr! Da beschließen die Bullen natürlich, dass sie um elf vorbeikommen!»

«Das ist erst in einer Stunde, Bert», sagte Gery gelassen.

«Eine Stunde – und im schlimmsten Fall stehen die ein paar Minuten vorher in der Tür!» Er fuhr sich durch das Haar. Bert sah völlig durchgeschwitzt aus.

«Die Bänder sind doch schon weg. Die können hier gar nichts mehr finden», sagte Gery.

«Nichts mehr finden?» Bert klang sarkastisch. «Ich habe schon den Mist aus den Aschenbechern im Kompost vergraben, damit hier nicht überall Grasreste herumliegen!» Bert legte den Lötkolben in den Karton. «Jetzt schaffe ich gerade das ganze geklaute Zeug beiseite.»

«Den Lötkolben auch? Hat der 'ne Seriennummer oder so etwas?»

«Guckst du etwa nie Fernsehen? Die Bullen kriegen alles raus!»

Gery bezweifelte, dass sich Mordermittler für gestohlene Lötkolben interessierten. Er schaute in den Karton, den Bert beiseiteschaffen wollte. Darin lagen Kabel, Drumsticks und sogar ein Becken. «Das hast du alles geklaut? Kaufst du auch manchmal ganz normal ein?»

«Schau dich doch um. Auch ohne das Zeug bleibt noch eine ganze Menge hier!»

So konnte man das auch sehen. Gery blickte auf seine Armbanduhr. Es war zehn nach zehn. «Kann ich dir helfen?»

«Guck mal, ob bei den Installationen von Franz irgendwelche

Pillen liegen. Ich glaube, der hat sich hier auch schon LSD eingeworfen.»

Wieso hatte er das nicht mitbekommen? Gery machte sich an die Arbeit. Auf dem Gestell, das Franz Startblorgel nannte, lag nichts. Die anderen Teile sahen ebenfalls aus wie frisch geputzt. «Man könnte denken, Franz hätte etwas geahnt und hier schon nach der letzten Probe aufgeräumt», sagte Gery.

«Franz …», murmelte Bert. Er nahm den selbst gefertigten Verzerrer und verfrachtete ihn ebenfalls in den Karton.

«Das Ding hast du doch selbst gebaut», sagte Gery verwundert.

«Aber die Bauteile!»

«Komm schon, den hast du Franz geschenkt!»

Bert nahm den Verzerrer wieder aus der Box und stellte ihn zurück. Dann hob er den Karton an und schleppte ihn aus der Garage. An der Tür blieb er kurz stehen. «Ich bringe den Mist weg. Wenn ich nicht bis elf Uhr zurück bin, sagst du den Bullen, dass ich nur schnell wegen ein paar Kabeln in den Elektroladen gefahren und gleich wieder da bin.»

Gery überlegte kurz, ob er nicht lieber wieder gehen sollte. Doch die Polizei würde ihn ohnehin finden. Also nickte er.

Die Ampel an der Boelckestraße schien ewig auf Rot zu stehen. Dabei war niemand auf der Querstraße unterwegs. Auf der Gegenfahrbahn wartete ein kleiner Fiat, hinter ihm rollte langsam ein Porsche heran. So einen fährt doch Josef Bolp, dachte Peter Kappe. Er befand sich mit seinem Kollegen Wolf Landsberger auf dem Weg zu Bertold Walkowski. War ihnen der Redakteur vom *Berliner Blitz* etwa zuvorgekommen? Hatte der dem jungen Mann bereits einen Besuch abgestattet? Der Porsche kam jedenfalls aus der passenden Richtung.

Die Ampel schaltete auf Grün. Der Fiat knatterte mit quietschenden Reifen los. Der Porsche folgte ihm in gebührendem Abstand.

Kappe zeigte auf den *Berliner Blitz*, der zusammengerollt neben dem Schalthebel lag. Er hatte noch keine Zeit gehabt, einen Blick hineinzuwerfen, und sagte deshalb zu seinem Kollegen: «Landsberger, kannst du mal bitte schauen, ob etwas über unseren Fall in der Zeitung steht?»

Landsberger rollte die Zeitung auf, überflog das Titelblatt und las vor: *«Der schlimmste Wolkenbruch seit dreißig Jahren! Straßen geflutet! U-Bahnhof Buckow unter Wasser! Rathaus Schöneberg wegen gelockerter Ziegel geschlossen!»* Er legte die Zeitung auf seinen Knien ab. «Also, ich kann keinen passenden Artikel finden.»

«Schau bitte auch innen nach», sagte Kappe. Er bog in die Hoeppnerstraße.

Landsberger blätterte die Zeitung durch. In dem Moment erschien es Kappe als vorteilhaft, dass die Überschriften im *Berliner Blitz* so groß waren, dass man sie auf einen Blick erfassen konnte. Er fand die Wiesenerstraße und erblickte bereits die Werbung für das Versicherungsbüro, die Frau Walkowski ihm als Erkennungszeichen beschrieben hatte. Er parkte direkt vor dem Grundstück.

«Kein Wort über unseren Fall.» Landsberger faltete die Zeitung zusammen und stieg aus.

Kappe schloss den Wagen ab, trat an der Hecke vorbei zur Haustür und klingelte. Sie wurden offenbar schon erwartet, denn eine rundliche Frau in einem schwarzen Kleid öffnete umgehend die Tür. Sie mochte um die fünfzig sein. Ihre Haare waren ergraut und zu einem Pferdeschwanz gebunden.

«Sie sind die Herren von der Kriminalpolizei?», fragte sie. «Ich bin Renate Walkowski. Möchten Sie gleich zu meinem Sohn oder kurz hereinkommen?»

Kappe stellte sich und Landsberger vor. «Wenn wir Ihnen zunächst ein paar Fragen stellen dürften?»

«Aber bitte doch. Kommen Sie herein.»

Kappe trat vor Landsberger in den Flur. Die Möbel waren keine Prachtstücke, aber solide gebaut und gut in Schuss. Frau

Walkowski führte Kappe und seinen Kollegen in eine Essküche, in der es nach Kaffee roch.

«Nehmen Sie doch Platz. Ich habe gerade eine frische Kanne aufgesetzt. Möchten Sie?» Frau Walkowski deutete auf die Kaffeekanne auf der Arbeitsplatte.

«Danke, gern», antwortete Kappe und setzte sich auf die Bank hinter dem Esstisch, die am Fenster zum Garten stand. Landsberger nahm neben ihm Platz.

Frau Walkowski brachte die Kanne, drei Tassen und eine Zuckerdose zum Tisch und setzte sich ihnen gegenüber auf einen Stuhl.

«Mein Sohn ist ein guter Kerl», sagte sie, ohne eine Frage abzuwarten. «Doch Sie müssen wissen, dass er es nicht leicht hat, seit mein Mann vor drei Jahren tödlich verunglückt ist. Da steckte Bertold mitten im Abitur.» Sie schenkte Kaffee in die drei Tassen. Dann fuhr sie fort: «Ich rede immer auf ihn ein, dass er das Abitur nachholen soll. Bestimmt ist er bald so weit.»

Kappe tat ein Stück Zucker in seinen Kaffee, trank einen Schluck und fragte: «Was macht Ihr Sohn Bertold derzeit beruflich?»

«Er sagt, er sei Musiker und Bühnentechniker. Doch tatsächlich verdient er nur manchmal ein paar Mark als Kabelträger bei Konzerten. Ansonsten leben wir von unserer kleinen Hinterbliebenenrente», antwortete Frau Walkowski. Sie seufzte. «Er hat nichts dergleichen gelernt, der Junge. Wenn man einmal davon absieht, dass er bis zur achten Klasse im Schulorchester die Pauke geschlagen hat.»

Kappe hatte von steinreichen Musikern gehört, die weit weniger geschult waren. «Sie sagten am Telefon, Ihr Sohn nutze Ihre Garage als Proberaum und wolle dort ein Studio aufbauen. Wie finanziert er die Technik? Wie man hört, kostet die eine Menge.»

«Ich habe ein paar Geräte gekauft, die er unbedingt haben wollte, und stecke ihm immer mal wieder etwas zu. Doch viel hat uns mein Mann leider nicht hinterlassen.»

«Von anderen Geldquellen Ihres Sohnes wissen Sie nichts?», mischte sich Landsberger ein.

«Nein», antwortete Frau Walkowski. «So oft, wie er mich nach Geld fragt, kann es da auch nicht allzu viele geben.»

Kappe trank seinen Kaffee aus. «Vielen Dank, Frau Walkowski. Wir werden dann mal in den Proberaum schauen.»

«Um zur Garage zu gelangen, gehen Sie am besten zur Straße zurück und nehmen den Kiesweg am Rande des Grundstücks. Mein Sohn hat leider den Garten in den letzten Jahren etwas vernachlässigt.»

«Das tun wir, Frau Walkowski», sagte Kappe.

Josef Bolp folgte dem Fiat im Abstand von etwa fünfzig Metern. Gelegentlich drängelte sich ein Wagen zwischen seinen Porsche und dieses Spielzeug von Auto, das der Bursche fuhr. Doch Bolp ließ sich nicht abhängen, nicht von einem Jüngelchen in einem Fiat – und auch nicht von seiner Chefredaktion.

Gestrichen – einfach aus dem Blatt genommen hatten die seinen Artikel! Und das alles wegen ein bisschen Regen. Gut, hier draußen hinter Zehlendorf hatte es einige Bäume erwischt, am Straßenrand lagen hin und wieder Berge von abgerissenen Ästen. Doch da sich die meisten Schäden bis zum Morgen hatten beseitigen lassen, war das Unwetter wohl doch nicht so dramatisch gewesen.

Ein Lastwagen überholte ihn. Auf der offenen Ladefläche wackelten Paletten mit Autobatterien. Der hatte es aber eilig, und das bei den nassen Straßen! Bolp überlegte kurz, ob er auf das Gaspedal treten sollte, um den Sichtkontakt zum Fiat wiederherzustellen. Doch er entschied sich dagegen. Wenn der Lkw-Fahrer so schnell unterwegs war, würde er sicher auch bald den Fiat überholen.

Bolp ließ ein paar Meter Abstand zum Laster entstehen. Als er am Morgen vom Schicksal seines Artikels erfahren hatte, war sein Jagdinstinkt erwacht. Von einem Techniker im B-Rock hatte er gehört, dass dieser Gery mit einem gewissen Bert ein Tonstudio in einer Garage im Fliegerviertel aufbauen wollte. Gerade als Bolp dort angekommen war, hatte ein junger Bursche die Garage betreten, dessen Gesicht er irgendwoher kannte. Nur Augenblicke später war ein anderes Jüngelchen in dem Fiat aus der Ausfahrt gekommen. Auch den hatte er irgendwo schon einmal gesehen. Bolp spürte bis jetzt das Kribbeln in seinem Bauch, das stets einsetzte, wenn er eine Story witterte. Und nun fiel ihm ein, woher er die Jungen kannte. Ein Foto von ihnen prangte auf der Kassette, die im «33er» auf dem Tresen stand.

Wo wollte der Kerl hin? Der würde doch nicht an den Wannsee zum Baden fahren. Im Moment regnete es zwar nicht, doch die Wolken am Himmel sahen so aus, als könnte es jederzeit wieder losgehen.

Kurz hinter der Avus bremste der Laster und blinkte zum Rechtsabbiegen. Bolp fürchtete schon, den Fiat deshalb aus den Augen zu verlieren, doch dann sah er den kleinen Wagen ebenfalls in den Kronprinzessinnenweg fahren. Er folgte dem Kleinwagen hinter dem Laster. Seltsam, hier draußen gab es doch nur noch den Grunewald.

Auf der abgelegenen Straße waren keine weiteren Autos unterwegs. Hinter der Biegung in die Havelchaussee setzte der Lkw, ohne zu blinken, zum Überholen an. Er raste auf der engen Straße am Fiat vorbei, scherte wieder ein und bremste abrupt ab.

Bolp trat mit aller Kraft auf die Bremse. Sein Porsche blieb stehen.

Der Fiat nicht.

Bolp sah, wie das Wägelchen in das Heck des Lasters krachte. Der Knall zerfetzte Bolp beinahe die Trommelfelle. Der Fiat machte von der Wucht des Aufpralls einen Satz in die Höhe. Die Hinterräder krachten wieder auf die Erde. Der Rums tat Bolp in den Ohren weh. Nach einem Moment ertönte ein lang anhaltendes Brummen. Die Ladefläche des Lkw hob sich langsam, und die Paletten mit den Autobatterien vergruben den Fiat unter sich.

Bolp saß starr im Porsche. Er hatte schon vieles gesehen, aber so etwas noch nicht.

Eine Gestalt in einem schwarzen Overall und mit einer Sturmmaske sprang aus dem Laster, rannte los und verschwand im Wald.

Bolp überlegte, ob er die Verfolgung aufnehmen sollte. Doch dagegen sprachen drei Dinge: Es gelang ihm vor Schreck kaum, sich aus dem Fahrersitz zu heben. Er war keine zwanzig mehr und würde diesen Verbrecher sicher nicht einholen. Und zunächst musste er sich um den Jungen im Fiat kümmern.

Als Bolp nach dem Türgriff tastete, merkte er, dass seine Hände zitterten. Er schälte sich aus seinem Sportwagen und wankte zum Fiat. Der Kleinwagen sah unter dem Berg Batterien wie geplättet aus. Anscheinend war die Fahrerkabine schon beim Aufprall bis zur Rückbank eingedrückt worden. Anschließend waren die schweren Teile zu Dutzenden durch die zerborstene Frontscheibe geprasselt. Bolp schaute ins Innere des Kleinwagens und zuckte sofort zurück.

Die Überreste des Burschen wirkten kaum mehr menschlich. Bolp war nicht zartbesaitet. Doch jetzt kämpfte er gegen einen Brechreiz an.

Ein Auto hielt hinter ihm. Ein VW Polo. Eine Frau stieg aus, kam eilig näher und rief: «Was ist denn passiert? Kann ich helfen?»

Die Frau war um die dreißig, leicht korpulent, trug einen Jeansrock, eine Bluse und eine dicke Hornbrille. Eine Lehrerin vielleicht, vermutete Bolp. Er ging ihr entgegen. «Nicht näher kommen!»

Die Frau blieb irritiert stehen und schaute zum Fiat. Sie schien zu verstehen.

«Gucken Sie sich das auf gar keinen Fall an», beschwor Bolp sie.

Sie stand starr da und nickte lediglich.

Bolp ging auf die Frau zu, zog sein Notizbuch aus seiner Jacketttasche und schrieb Peter Kappes Namen auf. «Können Sie zur nächsten Telefonzelle fahren und die Polizei rufen? Verlangen

Sie unbedingt, dass Kommissar Kappe sofort herkommt. Haben Sie verstanden?»

Nun konnte die Frau anscheinend nicht einmal mehr nicken.

«Gut», sagte Bolp und schob die Frau zurück zu ihrem Wagen. Er musste sich wohl selbst auf den Weg machen. «Sie bleiben in Ihrem Auto, bis ich wiederkomme. Ich hole Hilfe. Haben Sie das verstanden?»

«Ja», hauchte die Frau.

Die Scheibenwischer des Fords verrichteten Schwerstarbeit, und doch sah Peter Kappe die Unfallstelle schon von Weitem. Zwei Streifenwagen mit Blaulicht sperrten die Straße in beide Richtungen ab. Dazwischen schien der gesamte Fuhrpark der Polizei zu stehen. Kappe selbst war hierhergeeilt, nachdem die Kollegen einen Wagen zum Haus der Walkowskis ins Fliegerviertel geschickt hatten, um ihn über das Unglück zu informieren. Wolf Landsberger und Gerald Gebhardt, den sie im Garagenstudio angetroffen hatten, saßen derweil in einem Streifenwagen auf dem Weg in die Keithstraße.

Kappe fand eine Lücke zwischen den Polizeiautos und stieg aus dem Ford. Er schlug den Kragen seines Regenmantels hoch und lief zuerst zu Dr. Doreen Niedergesäß. Die Rechtsmedizinerin saß auf dem Fahrersitz ihres Dienstwagens und machte sich Notizen. Die Fahrertür stand trotz des Regengusses offen.

Kappe umrundete das Auto, öffnete die Beifahrertür und setzte sich neben die Kollegin.

«Janz schöne Sauerei!», verkündete die Rechtsmedizinerin ohne eine Begrüßung. Sie schaute von ihren Notizen auf, und ihr Blick schien zu sagen: Bitte keine Höflichkeitsfloskeln heute!

«Ist er tot?», fragte Kappe daher nur kurz.

«Ick hab noch nie jemanden jesehen, der toter war.»

Kappe wollte nicht abschätzen, wie viele Leichen schon auf dem Tisch der Gerichtsmedizinerin gelegen hatten. Wenn sie solch einen Superlativ verwendete, bedeutete das nichts Gutes.

«Die Kollejen vasuchen, de Einzelteile aus 'm Wrack zu bekommen. Det is aba nicht so einfach. Die würgen schon die janze Zeit mit ihren Schweißjeräten rum, und se wolln den armen Kerl nich in noch kleenere Teile zalegen.» Sie widmete sich wieder ihrem Notizbuch und sagte: «Der Wagen war zujelassen uff eenen Bertold Walkowski. Zum Herjang kann dir dieser Josef Bolp mehr sagen. Der Schmierfink hat allet jesehen.»

Kappe kehrte zurück in den Regen. Er fragte einen der Uniformierten nach dem *Berliner-Blitz*-Journalisten. Der Beamte wies zwischen die Dienstwagen, und Kappe entdeckte den Porsche des Journalisten. Er stapfte über den nassen Asphalt und klopfte an die Seitentür des Wagens.

Josef Bolp öffnete diese von innen und rief: «Kommen Sie herein, Herr Kommissar. Schnell. Sonst wird das Leder nass.»

Kappe überlegte kurz, wie er mit seiner triefend nassen Regenjacke Platz nehmen sollte, ohne das Leder zu befeuchten, schob den Gedanken aber beiseite und ließ sich auf den Beifahrersitz fallen.

Bolp erzählte, wie er den Fiat verfolgt hatte und dann Zeuge des grausamen Geschehens geworden war. Er klang, als berichte er über einem Hollywoodfilm. Wenn den Reporter das Unglück in irgendeiner Weise berührte, verbarg er das gut. Bolp beendete seine Ausführungen mit einer Frage: «Glauben Sie nach dieser Geschichte immer noch, dass ich mit meinem Text übertrieben habe?»

«Herr Bolp, ich bin gerade erst am Ort des Unglücks eingetroffen. Es ist viel zu früh, um eine Verbindung zu anderen Geschehnissen zu konstruieren. Warum haben Sie den Fiat denn verfolgt?»

«Eigentlich wollte ich mit Gerald Gebhardt und Bert Walkowski sprechen. Also bin ich zu dieser Garage gefahren. Und als dieser Bursche mit dem Fiat losgerast ist wie ein Irrer ...» Bolp unterbrach den Satz und tippte sich an die Stirn. «Nennen Sie es meinetwegen Instinkt.»

«Jedenfalls ist es gut, dass Sie zuerst mich angerufen haben und nicht Ihre Fotografen», sagte Kappe.

«Na ja», entgegnete Bolp. «Zuerst habe ich schon Sie angerufen, aber danach natürlich unseren Fotografen.» Er zeigte nach schräg oben.

Kappe folgte seinem Zeigefinger mit dem Blick. Da saß ein Kerl in einem Parka auf dem Ast eines Baumes und fotografierte mit einem Teleobjektiv die Unglücksstelle.

«Das ist ein Tatort, Herr Bolp!» Kappe war empört.

«Nun, das dort ist ein Baum. Außerhalb der Absperrung. Und der Baum steht in einer freien Stadt, Herr Kommissar.»

«Damit hat sich unsere Zusammenarbeit wohl erledigt», erklärte Kappe und langte nach dem Türgriff.

«Ach, Herr Kommissar! Ich passe schon auf, dass die Beamten auf den Fotos nicht zu erkennen sind.» Bolp sprach so leise, dass das Prasseln des Regens beinahe seine Stimme übertönte. «Ich bin hart, aber fair», sagte er wieder lauter. «Deswegen denken manche in meiner Redaktion, ich sei ein Dinosaurier. Und vielleicht sterben solche wie ich irgendwann auch aus. Dann sehnen Sie sich nach einem wie mir zurück.»

Kappe konnte sich nur schwer vorstellen, dass er einmal Sehnsucht nach dem Klatschreporter Josef Bolp verspüren würde. Er blieb aber sitzen.

«Ich vermute, dass es sich bei dem Toten in dem Fiat um Gerald Gebhardt oder Bertold Walkowski handelt, Herr Kommissar. Natürlich kann ich auch noch einmal ins Fliegerviertel fahren und dort fragen, wer in dem Fiat unterwegs war. Aber vielleicht wäre es für alle besser, wenn ich das nicht tun müsste.»

Kappe dachte an die Mutter des Jungen und an das schwere Gespräch, das ihm heute noch bevorstand. «Es handelt sich bei dem Toten wahrscheinlich um Bertold W., schätzungsweise 21 Jahre alt.»

Es klopfte am Fenster. Lund.

«Ich muss», sagte Kappe. «Und bleiben Sie fair!» Er

hievte sich aus dem Porsche und fragte Lund: «Was gibt es denn?»

Lund wies auf den Fiat. «Sie wissen doch sicher, dass bei so einem Fiat der Kofferraum vorn ist, nicht wahr?»

«Ja», sagte Kappe.

«Die Batterien sind von der Ladefläche des Lkw auf den Wagen niedergeprasselt.» Lund wies auf mehrere Paletten mit provisorisch aufgestapelten Autobatterien.

«Ja und? Kommen Sie zur Sache!», forderte Kappe den Kollegen von der Kriminaltechnik auf. Langsam durchnässte der Regen auch das Hemd unter seinem Mantel.

«In dem Kofferraum lagen, neben anderem Zeug, zwei Kartons mit Tonbändern, mutmaßlich aus Reinhard Buddewitz' Studio. Das legen zumindest die wenigen Beschriftungen nahe, die sich noch entziffern lassen. Die Bänder sind natürlich ganz schön mitgenommen.»

«Ich hoffe, das lässt sich aufarbeiten.»

Lund gab ein Grummeln von sich. «Autobatterien beinhalten jede Menge Säure und sind magnetisch. Das haben Magnetbänder nicht so gern. Wenn sich da etwas retten lässt, grenzt das an ein biblisches Wunder.»

«Mist!» Kappe stöhnte. «Weiß Bolp davon?»

«Das hat der bestimmt mitbekommen», antwortete Lund.

Gery saß an einem Tisch in einem Verhörraum. Allein. Dieser Polizeimeister Landsberger hatte eine Stunde lang den harten Hund markiert und doch nichts aus ihm herausbekommen. Darauf war Gery stolz. Allerdings wusste die Polizei ohnehin schon eine ganze Menge. Den Namen von Traunstein hatte Gery vor ein paar Minuten aber zum ersten Mal gehört. Da war es ihm natürlich besonders leichtgefallen, den Ahnungslosen zu geben. Von den mafiösen Geschäften, die sich angeblich im Hintergrund abgespielt hatten, wollte er auch gar nichts wissen.

Gery hatte genug von Bootlegs und illegalen Aufnahmen.

Sein Entschluss stand fest: Wenn er hier herauskam, würde er Bert überreden, die Bänder zu Siggi zu bringen. Sollte der sich doch andere Idioten für die Drecksarbeit suchen!

Nun musste er erst einmal dieses Verhör hinter sich bringen. Dieser Schönling ließ ihn schmoren. Bestimmt schon eine halbe Stunde.

Gery klopfte mit den Fingern einen Rhythmus auf den Tisch. Halt!, befahl er sich. Sicher beobachteten ihn die Polizisten durch diesen Spiegel in der Wand. Er durfte nicht nervös wirken.

Die Tür öffnete sich, und Polizeimeister Landsberger kam herein. Allerdings lächelte er dieses Mal nicht überlegen, sondern blickte grimmig. Der hieß ja schließlich auch Wolf mit Vornamen, fiel Gery wieder ein. Das stand zumindest auf der Visitenkarte.

«Sie können gehen, Herr Gebhardt», sagte der Polizist.

«Wirklich? Einfach so?»

«Es sei denn, Sie haben mir noch etwas zu sagen», antwortete der Polizist und setzte sich. Er klang so ernst wie ein Redner auf einer Beerdigung. «Insbesondere in Anbetracht der Tatsache, dass Ihr Freund, Herr Bertold Walkowski, gerade bei einem Verkehrsvergehen mit Unfallflucht verstorben ist.»

«Bert?» Gery erkannte seine eigene Stimme kaum. «Er ist tot?»

«Ja, Herr Gebhardt.»

Gery ließ seine Hände auf die Armstützen des Stuhls sinken. Er musste sich festhalten, anderenfalls wäre er wohl vom Stuhl gerutscht. Er fühlte sich so elend, als hätte ihm jemand das Blut aus den Adern gelassen. Ihm fröstelte. Er betrachtete seine Arme. Die Härchen standen wie Stacheln in alle Richtungen ab.

«Sie können mir dazu keine Auskünfte geben, oder?»

Was glaubte dieser Polizist? Er hatte doch gerade erst davon erfahren. Was sollte er also dazu sagen? Gery schwieg.

«Na ja, immerhin haben Sie für diese Tat ein Alibi, Herr Gebhardt.»

«Was ist denn mit Bert passiert?»

«Ich habe Ihnen doch gesagt, dass es sich um ein Verkehrsdelikt mit Unfallflucht handelt. Den Rest ermitteln wir noch.»

«Hat ihn jemand umgebracht?» Gery bekam die Worte kaum hervor. In was für eine Geschichte waren er und Bert da bloß hineingerutscht? Ob das alles mit den Bowie-Bändern zu tun hatte?

«Das kann ich Ihnen noch nicht sagen.» Landsberger zog ein Blatt Papier aus seiner Jacketttasche. «Ich habe hier allerdings etwas anderes für Sie. Ich musste erst noch eine neue Kopie anfertigen lassen, aber schauen Sie sich das an. Wir würden Sie nämlich demnächst gern noch einmal zum Tod von Herrn Reinhard Buddewitz befragen.»

Gery nahm das Papier mit zittrigen Händen. Er erkannte Buddys Handschrift. *Testament* stand ganz oben. In den Zeilen darunter las Gery seinen Namen. Er begriff nur langsam, was er da las.

«Wie es aussieht, sind Sie jetzt wohlhabend, Herr Gebhardt», stellte der Polizist fest. «Wollen wir noch einmal darüber reden, wer vom Tod des Herrn Buddewitz profitiert?»

In Gerys Kopf überschlugen sich die Gedanken. Ihm wurde regelrecht schwindelig. «Davon wusste ich doch nichts!», rief er entsetzt aus.

«Ach nein? Herr Buddewitz vermacht dem Tontechniker, mit dem er am besten auskommt, sein Studio. Aber er soll ihm kein Wort davon erzählt haben?» Landsberger wurde ebenfalls laut. «Merken Sie, wie unwahrscheinlich das klingt, Herr Gebhardt?»

«Wenn ich das gewusst hätte, wäre ich wohl kaum bei ihm eingebrochen!», rief Gery und schlug sich erschrocken die Hand vor den Mund.

«Es geht doch!» Der Polizist lehnte sich auf seinem Stuhl zurück. Da war es wieder, dieses überlegene Lächeln. «Herr Gebhardt, um ehrlich zu sein, glaube ich Ihnen, dass Sie mit dem Tod von Herrn Buddewitz nichts zu tun haben. Und bei dem Einbruch haben Sie im Grunde nur das entwendet, was Ihnen laut Testament ohnehin zusteht. Wenn Sie ab jetzt offen zu mir sind, können Sie aus dieser Sache ohne größeren Schaden herauskommen.»

Das klingt wie im Film, dachte Gery. Allerdings war dieser Landsberger der gute und der böse Bulle in einer Person.

«Kommen Sie! Geben Sie sich einen Ruck, Herr Gebhardt!»

«Also, es ist so …», stammelte Gery. Dann erzählte er vom Einbruch und den Tonbändern. Siggi und seine Hintermänner erwähnte er lieber nicht.

«Was gibt es denn so Dringendes?», wollte Peter Kappe wissen.

Else zog ihn durch die Galerie, in der immer noch die Skulpturen standen, die Kappe von der Vernissage kannte. Um diese Uhrzeit hatte die Kunsthandlung allerdings schon geschlossen. «Hinten gibt es eine kleine Kaffeeecke», sagte sie. «Dort wartet jemand auf dich.»

Die Sache wurde immer rätselhafter. Es erschien Kappe schon verwunderlich genug, dass Else ihn im Präsidium angerufen hatte – zum ersten Mal, seit er sie kannte. Obendrein sollte es um eine dienstliche Angelegenheit gehen.

Sie erreichten eine Nische mit einem Tischchen, an dem Inge Buddewitz in einem knielangen schwarzen Kleid auf sie wartete. Ihr brünettes Haar trug sie heute offen. Im Neonlicht der Galerie wirkte sie so blass, als hätte sie seit Jahren kein Tageslicht mehr gesehen.

Ein Mann in einem bunten Hemd trat zu ihnen und fragte: «Else, kann ich euch irgendetwas bringen – Kaffee, Wein –, oder bedienst du dich selbst?»

«Danke schön. Wenn wir etwas brauchen, hole ich es», antwortete Else.

«Gut, dann mache ich weiter mit dem Papierkram. Wenn du mich brauchst, findest du mich im Büro», sagte der Mann und verschwand.

«Das ist der Inhaber der Galerie», erklärte Else.

«Danke, dass wir uns hier treffen können, Herr Kommissar»,

sagte Frau Buddewitz. «Ich muss Sie unbedingt sprechen, ohne dass mein Mann davon erfährt.»

«Nun, obwohl Sie mich anscheinend in einer dienstlichen Angelegenheit sprechen wollen, würde ich einen Wein trinken, wenn Sie gestatten», sagte Kappe, und zu Else gewandt fügte er an: «Weißwein, wenn du so lieb wärst.» Kappe fühlte sich gerädert – von dem Unfall, von dem Gespräch mit Frau Walkowski und von dem grässlichen Regentag, der nicht enden wollte.

«Dann hole ich mal etwas zu trinken. Es sieht so aus, als könnten wir alle etwas vertragen», sagte Else und entschwebte zur Weinquelle.

«Also bitte, Frau Buddewitz, was müssen Sie mir auf diese konspirative Weise mitteilen?», fragte Kappe.

«Es geht um Buddy. Also um Reinhard.» Frau Buddewitz senkte den Blick wie eine Büßerin. «Ich hatte ein Verhältnis mit meinem Schwager.»

Der Mensch ohne jegliche soziale Kontakte leistete sich eine Geliebte, dachte Kappe. Ganz allein kam wohl nicht einmal der mürrischste Einzelgänger zurecht. Kappe überlegte, ob er Frau Buddewitz nach Einzelheiten fragen sollte. Doch er entschied sich fürs Abwarten, schließlich hatte sie um den Termin gebeten.

«Vielleicht bin ich doch nicht so gut mit meiner Rolle als Hausfrau zurechtgekommen, wie ich es mir eingeredet habe.» Sie schlug die Beine übereinander. «Sie wissen ja seit unserem letzten Treffen, dass ich früher als Schauspielerin tätig war. Ich habe aber auch Theaterwissenschaften studiert. Als ich Heinar kennenlernte, schrieb ich gerade meine Dissertation. Doch in Wirklichkeit steckte ich in einer Krise. Ich war über dreißig, hatte viele Beziehungen, aber kaum Geld. Genau zu dieser Zeit fand ein Klassentreffen statt, bei dem alle meine früheren Schulfreundinnen mit ihren Ehemännern, Häusern und Autos geprahlt haben. Ich kam mir vor wie eine Versagerin.»

Sie schaute Kappe an, als erwarte sie eine Absolution. Nach einem Moment des Schweigens fuhr sie fort: «Heinar erschien mir wie die Lösung meiner Probleme. Ein vernünftiger Mann, ein promovierter Ingenieur mit einem Leitungsposten bei einem mittelständischen Unternehmen. Einer, der anpackte. Einer, der mir ein Haus kaufte. Das hat mir sehr geschmeichelt. Doch nach ein paar Jahren kam die Leere. Und dann begann das mit Buddy. Also Reinhard.» Erneut machte sie eine Pause. «Er hat mir vor Augen geführt, was ich für Heinar aufgegeben habe. Buddy lebte nur für den Moment und traf beinahe jeden Tag interessante Künstler.» Frau Buddewitz blickte an Kappe vorbei, als strahlte hinter ihm die glückliche Vergangenheit.

«In seinem Kollegenkreis war Herr Reinhard Buddewitz aber nicht gerade als jemand bekannt, der auf jeder Party tanzte.»

«Nein, das tat er auch nicht», sagte Frau Buddewitz. «Das war ja das Schöne. Bei aller Kunst und allem Rock 'n' Roll verhielt er sich dennoch wie ein erwachsener Mann. Wir haben begonnen, gemeinsam in seinem Tonstudio zu arbeiten. Ich habe Bücher auf Band eingelesen. Er war sich sicher, dass es dafür einen Markt geben wird. Irgendwo in Süddeutschland gründet dafür sogar gerade jemand einen eigenen Verlag.»

«Was haben Sie denn vorgelesen?», fragte Kappe.

«Einen Roman vom Marquis de Sade.»

«Von *dem* de Sade?», fragte Kappe. Er merkte, wie er errötete.

«Genau von dem.» Frau Buddewitz' Stimme klang plötzlich tiefer, beinahe rauchig. «Ich habe in Buddys Studio unanständige Texte ins Mikrofon gesprochen, und dann haben wir miteinander geschlafen.» Sie zögerte kurz und fügte schließlich mit tonloser Stimme hinzu: «Ich habe meinem Mann gerade erst davon erzählt, und mir scheint, er beginnt mir zu verzeihen. Ich befürchte nun, meine Affäre kommt im Zuge Ihrer Ermittlungen an die Öffentlichkeit. Ich bitte Sie, mit größtem Fingerspitzengefühl vorzugehen.»

Kappe dachte an Bolps Beschreibung des Lkw-Fahrers. Könnte sich hinter der Sturmmaske eine Frau versteckt haben, die verfängliche Tonbänder verschwinden lassen wollte?

Bevor er eine Frage formulieren konnte, kam Else mit dem Wein zurück. «Wie lange braucht ihr noch?», erkundigte sie sich.

«Ich glaube, ich habe alles gesagt», erwiderte Inge Buddewitz.

In der «Gefahrbar» begrüßten die Anwesenden Gery wie einen Freiheitskämpfer, der aus der Lagerhaft kam. Das erschien ihm übertrieben, schließlich war Bert tot. Das Bier von Franz lenkte Gery ab. Der Kumpel schob Tresendienst und wirkte dabei weniger aufgedreht als sonst. Selbst der Musik in der Kneipe fehlte es an der üblichen Hektik. Zu einem düsteren Synthesizer-Bass ertönte lässiger Sprechgesang: *«Listen to the voice of Buddha …»*

«Was ist denn das?» Gery deutete auf die Lautsprecher.

«Das ist die Zukunft», antwortete Franz. Zum ersten Mal an diesem Abend schien er wieder er selbst zu sein.

«Aber wie heißt die Band?»

«Human League. Das ist ihre erste Single. Die werden mal so berühmt wie die Beatles», sagte Franz. «Hör dir das an!»

Dafür blieb keine Zeit, denn Debbie betrat die «Gefahrbar». Über der schwarzen Lederjacke wirkte ihr Haar noch blonder. Der Regen hatte anscheinend aufgehört. Denn Debbies Frisur saß perfekt nachlässig.

Was sollte Gery tun? Debbie war am Morgen sehr schnell verschwunden. Sie hatten gar nicht darüber gesprochen, wie es mit ihnen weitergehen sollte. Doch spielte das nach Berts Tod noch eine Rolle?

Debbie kam auf ihn zu und umarmte ihn wortlos. Genauso schweigsam öffnete Franz ein Bier und stellte es vor Debbie auf den Tresen.

Die anderen in der «Gefahrbar» hatten offenbar wieder zurück in den Alltagsmodus geschaltet. Ein Punk mit blondiertem Haar trat zu Franz an die Bar und lallte etwas. Anscheinend verlangte er zum Bier noch einen Schnaps, konnte sich aber nicht zwischen braunem und klarem entscheiden.

«Was machst du jetzt?», fragte Debbie.

«Keine Ahnung», antwortete Gery. Er wusste nicht einmal, worauf sich ihre Frage bezog. Doch das war auch einerlei. Denn im Moment wusste er weder privat noch beruflich weiter. Er hatte nicht den geringsten Schimmer, welche Strafe ihm wegen des Einbruchs drohte. Und wie sollte er Siggi entgegentreten? Würde John Pistol ihm noch Jobs anbieten? Der hatte ihn schließlich ausdrücklich ermahnt, keinen Mist zu bauen. Sie würden kaum im Proberaum in der Garage von Berts Mutter bleiben können. Selbst wenn es Berts Mutter erlaubte – wäre das gut für sie? Durfte er das Erbe von Buddys Technik annehmen? Wenn ja, wohin mit dem Zeug? Und dann war da noch die Frage, wie es mit der Band und Debbie weitergehen sollte. Gery trank seine Flasche aus. «Was denkst du, wie es weitergeht?»

«Mit der Band?», fragte Debbie.

Das hatte Gery nicht gemeint.

«Lass uns in einer Woche noch einmal darüber reden», sagte Debbie.

«Nix in einer Woche!», rief Franz aus. Er hatte dem blondierten Kerl anscheinend etwas zu trinken aufgeschwatzt. Denn der saß wieder mit einem Pulk anderer Punks in einer Ecke der Kneipe. «Es gibt kein Leben ohne Kunst!», sagte Franz. «Wir können darüber nachdenken, ob wir Berts Tod musikalisch aufarbeiten. Wir können überlegen, ob wir einen neuen Trommler brauchen. Aber wir machen Musik! Keine Diskussion! Schon, weil Bert das so gewollt hätte.» Er öffnete eine weitere Flasche Bier für Gery. «Ich habe mir einen Namen für die Band ausgedacht, der an Bert erinnert.» Franz hob die Hände, als halte er ein Schild mit dem Namen in die Höhe. «Bert brät Brot!»

«Brot backt man aber», wandte Debbie ein.

«Aber ‹backen› beginnt nicht mit ‹br›», maulte Franz. «Außerdem – hast du noch nie trockenes Brot aufgebraten?»

Debbie runzelte die Stirn.

«Prost darauf!», rief Franz.

Sie stießen an und tranken. Gery ahnte, dass über den Bandnamen noch nicht das letzte Wort gesprochen war.

Debbie entschuldigte sich kurz und verschwand auf der Toilette. Franz hatte anscheinend nur darauf gewartet. Er beugte sich über den Tresen und sagte: «Gery, wenn du Kohle brauchst, um Buddys Studio zu mieten, kann ich meine Eltern fragen. Vielleicht ziehen wir das Ding ja zusammen auf.»

Gery blickte Franz an. Das würde eines seiner Probleme lösen. Gery müsste keinen neuen Platz für die Technik finden. Stattdessen hätte er mit einem Schlag ein fertig eingerichtetes Studio. Doch andererseits – würde er dort überhaupt arbeiten können? Oder müsste er bei jedem Handgriff an den toten Buddy denken? «Ich weiß nicht, Franz», murmelte Gery. «Ich schaue morgen erst einmal, was von den Sachen in der Garage wem gehört.»

«Um wie viel Uhr soll es denn losgehen?»

«So gegen zehn vielleicht.»

«Dann bin ich dabei», sagte Franz und fügte beschwörend hinzu: «Aber wenn du Kohle brauchst, frag lieber bei mir nach. Und steck deine Nase nicht in Sachen, die nur Ärger bringen. So wie Bert.»

Gery erschrak. «Was meinst du damit?»

«Ich glaube, Bert wollte die Tonbänder aus Buddys Studio verscherbeln.»

«Wie kommst du denn darauf?»

«Er hat mich gefragt, ob ich einen Käufer kenne, weil meine Eltern und ihre Bekannten ja Geld haben. Mir ist aber niemand eingefallen. Doch irgendwer wollte anscheinend den Kaufpreis einsparen.»

ZEHN
Donnerstag, 10. August 1978

GERY betrat die Garage im Fliegerviertel zehn Minuten vor zehn. Er wollte unbedingt noch einen Moment alleine hier verbringen, bevor Franz eintraf. Ein Abschied fiel ihm nie leicht. Und mit dieser Garage verband er viele Erinnerungen. In den letzten anderthalb Jahren hatte er jede übrige Mark in diesen Raum investiert. Schon jetzt fehlten ihm Berts Sticheleien. Wie sollte er nur die nächsten Tage und Wochen überstehen? Nur langsam begriff Gery, dass Bert diese Garage nie wieder betreten würde.

Gery schob eine Kassette ins Deck. Joy Division. Das Überspiel der ersten EP der englischen Band war das depressivste in ihrer Tapesammlung. Er spulte bis zur langen Passage am Anfang des Songs *No Love Lost*. Der Bass pumpte den immer gleichen Lauf auf monotone Drums. Die Gitarre lärmte dazu. Die Aufnahmequalität war gruselig. Und das rührte nicht vom Überspielen her, sondern von der Originalproduktion. Die hätte Gery selbst in dieser Garage besser hinbekommen. Siggi verbreitete das Gerücht, die EP *An Ideal for Living* würde demnächst in einer besseren Pressung noch einmal veröffentlicht.

Während das Geschepper und Geschrammel aus den Boxen dröhnte, sortierte Gery Kassetten. Es ließ sich unmöglich genau rekonstruieren, welche davon er selbst und welche Bert mitgebracht hatte. Gery fand ein paar Kopien von Rock-Alben aus den letzten Jahren – Deep Purple, T. Rex, Status Quo und so ein Zeug. Bert hatte seine Vorliebe für diese Stadionmusik nie ganz überwunden. Die Rock-Tapes lagen zwischen den Kassetten von Punk- und Wave-Gruppen und Aufnahmen ihrer eigenen Band, die jetzt wohl «Bert brät Brot» hieß. Gery beschloss, zwei Stapel zu bilden: einen mit neueren Aufnahmen und der eigenen Musik zum Mitnehmen und einen zweiten mit den restlichen Tapes, die er hierlassen würde. Die Kassetten dürften ohnehin kaum etwas wert sein. Die meisten hatten sie mehrfach überspielt. Da fand er es in Ordnung, wenn er halbe-halbe machte.

«You've been seeing things / In darkness, not in learning», schrie der Sänger von Joy Division mit seiner Grabesstimme. Gery fröstelte. Er legte die letzte Kassette auf den Stapel, den er nicht mitnehmen wollte.

Nun wurde es komplizierter. Gery betrachtete die Verstärker, das Mischpult und all die Geräte, die sie in den letzten Jahren ausgeschlachtet oder repariert hatten. Wie sollte er die gerecht aufteilen?

Gery zündete sich eine Zigarette an und lehnte sich gegen das Mischpult. Bei dem Teil herrschte zumindest Klarheit. Berts Mutter hatte es gekauft. Nun musste die arme Frau sehen, wie sie es wieder loswurde. Gery konnte es nicht übernehmen. Ihm fehlte das Geld dafür. Außerdem erbte er ein echtes Profigerät von Buddy. Vielleicht konnte er Berts Mutter einen Kontakt zu einem Käufer vermitteln. Doch fürs Erste sprach er sie lieber nicht darauf an. Er war ihr auf dem Weg zur Garage begegnet. Sie hatte so verweint ausgesehen, dass ihm ebenfalls die Tränen gekommen waren.

Er widmete sich wieder der Technik. Am besten ging er so vor: Die Technik von Debbie, Franz oder ihm selbst stellte er neben die Tür. Was ohne Zweifel Bert gehörte, sammelte er am Mischpult. Danach würde er sehen, was übrig blieb.

Gery schleppte zunächst seinen Verstärker zur Tür, dann nacheinander den Bass, die Gitarre und Debbies Amp.

Er wandte sich Franz' Installationen zu. Den Schrott sollte der schön selbst schleppen. Eigentlich sollte Franz jeden Augenblick auftauchen. Gery betrachtete den «Bertzerrer». Den Eigenbau hatte Bert zusammengebastelt und anschließend Franz geschenkt.

Gemäß dem alten Spruch «Geschenkt ist geschenkt» stellte Gery das Effektgerät zum Abtransport auf Debbies Gitarrenverstärker ab.

Dann ließ er den Blick wieder durch die Garage schweifen und ging zum Mikrofon. Wem gehörte das eigentlich?

Die Tür quietschte. Er dachte unwillkürlich an Bert. Doch der würde nie wieder durch diese Tür kommen. War es Franz? Der klopfte normalerweise an. Da war er ganz der Junge aus gutem Hause.

Gery wandte sich vom Mikro ab und schaute zur Tür. Eine Gestalt in einem schwarzen Overall kam auf ihn zu. Das Gesicht war von einer Sturmmaske verdeckt.

«Hey!», rief Gery. Erst jetzt bemerkte er den Benzinkanister in der Hand des Vermummten.

Der Kerl stand vor ihm und hob den Kanister an. Gery sah das Ding auf seinen Kopf zukommen. Er wollte sich ducken. Doch es ging zu schnell. Er nahm noch den dumpfen Aufprall wahr. Dann wurde alles schwarz.

«Nur die paar Zeilen, mehr nicht?», fragte Peter Kappe.

Wolf Landsberger saß am Bürotisch gegenüber und hielt den aufgeschlagenen *Berliner Blitz* in den Händen. «Anschlag mit Laster, Toter, Polizei prüft Verbindungen zu einem wenige Tage alten Mord», fasste er zusammen. «Ein bisschen Blabla über illegale Tonaufnahmen als mögliche Verbindung zwischen den Taten. Keine internationale Verschwörung, keine Bootleg-Mafia.» Landsberger hielt die Zeitung in die Höhe und ergänzte: «Dafür aber jede Menge Fotos.»

Kappe schaute auf den Artikel im *Berliner Blitz* und schaffte es kaum, seinen Blick wieder von den Horrorbildern abzuwenden. Der Fotograf konnte offensichtlich mit seinem Teleobjektiv umgehen. Es war ihm gelungen, die kleinsten Details der zerstückelten Leiche festzuhalten. Und die Idioten von der Zeitung hatten doch tatsächlich die Augen des Toten mit einem schwarzen Balken verdeckt – so als ob dieser Haufen Knochen und Innereien ohne die Schwärzungen noch als Bertold Walkowski zu identifizieren gewesen wäre. Durch die vielen Fotos nahm Bolps dürftiger Artikel eine halbe Seite ein. Vielleicht hatte der Journalist kürzen müssen, um Platz für diese Galerie des Grauens zu schaffen.

«Dafür kriegen die bestimmt eine Rüge vom Presserat», sagte Landsberger.

«Davor werden die im Redaktionshochhaus schon zittern», entgegnete Kappe sarkastisch. Er erzählte Landsberger von seinem Gespräch mit Frau Buddewitz, nahm den Telefonhörer in die Hand und wählte Lunds Nummer. Während die Wählscheibe ratterte, sagte er zu Landsberger: «Diesen Bolp knöpfen wir uns später vor. Kannst du den Artikel bitte der Akte hinzufügen? Ich frage mal, ob sich in Sachen Lkw schon etwas Neues ergeben hat.»

Landsberger nickte und schnappte sich eine Schere.

Lund meldete sich am anderen Ende der Leitung und teilte Kappe mit, dass er nichts Überraschendes herausgefunden habe. «Der Wagen wurde gestern Morgen bei einer Speditionsfirma als gestohlen gemeldet. Es handelt sich um einen Sechstonner, den jeder mit einem Führerschein der Klasse 3 fahren darf.» Lund schnaufte. «Die Firma hat einmal die Woche Autobatterien in den Autohäusern der Stadt verteilt. Der Geschäftsführer sagt, das Auto stand immer auf einem Parkplatz am Tegeler Weg. Den Wagen konnte jeder sehen, der vorbeigefahren ist.»

«Was hat die Spurensicherung ergeben?»

«Das wird Ihnen auch nicht gefallen», antwortete Lund. «Keine Fingerabdrücke und keine Haare im Fahrerraum. Und weil es kurz nach der Tat anfing zu schütten wie aus Eimern, haben wir nicht einmal Fußabdrücke.»

«Schöne Bescherung!», murmelte Kappe. «Haben Sie wenigstens ein paar von den Tonbändern retten können?»

«Nun ja ... Also, im kriminaltechnischen Sinn», stammelte Lund, «konnten wir auf einzelnen nicht so stark beschädigten Bändern einige Passagen als Aufnahmen identifizieren. Allerdings waren das jeweils nur wenige Sekunden, und auch bei denen ließ die Tonqualität aufgrund der Schäden am Material zu wünschen übrig.»

«Sie können also nicht sagen, was auf den Bändern war?»

«Bei einigen der Fetzen, die wir uns anhören konnten, würde ich von mutmaßlichen Musikaufnahmen sprechen. Immerhin können wir mit Sicherheit sagen, dass zumindest ein paar der Bänder bespielt waren.»

«Na, schönen Dank auch!», maulte Kappe, fügte aber gleich hinzu: «Entschuldigung, Sie können ja nichts dafür. Mehr gibt es erst mal nicht, oder?»

«Ich fürchte, im Augenblick nicht. Wir sind mit dem Lkw noch nicht durch. Wenn wir etwas finden, melde ich mich.»

«Tun Sie das!» Kappe legte auf. «Geklaut, von einem gut einsehbaren Parkplatz», murmelte er.

«Der Lkw?», fragte Landsberger, ohne von der Akte aufzublicken. «Wo?»

«Am Tegeler Weg.» Kappe begriff, worauf sein Kollege hinauswollte. «Sehr gut, Landsberger! Wir brauchen eine Liste der Wohn- und Arbeitsorte von allen, die irgendetwas mit diesem Fall zu tun haben. Und dann schauen wir mal, wer möglicherweise den Tegeler Weg entlangfährt. Kümmerst du dich darum?»

«Selbstverständlich.» Landsberger schlug die Akte zu, öffnete sein Notizbuch und murmelte: «Es stirbt ein Tonmeister durch manipulierte Technik. Und nun wurde ein Musiker getötet, der dessen Tonbänder gestohlen hat. Das kann doch kein Zufall sein.»

Kappe nickte. «Ganz oben auf der Liste sollten die Personen stehen, die sowohl ein Interesse an den Bändern als auch technische Expertise haben oder zumindest jemanden mit technischen Kenntnissen beauftragen können. Traunstein zum Beispiel.»

«Und Huber», ergänzte Landsberger. Er schrieb die Namen auf. «Diesen Pistol würde ich sicherheitshalber auch überprüfen, der hat schließlich mit dem Traunstein zu tun.» Das Klingeln von Kappes Telefon unterbrach das Gespräch.

Kappe nahm ab und fragte: «Ist Ihnen noch etwas eingefallen, Lund?»

«Sind Sie Kommissar Kappe?», schrie eine Frau. Sie klang so verzerrt, als wäre etwas mit dem Hörer nicht in Ordnung. «Sie müssen kommen! Sofort!»

«Nun mal ganz langsam, meine Dame», versuchte Kappe die Frau zu beruhigen. «Wohin soll ich denn kommen? Und warum?»

«Nach Tempelhof. In die Wiesenerstraße. Hier passiert etwas Schreckliches! Mit Gery. Kommen Sie schnell!»

Kappe wollte noch fragen, was da genau geschah und woher die Frau seine Telefonnummer hatte. Doch sie rief noch einmal: «Schnell!». Dann ertönte nur noch ein Tuten in der Leitung.

Gery öffnete seine Augen einen winzigen Spalt. Um ihn herum waberten Nebelschwaden. Sie schimmerten dunkel wie Wolken in der Nacht. Gery versuchte, durch den Dunst zu schauen. Doch es war nichts zu erkennen. Er hob die Hand vor das Gesicht. Seine Finger verschwanden hinter dem Grauschleier, kaum dass er den Arm ein paar Zentimeter von seinen Augen wegführte. Immerhin, die Hand spürte er. Die Beine gehorchten seinen Befehlen dagegen nicht. Auch der Rest seines Körpers schien nicht zu ihm zu gehören.

Gery streckte die Hand aus und schlug sich auf den Oberschenkel. Er hörte das Klatschen. Es peitschte durch das Knistern und Zischen um ihn herum. Doch er empfand nur den vagen Hauch einer Berührung. Er wiederholte den Schlag. Nun fühlte er einen leichten Schmerz. Also schlug er härter zu. Mit jedem Hieb kehrte das Leben mehr und mehr in seinen Körper zurück. Gleichzeitig kam Bewegung in den Dunst. Die düsteren Schwaden wirbelten um seinen Kopf herum.

Gery bewegte die Füße. Er fand den Boden nicht. Schwebte er? Nein. Dafür fühlten sich seine Glieder viel zu schwer an. Er hob den Kopf. Die Nebelwelt drehte sich. Die Schwaden kreisten immer schneller um ihn herum. Ob das am Gras lag? Wann hatte er den letzten Joint geraucht? Seltsamerweise verlor er das Gleichgewicht nicht.

Ein Dröhnen drückte auf seine Ohren. Der Nebel bekam einen Geruch. Nein, er stank. Gerys Nase fühlte sich an, als wollte sie platzen. Seine Augen tränten. Und sein Schädel brummte.

Langsam begriff er: Das war kein Nebel, sondern Rauch. Feuer! Doch Gery sah keine Flammen. Dafür bemerkte er, warum seine Füße keinen Tritt fanden. Er lag bereits am Boden. Allerdings reichten seine Kräfte nicht, um aufzustehen. Immerhin schaffte er es, sich auf den Bauch zu drehen und sich auf alle viere zu stemmen. Der Lärm um ihn herum schwoll an.

Er versuchte loszukriechen und brach sofort zusammen. Also ein zweiter Versuch! Er robbte ein paar Zentimeter vor und fand so etwas wie einen Balken. Gery ergriff das Holz und zog sich daran entlang über den Boden. Es donnerte. Die Schwaden wirbelten durcheinander. Etwas quietschte. Ein Lichtstrahl stach durch die Finsternis. Stimmen. Da rief jemand etwas! Doch was?

«Hier! Ich bin hier!», krächzte Gery. Er hörte die eigene Stimme kaum. Sie war so leise, als hätte er Watte vor dem Mund.

Zwei schwarze Gestalten zeichneten sich im Dunst ab.

«Da vorn!», rief eine. Sie kam näher und nahm Konturen an. Ein Mann. Der Kerl war dürr. Seine Finger sahen knochig aus. Er packte Gerys Hand und zerrte daran.

«Nein!», rief Gery und erkannte seine Stimme kaum.

«Du musst mir helfen, Wabbel!», rief der Dürre.

Wabbel? Gery kannte den Namen. Doch woher?

Die zweite Gestalt kam hinzu. Noch ein Mann, genauso schwarz wie der Dürre, aber viel breiter. Ein schwarzer Bär. Der Mann beugte sich zu Gery und packte ihn bei den Schultern. Gery fehlte die Kraft für Widerworte. Der schwarze Bär schleifte ihn durch die Rauchschwaden.

Qualm drang in Gerys Mund. Er spürte einen Brechreiz aufsteigen. Sein Fuß blieb an dem Balken hängen. Doch der schwarze Bär verfügte offenbar über immense Kräfte und zerrte ihn weiter.

Licht blendete Gery. Er schloss die Augen. Doch selbst durch die Lider schmerzte das Weiß. War das der Tod? Schleppte ihn der Leibhaftige aus dem Leben? Oder gar …

«Der wird ohnmächtig. Scheiße!» Die Stimme konnte nicht dem schwarzen Bären gehören, so schrill wie sie klang.

Die nächsten Worte verstand Gery nicht. Es schien, als kämen die Sätze von einem völlig übersteuerten Band. Dafür spürte er einen Schlag im Gesicht. Seine linke Wange glühte. Der nächste Hieb traf die andere Seite.

Gery riss die Augen auf und blickte in fünf Gesichter, die zu ihm herunterschauten. Er kannte sie: Franz, Wabbel und Spider von der «Gefahrbar», der besoffene Punk mit den blondierten Haaren vom Vorabend und einer seiner Kumpel. Gery fragte sich, ob er sich in der Kneipe ins Koma gesoffen hatte. Oder war irgendetwas in seinem Bier oder Schnaps gewesen?

Frau Walkowski erschien über ihm. «Ach du lieber Gott! Den Jungen hat es ja ganz schön erwischt. Der Krankenwagen muss jeden Augenblick kommen.»

Peter Kappe glaubte, ein Déjà-vu zu erleben. Er näherte sich in seinem Dienstwagen dem Reihenhaus der Walkowskis und erblickte schon wieder eine Menge von Polizei- und Krankenwagen. Außerdem standen zwei Feuerwehrautos vor dem Haus. Immerhin entdeckte Kappe das Auto der Gerichtsmedizinerin nicht. Es war also offenbar keine Leichenschau nötig.

Wolf Landsberger, der auf dem Beifahrersitz saß, wies auf eine Lücke zwischen zwei Polizeiwagen. «Die Kollegen haben uns einen Parkplatz gelassen.»

Kappe fuhr am Werbeschild für das frühere Geschäft von Walkowski senior vorbei und erhaschte einen Blick auf das Grundstück. Dort sah es aus, als sei ein Open-Air-Konzert aus dem Ruder gelaufen. Eine Handvoll junger Leute lungerte auf der wilden Wiese herum und trank Kaffee. Die Porzellantassen mit den Goldrändern, die sie in ihren Händen hielten, wirkten wie Fremdkörper. Kappe stellte den Wagen ab, er und Landsberger stiegen aus.

Ein Uniformierter kam ihnen entgegen. «Gut, dass Sie kommen, Herr Kommissar! Wir haben den Täter!»

«Nun mal langsam», sagte Kappe. «Zunächst hätte ich gern ein Bild der Lage, Herr Kollege.»

Der Polizist berichtete, dass vor etwa dreißig Minuten Notrufe aus dem Haus der Walkowskis an die Feuerwehr und den medizinischen Rettungsdienst abgesetzt worden seien. Die Feuerwehr habe den Streifenwagen angefordert, da von Brandstiftung in der Garage auszugehen sei. Die bereits anwesenden jungen Leute hätten indes schon vor dem Eintreffen der Feuerwehr eine verletzte Person geborgen. Es handele sich offenkundig um einen Freund der Retter, der legal Zugang zu der Garage hatte. Der Beamte beendete seinen Vortrag mit den Worten: «Die jungen Leute haben auf Geheiß von Frau Walkowski auch Sie angerufen und den mutmaßlichen Brandstifter dingfest gemacht. Der Mann hat noch kein Wort gesprochen und sitzt derzeit in unserem Streifenwagen.» Der Polizist deutete auf eines der Autos.

Kappe schaute zu dem Wagen, doch die Sonne spiegelte sich im Fenster des Autos und ließ keinen Blick ins Innere zu.

«Landsberger, schau du mal nach Frau Walkowski», sagte Kappe. «Ich knöpfe mir den Kerl im Streifenwagen vor.»

«In Ordnung.» Landsberger ging zum Haus.

Kappe gab dem Uniformierten ein Zeichen und wandte sich dem Streifenwagen zu. Auf dem Weg dorthin fragte er: «Welche Hinweise gibt es, dass es sich um den Täter handelt?»

«Den Aussagen der jungen Leute zufolge führte er einen Benzinkanister bei sich. Die Kollegen von der Spurensicherung untersuchen den gerade.»

«Wieso ist der Mann nicht geflohen?»

«Die jungen Leute haben ihn überwältigt.» Der Uniformierte öffnete die Fahrertür.

Kappe blickte ins Innere und erkannte den Mann auf der

Rückbank kaum wieder. Er trug einen schwarzen Overall. Sein rechtes Auge war zugeschwollen. «Herr Doktor Buddewitz!», rief Kappe.

Heinar Buddewitz verschränkte die Arme vor der Brust und schwieg.

Kappe setzte sich auf den Fahrersitz und drehte sich zu Buddewitz auf der Rückbank. «Herr Doktor Buddewitz, bitte erklären Sie mir, was Sie hier getrieben haben!»

Der Angesprochene rührte sich nicht.

Kappe betrachtete den Mann. Der sah aus, als hätte er nächtelang nicht geschlafen. Der Augenring unter dem unversehrten Augen war so dunkel, dass er beinahe wie ein zweites Veilchen wirkte. Kappe fiel ein, wo er Heinar Buddewitz besucht hatte: in einer Wilmersdorfer Villa und in seinem Büro am Rande der Siemensstadt. «Herr Buddewitz, Sie fahren mit dem Auto über Charlottenburg und den Tegeler Weg zur Arbeit, nicht wahr?», fragte Kappe.

Heinar Buddewitz verzog keine Miene.

«Gut, dann reden wir über Ihren verstorbenen Bruder», sagte Kappe. «Sie haben von dem Verhältnis zwischen Ihrer Frau und Ihrem Bruder gewusst und von den heimlichen Treffen in seinem Studio, und zwar schon, bevor Ihre Frau Ihnen davon erzählte. Richtig?»

Buddewitz schwieg immer noch.

«Im Grunde ist es auch nicht nötig, dass Sie etwas erklären», stellte Kappe fest. «Die Sache erscheint mir völlig eindeutig. Als Ingenieur sollten Sie über die Fertigkeit verfügen, eine Schaltung zu manipulieren. Mich würde noch interessieren, warum Sie es auf die Herren Bertold Walkowski und Gerald Gebhardt abgesehen haben.»

«Ich sage kein Wort ohne einen Anwalt», presste Buddewitz hervor.

«Das ist Ihr gutes Recht», sagte Kappe. «Selbst wenn Sie Ihren Bruder und einen weiteren Mann auf dem Gewissen haben. Sie können gleich auf dem Revier Ihren Rechtsbeistand anrufen.»

Kappe stieg aus dem Wagen. Ein Porsche hielt vor ihm. Josef Bolp rief durchs offene Fenster: «Was habe ich verpasst?»

Gery lag im Bett und fühlte sich wie gerädert. Eine Krankenschwester pumpte Luft in eine Binde um seinen Arm. So ermittelte man offenbar den Blutdruck. Gery war noch nie in einem Krankenhaus gewesen, wenn man von seiner Geburt einmal absah. Sowohl er selbst als auch seine Geschwister und Eltern verfügten über eine robuste Gesundheit.

Gery betrachtete die Krankenschwester. Im Fernsehen trug weibliches Krankenhauspersonal zumeist blondes Haar, enge weiße Kleidung und ein Lächeln zum Verlieben. Doch das hier war kein Film. Das Gesicht unter dem grauen Dutt erinnerte an eine zerknitterte Papiertüte, und die Schwester klang grimmig, als sie sagte: «125 zu 80. Das ist ja wie im Bilderbuch.»

Gery konnte sich solche Zahlen nicht so recht zwischen Illustrationen für Kinder vorstellen. Wofür standen die Daten eigentlich? 125 Herzschläge pro Minute erschienen ihm ganz schön viele. Oder zählten die Herzkammern einzeln? Da gab es doch zwei, oder? Er überlegte, ob er die Krankenschwester fragen sollte. Doch die eilte aus dem Zimmer. An der Tür rief sie so laut, dass Gery es hören konnte: «Sie können den Patienten jetzt besuchen. Dem fehlt nichts.» War sie persönlich beleidigt, sich mit einem derart profanen Fall befassen zu müssen?

Debbie schwebte ins Zimmer. Sie trug eine Jeans ohne Löcher oder Risse und ein schwarzes T-Shirt mit einem Ornament. Ihre Haare waren zu einem Zopf gebunden. Sie sah aus, als gehe sie zu einer Familienfeier. Gery gefiel auch diese Debbie.

Ihr folgte Franz. Der sah, ganz in Schwarz, so aus wie immer. «Weiß steht dir nicht», sagte Franz statt einer Begrüßung.

«Tut aber gut», sagte Gery und tippte gegen den Verband, der das Kühlkissen an seinem Kopf hielt.

«Tut es sehr weh?», fragte Debbie. Sie setzte sich auf die Bettkante.

Jetzt schon viel weniger, dachte Gery, bevor er antwortete: «Es geht.»

«Was sagt denn der Arzt?», fragte Franz.

«Verdacht auf Gehirnerschütterung und leichte Rauchvergiftung.» Gery zeigte auf die Tür. «Die Schwester hält mich für einen Simulanten, aber der Arzt will mich unbedingt über Nacht hierbehalten. Zur Beobachtung, meint er.»

Debbie ergriff Gerys Hand und schwieg.

«Genug von mir», sagte Gery. «Erzählt mir lieber, was da in Berts Garage los war.»

Franz holte weit aus. Er begann seinen Bericht am Vorabend in der «Gefahrbar». Nachdem Gery Debbie nach Hause gebracht hatte, waren Wabbel und Spider in die Kneipe gekommen. Sie hatten noch einen getrunken und beschlossen, allesamt am nächsten Tag dabei zu helfen, den Proberaum leer zu räumen. Am Morgen war eine ordentliche Truppe zusammengekommen, Franz und Debbie hatten sogar im Kofferraum von Wabbels Kombi sitzen müssen. In der Garage hätten sie allerdings jede Hand gebraucht, um den Kerl in dem schwarzen Overall zu überwältigen. Dann fügte er hinzu: «Du hattest Glück. Anscheinend bist du mit dem Kopf gegen den Tisch mit dem Mischpult gefallen, als der Kerl dir den Benzinkanister um die Ohren gehauen hat. Wenn der Tisch nicht umgefallen wäre, hätte der dich kaum vor den Flammen schützen können. Womöglich wären wir dann zu spät gekommen.»

Gery drückte Debbies Hand und fragte: «Wenn der Kerl mich umbringen wollte, warum hat er das Feuer auf der anderen Seite vom Tisch gelegt?»

Franz und Debbie schauten sich gegenseitig und dann Gery an. In ihren Gesichtern zeichnete sich Ratlosigkeit ab.

«Gute Frage», murmelte Franz. «Wir waren viel zu sehr damit beschäftigt, dich aus der Garage zu zerren und den Kerl festzuhalten.» Franz erzählte, wie der Punk mit dem blonden Schopf den Brandstifter mit einem ordentlichen Hieb niedergestreckt hatte. Schließlich sagte er: «Der Täter ist der Bruder von Buddy. Die Polizei wird schon herausbekommen, warum der das gemacht hat.»

Die Polizei! Gery bekam einen Schreck. Er steckte immer noch knietief in der Sache mit den Tonbändern drin. Würden die Polizisten ihm glauben, dass er mit dem Brand nichts zu tun hatte und dass er nur ein Opfer war?

«Ich lasse euch beide jetzt allein», sagte Franz. «Wir sehen uns morgen.» Er stupste Gery gegen die Schulter und verließ das Krankenzimmer.

Debbie rutschte näher zu Gery heran und gab ihm einen Kuss auf die Stirn. «Während die Jungs und Spider draußen mit dem Täter gekämpft haben, saß ich bei Berts Mutter.» Sie flüsterte die Worte. «Sie nimmt die Sache mit Bert natürlich sehr mit. Aber ich glaube, sie würde sich freuen, wenn du die Garage wieder in Schuss bringen und weiter nutzen würdest. Sie meint, Bert hätte das so gewollt.»

Gery schwieg.

«Darüber musst du heute aber nicht nachdenken», sagte Debbie, während sie seinen Kopf streichelte. «Ich wollte nur, dass du es weißt.»

ELF

Freitag, 11. August 1978

JOSEF BOLP betrat als Letzter den Besprechungssaal im Gebäude des *Berliner Blitz*. Die jungen Kollegen hatten sich die Streberplätze bereits gesichert und lungerten um den Konferenztisch herum.

Heute war Bolp das einerlei. Die Geschichte mit den Bootlegs hatte einen seltsamen Dreh bekommen und es als Familientragödie auf die Titelseite der neuesten Ausgabe geschafft. Natürlich half es, dass die Welt an diesem Tag ausnahmsweise einmal nicht verrückt spielte – kein verstorbener Papst, kein zurückgetretener Spitzenpolitiker und auch keine zweite Sintflut. An einem Tag wie heute kam es auf Journalisten wie Bolp an. Schließlich konnte jeder ein Ereignis, über das ohnehin alle redeten, mit hübschen Worten beschreiben. Doch selbst eine Story auszugraben, die noch keiner kennt, das war die hohe Kunst.

Der Chefredakteur kam ins Zimmer und eilte sofort zu Bolp.

«Bolp, mein Guter», sagte der Chef so laut, dass es jeder hören musste. «Da habe ich Sie wohl unterschätzt und muss Sie um Entschuldigung bitten.» Er drückte Bolp mit der Rechten die Hand und schlug ihm mit der Linken auf die Schulter. Es wirkte wie ein Ritterschlag, und Bolp war sicher, dass der Chefredakteur dies beabsichtigte. Der ließ ihn wieder los und schlenderte zur Stirnseite des Konferenztischs. Dort nahm er Platz.

Bolp folgte ihm. Einer der Streber sprang von seinem Platz auf, räumte den Sessel für Bolp und setzte sich etwas weiter entfernt wieder hin. Bolp dankte lächelnd und ließ sich auf dem frei gewordenen Drehstuhl nieder.

«Guten Morgen, die Herren», brummte der Chefredakteur. «Ich möchte zu Beginn unserer Sitzung betonen, dass sich junge Kollegen ein Beispiel an Herrn Bolp nehmen sollten.» Der Chefredakteur hielt einen kurzen Vortrag und scherzte, dass «alte Schule» eben nicht «altes Eisen» bedeutete.

Bolp betrachtete die jungen Kollegen. Sie trugen lange Haare wie diese Fußballer heutzutage, Breitner, Kaltz, Hölzenbein und wie sie alle hießen. Sie guckten auch ähnlich bedröppelt wie die Kicker nach ihrem peinlichen WM-Aus durch die 3:2-Pleite gegen Österreich vor ein paar Wochen. Bolp grinste. Er war jetzt sozusagen ein Krankl, der den Schnöseln durch ein Tor in der 87. Minute den Knock-out verpasst hatte. In Gedanken hörte Bolp den Sportreporter rufen: «I wer narrisch!»

Der Chefredakteur brachte Bolp wieder zurück in die Gegenwart, als er ihn fragte: «Herr Bolp, wollen Sie nicht auch noch etwas sagen?»

«Ich weiß nicht, was ich noch hinzufügen soll. Vielleicht, dass es sich immer wieder lohnt, den Polizeifunk abzuhören.» Bolp schaute in die Gesichter der jungen Schnösel. Selbst in der Niederlage strahlten sie die Arroganz von Typen aus, die nie für etwas hatten kämpfen müssen. Da saß also die Zukunft seines Blattes! Bolp fragte sich ernsthaft, ob er nicht die Gelegenheit nutzen sollte, um seinen Job beim *Berliner Blitz* im Augenblick des Triumphs hinzuschmeißen.

Der Chefredakteur hielt Bolps Spruch mit dem Polizeifunk anscheinend für einen Witz. Er hörte kaum auf zu lachen. «Sehr gut, mein lieber Bolp. In den nächsten Tagen haben Sie aber erst einmal damit zu tun, die Bootleg-Geschichte weiterzustricken.» Er schaute in die Runde. «Oder hat jemand etwas Besseres zu bieten? Ich meine, außer dem Start der Bundesliga.»

Für einen Moment herrschte Stille im Konferenzraum. Anscheinend wollte sich keiner eine Blöße geben.

«Ich höre!», sagte der Chefredakteur.

«Wir haben den Bauarbeiterstreik», sagte der Schnösel,

der Bolp genau gegenübersaß, trotzig. «Da gab es zwar schon eine Einigung, aber am Dienstag folgt die Urabstimmung. Vielleicht können wir ja bei der Gewerkschaft ein bisschen für Wirbel sorgen.»

Der Chefredakteur gähnte demonstrativ.

«Wir können auch die Gerüchte aufgreifen, dass ein Soldat aus der Ostzone demnächst in den Weltraum fliegen soll», warf ein Jüngling vom anderen Ende des Tischs ein.

«Was ist denn mit Ihnen los!», rief der Chef und schlug mit der flachen Hand auf den Tisch. «Wollen Sie sich bei den Kommunisten als Propaganda-Hure bewerben? Oder wie stellen Sie sich das vor?»

«Wir könnten darauf hinweisen, dass die nötigen Mittel besser für die darbende Bevölkerung in der Ostzone eingesetzt würden», sagte der Kerl kleinlaut. «Und darauf, dass ein Militär aus der Zone in den Weltraum fliegen darf, während alle anderen Bewohner nicht einmal ihre Verwandten bei uns besuchen dürfen.»

«Das bringen wir, wenn der Kerl tatsächlich fliegt, und nicht einen Moment vorher!», rief der Chef. Er wandte sich wieder Bolp zu. «Wir machen morgen Fußball, und die Geschichte von Bolp kommt auf den Titel.»

Diese Story schreibe ich noch, und dann habe ich das ganze Wochenende Zeit, um die Zukunft zu planen, dachte Bolp.

Auf Peter Kappes Schreibtisch lag das Protokoll von mehreren Stunden Vernehmung. Ihm gegenüber saß Wolf Landsberger. Vor dem türmten sich die Transkriptionen der Gespräche mit Frau Walkowski und den jungen Punks, die Berichte der Gerichtsmedizin und der Kriminaltechnik sowie die Akte über Bootlegs.

Kriminalhauptkommissar Harry Engländer kam ins Büro und nahm auf dem Besucherstuhl Platz. Er wirkte in Hemdsärmeln so, als müsse er Schwerstarbeit verrichten. «Ich habe da noch ein paar abschließende Fragen zum Fall Buddewitz», sagte er und kam gleich zur Sache. «Wie und wo hat der Mörder von Reinhard Buddewitz das technische Gerät, das den todesursächlichen Stromschlag ausgelöst hat, manipuliert? In den Unterlagen hatte ich doch gelesen, dass das Opfer keine Zweitschlüssel vergeben hat.»

«Heinar Buddewitz hat bei einem Besuch seines Bruders heimlich Abdrücke von dessen Schlüssel gemacht und damit Kopien anfertigen lassen», erklärte Kappe. «Er musste also nur warten, bis sein Bruder bei einem Konzert beschäftigt war. Dann hatte er genügend Zeit, um dieses Effektgerät gleich in dessen Tonstudio zu manipulieren. Die Zweitschlüssel hat er nach der Tat in der Spree versenkt», erklärte Kappe seinem Chef.

Auch zum Mordmotiv hatte sich Heinar Buddewitz in der Vernehmung geäußert. Kappe berichtete Engländer, das spätere Mordopfer habe mit Heinar Buddewitz' Frau ein Verhältnis gehabt und dieses dem Täter vor wenigen Wochen gestanden. «Doktor Buddewitz hat wohl gehofft, dass seine Frau zu ihm zurückkehren würde, wenn sein Bruder bei einem Unfall stirbt. Schließlich konnte er seiner Frau ein sicheres und sorgloses Leben bieten», sagte Kappe.

«Gut, so weit zum ersten Toten», sagte Engländer. «Kommen wir zu diesem jungen Kerl, der in seinem Fiat 500 unter Autobatterien begraben wurde. Den Laster hat auch Doktor Buddewitz gefahren. Wie sind die beiden in Kontakt gekommen?»

«Inge Buddewitz hat ihrem Mann nach dem Tod von Reinhard Buddewitz von den erotischen Aufnahmen berichtet, die im Studio des Verstorben entstanden waren. Doktor Buddewitz wollte die Aufnahmen vernichten. Er beabsichtigte damit, die Affäre zwischen seiner Frau und seinem Bruder zu vertuschen und somit mögliche Hinweise auf seine Täterschaft zu beseitigen», erklärte Kappe. «Den Namen von Gerald Gebhardt kannte er aus dem Testament von seinem Bruder. Buddewitz wusste, dass Gebhardt seinem Bruder assistiert hatte, und versuchte, über den Jungen an Informationen über die verschwundenen Bänder heranzukommen.

Durch ein paar Anrufe bei ehemaligen Kollegen seines Bruders erfuhr er von dem Studio in der Garage, das ebenjener Gebhardt mit Bertold Walkowski aufbauen wollte.»

«Dann hat sich der Kerl verzockt», ergänzte Landsberger. Er berichtete davon, wie Bertold Walkowski bei den Technikern im B-Rock nach den Verbindungen in der Bootleg-Szene geforscht hatte. «Als Walkowski begriff, wer alles in dieses Geschäft verwickelt war, hat er wohl Panik bekommen. Er wollte die heißen Bänder loswerden und noch ein paar Mark damit verdienen.» Landsberger macht eine kurze Pause. «Doktor Buddewitz erreichte derweil Gerald Gebhardt nicht, weil dieser kein Telefon besitzt. Also rief Buddewitz bei dessen Partner Walkowski an. In dem Gespräch machte er Walkowski ein Angebot für die Bänder. Die beiden vereinbarten einen Treffpunkt im Grunewald.»

«Doktor Buddewitz behauptet, dass er den Jungen nicht umbringen wollte», ergänzte Kappe. «Ihm sei es nur darum gegangen, die Tonbänder zu vernichten. Deswegen stahl er den Lkw mit den Autobatterien, die letztlich tatsächlich jegliche Aufnahmen auf den Bändern zerstört haben. Der Mann kann auch lügen, aber das muss der Richter bewerten.»

«Heinar Buddewitz bestreitet im Übrigen auch, dass er mit dem Garagenbrand jemanden töten wollte», sagte Landsberger. «Laut seiner Aussage wollte er lediglich sicherstellen, dass alle Tonbänder mit Aufnahmen von seiner Frau restlos vernichtet werden. Gerald Gebhardt habe er dort rein zufällig angetroffen. Der Schlag mit dem Benzinkanister sei nicht besonders hart gewesen. Doktor Buddewitz war davon überzeugt, dass Gebhardt die Garage noch rechtzeitig verlassen konnte. Deswegen habe er das Feuer auch etwas entfernt von Gebhardt gelegt.»

«Das klingt mir nach einer Schutzbehauptung», sagte Engländer. «Doch was soll's! Er hat ein Tötungsdelikt und zwei weitere Straftaten gestanden. Das wird die Staatsanwältin Meister-Mikolai freuen.» Engländer zögerte kurz, bevor er sagte: «Dieser Fall hat eine gewisse Ironie. Da begeht ein Mann einen beinah perfekten

Mord, stellt sich dann aber bei zwei folgenden Vertuschungstaten so dämlich an, dass wir ihn doch drankriegen.»

«Er hat wohl nicht damit gerechnet, dass der Tod seines Bruders solch einen Wirbel verursacht und sogar im *Berliner Blitz* darüber berichtet wird», sinnierte Kappe.

«Was hat den Täter eigentlich so gesprächig gemacht?», fragte Engländer.

«Sein Anwalt», antwortete Kappe. «Es sah sehr schlecht für Buddewitz aus. In der Garage wurde er auf frischer Tat ertappt. Und laut einem Reporter vom *Berliner Blitz* trug er da genau so einen schwarzen Overall wie der flüchtige Lkw-Fahrer. Ein Motiv hatte er auch. Sein Anwalt musste über eine halbe Stunde auf ihn einreden. Vermutlich hat er ihm erklärt, dass Richter es gar nicht mögen, wenn sie traumatisierten Damen wie Frau Walkowski und Inge Buddewitz langwierige Gerichtstermine aufhalsen müssen, weil der Angeklagte die Aussage verweigert.»

Harry Engländer stand auf. Er hob die Hand zum Gruß und sagte: «Das war gute Arbeit! Nun wäre es noch schöner, wenn Sie die Akten bis zum Mittag für die Übergabe an die Staatsanwältin fertig hätten, meine Herren.» Dann eilte er aus dem Raum.

Kappe rief ihm ein «Danke» hinterher und widmete sich den Papierbergen auf seinem Schreibtisch.

Das Telefon klingelte. Ausnahmsweise hatte Kappe einmal nichts dagegen, gestört zu werden. Ihm war gerade jede Abwechslung recht.

Am anderen Ende der Leitung meldete sich Else. «Peter, hast du ein paar Minuten?»

Dass Else schon zum zweiten Mal auf seinem Diensttelefon anrief, war Kappe nicht geheuer. Das würde doch nicht zur Gewohnheit werden?

«Guten Tag, Else. Was gibt es denn?», brummte er.

«Es hat mich auch völlig überrascht. Das musst du mir glauben.» Else druckste herum. Das sah ihr gar nicht ähnlich.

«Was denn?», fragte Kappe.

«London», sagte Else leise.

«Wie bitte?», fragte Kappe.

«Ich fahre am Sonntag. Ich erhalte dort ein Stipendium in einem alternativen Künstlerhaus. Ich hatte mich da vor Monaten beworben. Und heute kam der Anruf.»

«Herzlichen Glückwunsch!», sagte Kappe. «Das ist doch wunderbar.»

«Ja, ich freue mich eigentlich auch.» Else sprach langsam, als müsse sie sich die Worte abringen. «Aber ich werde für zwei Jahre fort sein. Und das Geld ist auch nicht so üppig, dass ich alle paar Wochen hin- und herfliegen könnte.»

Kappe schluckte. Darauf wollte sie hinaus. Beendete sie die Sache an einem Freitagvormittag am Telefon? In einem Fünfminutengespräch?

«Peter, lass uns dieses Wochenende verbringen, als wäre es unser letztes.» Sie seufzte. «Bitte!»

Die Band machte gerade eine Pause. Vor dem «SO36» lungerten Dutzende Punks auf der Straße herum. Gery zündete sich eine Zigarette an. Ein bisschen brummte sein Schädel noch. Doch mit jedem Bier wich der Schmerz dem wohligen Gefühl der Trunkenheit ein Stück mehr.

«Schon wieder raus aus dem Krankenhaus?», fragte eine hohe Stimme. Spider hielt ihm ihre Bierflasche zum Anstoßen entgegen. Mit ihren schwarz geschminkten Augen wirkte sie wie ein Fotomodell für eine Zombie-Kollektion.

«War alles halb so wild», sagte Gery und stieß seine Flasche gegen ihre. «Zum Glück wart ihr ja rechtzeitig da. Ihr habt wohl alle ein Bier bei mir gut.»

«Lass mal», sagte Spider mit einem Hauch von einem Lächeln auf den Lippen. «Das Bier soll mal schön Wabbel in der ‹Gefahrbar› ausgeben, wenn du dort das nächste Mal mit deiner Band spielst. *Das* schuldet ihr uns nach der Aufräumaktion in der Garage heute.» Spider roch am Ärmel ihrer Jacke. «Ich stand bestimmt eine halbe Stunde unter der Dusche, um den Rauchgeruch aus meinen Haaren zu bekommen. Ihr müsst auf jeden Fall noch mal streichen, wenn die Hütte gut durchgelüftet ist.»

Gery trank von seinem Bier. Ihm war die Sache ein bisschen peinlich. Buddy vermachte ihm ein Studio, Berts Mutter überließ ihm die Garage, und die Kumpels beseitigten die Brandschäden vor Ort.

«Warst du heute noch mal bei den Bullen?», fragte Spider.

Den Besuch bei der Polizei hatte Gery beinahe vergessen. «Ja, die waren aber ganz in Ordnung. Wenn ich Glück habe, wird das Verfahren wegen des Einbruchs eingestellt. Schließlich hat mir das Zeug sowieso schon gehört.»

«*Hier* bist du!» Franz kam aus dem Klub. Er hatte eine Zigarette im Mund und ein Bier in der Hand. Seine schweißnassen Haare fielen ihm in Strähnen in die Stirn. «Wir suchen dich überall!»

Debbie trat hinter ihm ins Freie. Auch ihre Haut glänzte vom Schweiß. Doch ihre Frisur saß wie aus Beton geformt.

«Muss nur mal Luft schnappen», erklärte Gery. Er tippte sich an die Schläfe. «Pogo halte ich heute höchstens ein paar Minuten durch.»

«Solange das Bier schmeckt, ist alles nicht so schlimm.» Franz hob die Flasche. «Ich habe es dir gesagt, Gery: Das Leben ist wie ein Punkkonzert. Wenn du dich auf die Kraft deiner Band verlässt, wird alles gut. Prost!»

Sie stießen an.

Ein paar Meter weiter gab es Geschrei. Ein betrunkener Punk beschwerte sich über die Kapitalistenschweine. Gery schaute sich um. Er sah keine. Vielleicht fand der Kerl, dass zu viele Normalos anwesend waren. Tatsächlich machte Gery am Eingang ein paar Typen mit langen Haaren aus. Und er hätte schwören können, vorhin den einen Polizisten wiedererkannt zu haben – diesen Kappe, ganz schön blau und mit einer ziemlich scharfen Künstlerbraut im Schlepptau.

Der betrunkene Punk schmiss eine leere Flasche gegen die nächste Hauswand und torkelte dann mit seinen Kumpels die Straße hinunter.

«Ich gehe wieder rein», sagte Spider. Sie verschwand ohne ein weiteres Wort.

Debbie schaute ihr hinterher und fragte: «Was ist denn mit der los?»

«Bestimmt fängt gleich die nächste Band an», sagte Franz. «Ich brauche eigentlich auch keine Frischluft. Ich habe nur nach Gery gesucht.» Er wies zur Tür. «Wie sieht's aus?»

Gery blickte Debbie an. Solange nicht getanzt wurde, wollte er in ihrer Nähe bleiben. Sie erwiderte seinen Blick und nahm seine Hand. Sie gingen gemeinsam zum Eingang, wie ein richtiges Pärchen.

Franz öffnete die Tür zum Klub, und ein Schwall dicke Luft und Lärm schwappte ihnen entgegen. Aus den Boxen brüllte Johnny Rotten von den Sex Pistols: *«I don't wanna holiday in the sun.»*

Gery betrat das «SO36». Er war schon ein paarmal hier gewesen, denn bis vor Kurzem hatte hier ein Supermarkt seine Waren verkauft. Nun tauchten Neonleuchten den Raum in ein eiskaltes Zwielicht.

Gery zuckte zusammen, als er die Bandmaschine neben dem Mischpult sah. Doch er kannte den Tontechniker von irgendeinem Konzert, und der hatte ihm vorhin erklärt, dass er die Aufnahmen für einen limitierten Sampler zur Kluberöffnung machte – völlig legal in Absprache mit den Veranstaltern und den Bands.

Vor der Bühne grölten ein paar Punks den Refrain des Sex-Pistols-Songs mit: *«Now I got a reason to be waiting / The Berlin wall.»*

«Guck mal!», rief Franz gegen den Lärm an und zeigte in Richtung Bar. Dort standen ein paar Musiker, die gerade noch auf der Bühne gerockt hatten, um zwei dünne Männer herum. Einer davon trug lange Haare, der andere einen blondierten Scheitel. «Ist das David Bowie?»

«Vielleicht auch nur einer, der so aussehen will», mutmaßte Gery.

Franz schien nicht recht zu wissen, ob er zur Bar stürmen sollte oder nicht. Eine Band betrat die Bühne und nahm ihm die Entscheidung ab. Noch in den Sex-Pistol-Song hinein quietschte ihr Gitarren-Feedback. Wie eine Welle bewegte sich das Publikum auf die Bühne zu. Gery, Franz und Debbie wurden mitgerissen. Der Tontechniker stoppte eilig das Band. Wenig später schlug der Schlagzeuger seine Sticks gegeneinander und zählte ein.

«Du sagst Bescheid, wenn du lieber gehen möchtest – in Ordnung?», rief Debbie Gery zu.

«Später!», rief Gery zurück. Er sprang in den Pogo-Pulk.

Es geschah in Berlin ...

Horst Bosetzky: **Kappe und die verkohlte Leiche (1910)**
Sybil Volks: **Café Größenwahn (1912)**
Jan Eik: **Der Ehrenmord (1914)**
Horst Bosetzky / Jan Eik: **Nach Verdun (1916)**
Iris Leister: **Novembertod (1918)**
Horst Bosetzky: **Der Lustmörder (1920)**
Peter Brock: **Das schöne Fräulein Li (1922)**
Wolfgang Brenner: **Stinnes ist tot (1924)**
Petra A. Bauer: **Unschuldsengel (1926)**
Horst Bosetzky: **Bücherwahn (1928)**
Petra A. Bauer: **Kunstmord (1930)**
Jan Eik: **Goldmacher (1932)**
Klaus Vater: **Am Abgrund (1934)**
Horst Bosetzky: **Mit Feuereifer (1936)**
Jan Eik: **In der Falle (1938)**
Jan Eik: **Polnischer Tango (1940)**
Petra Gabriel: **Beutezug (1942)**
Horst Bosetzky: **Unterm Fallbeil (1944)**
Jan Eik: **Heimkehr (1946)**
Horst Bosetzky: **Razzia (1948)**
Petra Gabriel: **Operation Gold (1950)**
Jan Eik: **Heißes Geld (1952)**
Horst Bosetzky: **Auge um Auge (1954)**
Petra Gabriel: **Kaltfront (1956)**
Jan Eik: **Grenzgänge (1958)**
Petra Gabriel: **Tod eines Clowns (1960)**

Horst Bosetzky: **Berliner Filz (1962)**
Horst Bosetzky: **Auf leisen Sohlen (1964)**
Klaus Vater: **Brandt-Gefahr (1966)**
Horst Bosetzky / Uwe Schimunek: **Rotlicht (1968)**
Stephan Hähnel: **Geschwisterliebe (1970)**
Petra Gabriel: **Im Rausch (1972)**
Bettina Kerwien: **Au revoir, Tegel (1974)**
Bettina Kerwien: **Tot im Teufelssee (1976)**
Uwe Schimunek: **Rebellen (1978)**

Alle Bände sind auch als E-Book erhältlich.